JN069374

坂口安吾

諧謔（かいぎゃく）自在傑作集

霓博士の廃頽

にじはかせのはいたい

長山靖生【編】

小鳥遊書房

霓博士の廃頽

坂口安吾　諧謔自在傑作集／目次

風博士

諸君は、東京市某町某番地なる風博士の邸宅を御存じであろう乎（か）？　御存じない。それは大変残念である。そして諸君は偉大なる風博士を御存知であろうか？　ない。嗚呼（ああ）。では諸君は遺書だけが発見されて、偉大なる風博士自体は杳（よう）として紛失したことも御存知ないであろうか？　ない。嗟乎（ああ）。では諸君は僕が其筋（そのすじ）の嫌疑のために並々ならぬ困難を感じていることも御存じあるまい。しかし警察は知っていたのである。そして其筋の計算に由れば、偉大なる風博士は僕と共謀のうえ遺書を捏造（ねつぞう）して自殺を装い、かくてかの憎むべき蛸（たこ）博士の名誉毀損をたくらんだに相違あるまいと睨（にら）んだのである。諸君、これは明らかに誤解である。何となれば偉大なる風博士は自殺したからである。果して自殺した乎？　然（しか）り、偉大なる風博士は紛失したのである。諸君は軽率に真理を疑っていいのであろうか？　なぜならば、それは諸君の生涯に様々な不運を齎（もた）らすに相違ないからである。真理は信ぜらるべき性質のものであるから、諸君は偉大なる風博士の死を信じなければならない。そして諸君は、かの憎むべき蛸博士の――あ、諸君はかの憎むべき蛸博士を御存知であろうか？　御存じない。噫呼（ああ）、それは大変残念である。では諸君は、まず悲痛なる風博士の遺書を一読しなければなるまい。

風博士の遺書

諸君、彼は禿頭である。然り、彼は禿頭である。禿頭以外の何物でも、断じてこれある筈（はず）はない。彼は鬘（かつら）を以て之の隠蔽をなしおるのである。ああこれ実に何たる滑稽！　然り何たる滑稽である。ああ何たる滑稽である。かりに諸君、一撃を加えて彼の毛髪を強奪せりと想像し給え。突如諸君は気絶せんとするのである。而して諸君は気絶以外の何物にも遭遇することは不可能である。即ち諸君は、猥褻（わいせつ）名状すべからざる無毛赤色の突起体に深く心魄を打たるるであろう。異様なる臭気は諸氏の余生に消えざる歎きを与えるに相違ない。忌憚（きたん）なく言えば、彼こそ憎むべき蛸である。人間の仮面を被り、門にあらゆる悪計を蔵（かく）すところの蛸は即ち彼に外ならぬのである。

諸君、余を指して誣告（ぶこく）の誹（そしり）を止（や）め給え、何となれば、真理に誓って彼は禿頭である。尚疑わんとせば諸君よ、巴里（パリ）府モンマルトル三番地、Bis, Perruquier ショオブ氏に訊き給え。今を距ること四十八年前のことなり、二人の日本人留学生によって鬘の購（あがな）われたることを記憶せざるや。一人は禿頭にして肥満すること豚児の如く愚昧（ぐまい）の相を漂わし、その友人は黒髪明眸（めいぼう）の美少年なりき、と。黒髪明眸なる友人こそ即ち余である。見給え諸君、ここに至って彼は果然四十八年以前より禿（は）げていたのである。於戲（ああ）実に慨嘆の至に堪えんではない乎！　高尚なること槲（かしわ）の木の如き諸君よ、諸君は何故彼如き陋劣漢（ろうれつかん）を地上より埋没せしめんと願わざる乎。彼は鬘を以てその禿頭を瞞着（まんちゃく）せんとするのである。

諸君、彼は余の憎むべき論敵である。単なる論敵であるか？　否否否。千辺否。余の生活の全てに於て彼は又余の憎むべき仇敵である。実に憎むべきであるか？　然り実に憎むべきである！　諸君、彼の教養たるや浅薄至極でありますぞ。かりに諸君、聡明なること世界地図の如き諸君よ、諸君は学識深遠なる蛸の存在を認容することが出来るであろうか？　否否否、万辺否。余はここに敢（あえ）て彼の無学を公開せんとするものである。

諸君は南欧の小部落バスクを認識せらるるであろうか？　もしも諸君が仏蘭西（フランス）、西班牙（スペイン）両国の国境をなすピレネエ山脈をさまようならば、諸君は山中に散在する小部落バスクに逢着（ほうちゃく）するのである。この珍奇なる部落は、人種、風俗、言語に於て西欧の全人種に隔絶し、実に地球の半廻転を試みてのち、極東じゃぽん国にいたって初めて著しき類似を見出すのである。これ余の研究完成することなくしては、地球の怪談として深く諸氏の心胆を寒からしめたに相違ない。而して諸君安んぜよ、余の研究は完成し、世界平和に偉大なる貢献を与えたのである。見給え、源義経は成吉思汗（ジンギスカン）となったのである。成吉思汗は欧州を侵略し、西班牙に至ってその消息を失うたのである。然り、義経及びその一党はピレネエ山中最も気候の温順なる所に老後の隠栖（いんせい）を卜（ぼく）したのである。之即ちバスク開闢（かいびゃく）の歴史である。しかるに嗚乎、かの無礼なる蛸博士は不遜千万にも余の偉大なる業績に異論を説（とな）えたのである。彼は曰（いわ）く、蒙古の欧州侵略は成吉思汗の後継者太宗の事蹟にかかり、成吉思汗の死後十年の後に当る、と。実に何たる愚論浅識であろうか。失われたる歴史に於て、単なる十年が何である乎！　実にこれ歴史の幽玄を冒涜するも甚だしいではないか。

　さて諸君、彼の悪徳を列挙するは余の甚だ不本意とするところである。なんとなれば、その犯行は奇想天外にして識者の常識を肯（がえ）んぜしめず、むしろ余に対して誣告の誹を発せしむる憾みあるからである。たとえば諸君、頃日（けいじつ）余の戸口にBananaの皮を撒布し余の殺害を企てたのも彼の方寸に相違ない。愉快にも余は臀部（でんぶ）及び肩胛骨（けんこうこつ）に軽微なる打撲傷を受けしのみにて脳震盪（のうしんとう）の被害を蒙るにはいたらなかったのであるが、余の告訴に対し世人は挙げて余を罵倒したのである。諸君はよく余の悲しみを計りうるであろう乎。

　賢明にして正大なること太平洋の如き諸君よ。諸君はこの悲痛なる椿事（ちんじ）をも黙殺するであろう乎。即ち彼は余の妻を寝取ったのである！　而して諸君、再び明敏なること触鬚（しょくしゅ）の如き諸君よ。余の妻は麗わしきこと高山植物の如く、実に単なる植物ではなかったのである！　ああ三度冷静なること扇風機の如き諸君よ、かの憎むべき蛸博士は何等の愛なくして余の妻を奪ったのである。何となれば諸君、ああ諸君永遠に蛸なる動物に戦慄せよ、即ち余の妻はバスク生れの女性であった。彼の女は余の研究を助くること、疑いもなく地の塩であったのである。蛸博士はこの点に深く目をつけたのである。ああ、千慮の一失である。然り、千慮の一失である。余は不覚にも、蛸博士の禿頭なる事実を余の妻に教えておかなかったのである。そしてそのために不幸なる彼の女はついに蛸博士に籠絡(ろうらく)せられたのである。

ここに於てか諸君、余は奮然蹶起(けっき)したのである。打倒蛸！　蛸博士を葬れ、然り、膺懲(ようちょう)せよ、憎むべき悪徳漢！　然り然り。故に余は日夜その方策を練ったのである。諸君はすでに、正当なる攻撃は一つとして彼の詭計(きけい)に敵し難い所以(ゆえん)を了解せられたに違いない。而して今や、唯一策を地上に見出すのみである。然り、ただ一策である。故に余は深く決意をかため、鳥打帽に面体を隠してのち夜陰に乗じて彼の邸宅に忍び入ったのである。長夜にわたって余は、錠前に関する凡(およ)そあらゆる研究書を読破しておいたのである。そのために、余は空気の如く彼の寝室に侵入することが出来たのである。そして諸君、余は何のたわいもなくかの憎むべき鬘を余の掌中に収めたのである。諸君、目前に露出する無毛赤色の怪物を認めた時に、余は実に万感胸にせまり、溢れ出る涙を禁じ難かったのである。諸君よ、翌日の夜明けを期して、かの憎むべき蛸はついに蛸自体の正体を遺憾なく暴露するに至るであろう！　余は躍る胸に鬘をひそめて、再び影の如く忍び出たのである。

しかるに諸君、ああ諸君、おお諸君、余は敗北したのである。悪略神の如しとは之(これ)か。ああ蛸は曲者の中の曲者である。誰かよく彼の深謀遠慮を予測しうるであろう乎。翌日彼の禿頭は再び鬘に隠されていたのである。実に諸君、彼は秘かに別の鬘を貯蔵していたのである。余は負けたり矣。刀折れ矢尽きたり矣。余の力を以てして、彼の悪略に及ばざることすでに明白なり矣。諸氏よ、誰人かよく蛸を懲す勇士なきや。蛸博士を葬れ！　彼を平なる地上より抹殺せよ！　諸君は正義を愛さざる乎！　ああ止むを得ん次第である。しからば余の方より消え去ることにきめた。ああ悲しいかな。

諸君は偉大なる同博士の遺書を読んで、どんなに深い感動を催されたであろうか？　そしてどんなに劇しい怒りを覚えられたであろうか？　僕にはよくお察しすることが出来るのである。偉大なる風博士はかくて自殺したのである。然り、偉大なる風博士は果して死んだのである。極めて不可解な方法によって、そして屍体を残さない方法によって、それが行われたために、一部の人々はこれを怪しいと睨んだのである。ああ僕は大変残念である。それ故僕は唯一の目撃者として、偉大なる風博士の臨終をつぶさに述べたいと思うのである。

偉大なる博士は甚だ周章て者であったのである。たとえば今、部屋の西南端に当る長椅子に腰懸けて一冊の書に読み耽っていると仮定するのである。次の瞬間に、偉大なる博士は東北端の肱掛椅子に埋もれて、実にあわただしく頁をくっているのである。又偉大なる博士は水を呑む場合に、突如コップを呑み込んでいるのである。諸君はその時、実にあわただしい後悔と一緒に黄昏に似た沈黙がこの書斎に閉じ籠もるのを認められるに相違ない。順って、このあわただしい風潮は、この部屋にある全ての物質を感化せしめずにおかなかったのである。たとえば、時計はいそがしく十三時を打ち、礼節正しい来客がもじもじして腰を下そうとしない時に椅子は劇しい癇癪を鳴らし、物体の描く陰影は突如太陽に向って走り出すのである。全てこれらの狼狽は極めて直線的な突風を描いて交錯する為に、部屋の中には何本もの飛ぶ矢に似た真空が閃光（せんこう）を散らして騒いでいる習慣であった。時には部屋の中央に一陣の竜巻が彼自身も亦周章てふためいて湧き起ることもあったのである。その刹那偉大なる博士は屡々（しばしば）この竜巻に巻きこまれて、拳を振りながら忙しく宙返りを打つのであった。

さて、事件の起った日は、丁度偉大なる博士の結婚式に相当していた。花嫁は当年十七歳の大変美しい少女であった。偉大なる博士が彼の女に目をつけたのは流石（さすが）に偉大なる見識といわねばならない。何となればこの少女は、街頭に立って花を売りながら、三日というもの一本の花も売れなかったにかかわらず、主として雲を眺め、時たまネオンサインを眺めたにすぎぬほど悲劇に対して無邪気であった。偉大なる博士ならびに偉大なる博士等の描く旋風に対照して、これ程ふさわしい少女は稀にしか見当らないのである。僕はこの幸福な結婚式を祝福して牧師の役をつとめ、同時に食卓給仕人となる約束であった。僕は僕の書斎に祭壇をつくり花嫁と向き合せに端坐して偉大なる博士の来場を待ち構えていたのである。そのうちに夜が明け放れたのである。流石に花嫁は驚くような軽率はしなかったけれど、僕は内心穏かではなかったのである。もしも偉大なる博士は間違えて外（ほか）の人に結婚を申し込んでいるのかも知れない。そしてその時どんな恥をかいて、地球一面にあわただしい旋風を巻き起すかも知れないのである。僕は花嫁に理由を述べ、自動車をいそがせて恩師の書斎へ駆けつけた。そして僕は深く安心したのである。その時偉大なる博士は西南端の長椅子に埋もれて飽くことなく一書を貪（むさぼ）り読んでいた。そして、今、東北端の肱掛椅子から移転したばかりに相違ない証拠には、一陣の突風が東北から西南にかけて目に沁み渡る多くの矢を描きながら走っていたのである。

「先生約束の時間がすぎました」

僕はなるべく偉大なる博士を脅かさないように、特に静粛なポオズをとって口上を述べたのであるが、結果に於てそれは偉大なる博士を脅かすに充分であった。なぜなら偉大なる博士は色は褪せていたけれど燕尾服を身にまとい、そのうえ膝頭にはシルクハットを載せて、大変立派なチューリップを胸のボタンにはさんでいたからである。つまり偉大なる博士は深く結婚式を期待し、同時に深く結婚式を失念したに相違ない色々の条件を明示していた。

「POPOPO！」

偉大なる博士はシルクハットを被り直したのである。そして数秒の間疑わしげに僕の顔を凝視めていたが、やがて失念していたものをありありと思い出した深い感動が表れたのであった。

「TATATATAH！」

已にその瞬間、僕は鋭い叫び声をきいたのみで、偉大なる博士の姿は蹴飛ばされた扉の向う側に見失っていた。僕はびっくりして追跡したのである。そして奇蹟の起ったのは即ち丁度この瞬間であった。偉大なる博士の姿は突然消え失せたのである。

諸君、開いた形跡のない戸口から、人間は絶対に出入しがたいものである。順って偉大なる博士は外へ出なかったに相違ないのである。そして偉大なる博士は邸宅の内部にも居なかったのである。僕は階段の途中に凝縮して、まだ響き残っているその慌しい跫音を耳にしながら、ただ一陣の突風が階段の下に舞い狂うのを見たのみであった。

諸君、偉大なる博士は風となったのである。果して風となったか？　然り、風となったのである。何となればその姿が消え失せたではないか。姿見えざるは之即ち風である乎？　然り、之即ち風である。

何となれば姿が見えないではない乎。これ風以外の何物でもあり得ない。風である。然り風である風である風である。諸氏は尚、この明白なる事実を疑るのであろうか。それは大変残念である。それでは僕は、さらに動かすべからざる科学的根拠を附け加えよう。この日、かの憎むべき蛸博士は、恰(あたか)もこの同じ瞬間に於て、インフルエンザに犯されたのである。

帆影

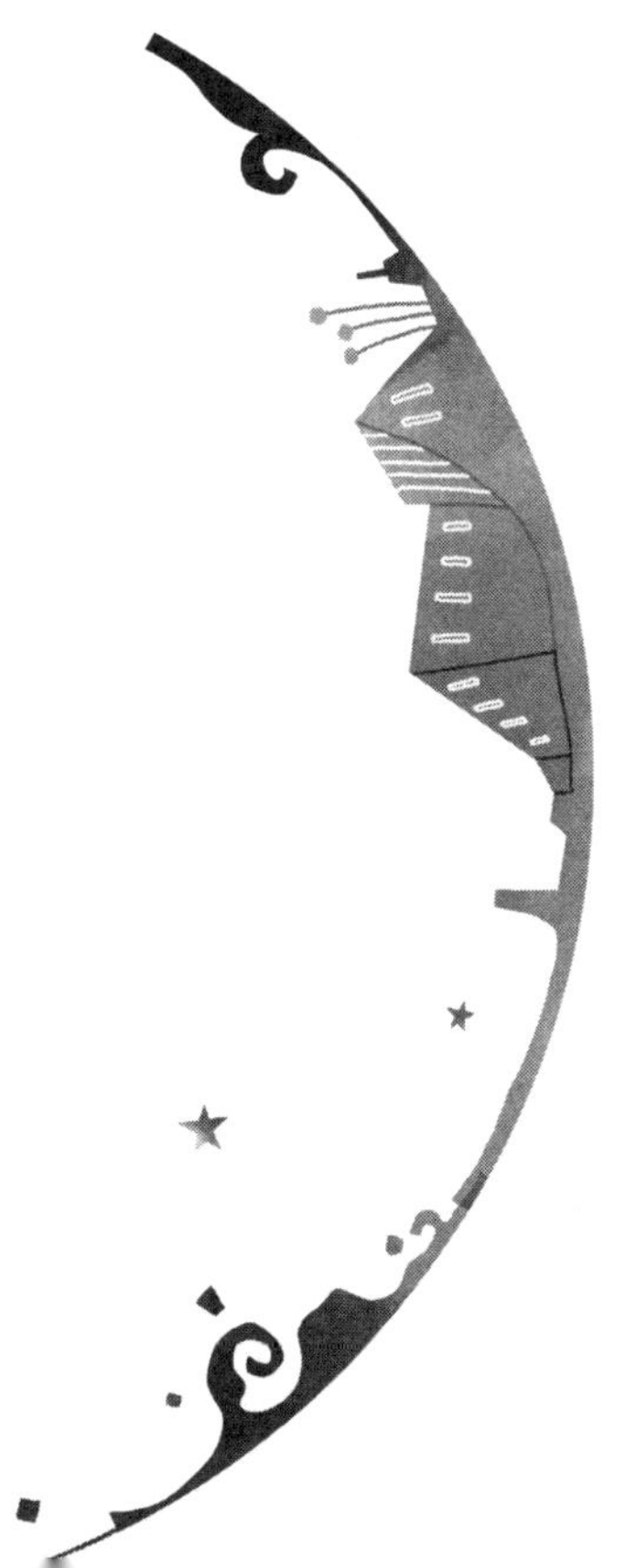

凡（およ）そ退屈なるものの正体を見極めてやろうと、そんな大それた魂胆で、私はこの部屋に閉じ籠ったわけではないのです。それとは全く反対に、凡そ憂鬱なるものを忘却の淵へ沈め落してしまおうと、それは確かに希望と幸福に燃えて此の旅に発足したのでした。それも所詮単なる決心ではありますが——とにかく其の心掛けは有ったのです。勿論初めのうちは、時々は散歩に出掛ける心持にもなったものですが、その気持でさて立ち上ってみますに、何か一つ心に満ち足りない感じがして、ついうかうかと窓から外ばかり眺めているうちに、ガッカリして寝倒れてしまい、もう天井にジッと空洞（うつろ）な眼を向けて、放心してしまうのです。そんな風にしていて、決して愉快であるわけはないのですが、今ではあきらめて、まるで外出する気持にもならないのです。それは確かに退屈千万で堪え難いのでありますが、たまさかに外へ出てみる気持にもなると、その気持に成っただけが尚更に負担で、全くガッカリしてしまうのです。

　此処は太平洋に面した、とあるささやかな漁村ですが、私の部屋には、ひろびろと海に展（ひら）かれた一つの窓があるのです。晴れた日は、窓に広い水平線が動き、白い小さな帆が部屋の余白を居睡りながら歩いて行くのです。陽射しを受けた部屋の畳に、沖の波紋が透明な模様を描きながら、終日ゆらゆらと揺らめいているのです。黄昏（たそがれ）、時々お饒舌（しゃべり）な雲が速歩（はやあし）で窓を通って行くのですが、私の胃の腑にも柔かな饒舌が其の時うとうとと居睡りに耽（ふけ）っているのです。そして雨の日は——雨の日は、朝の日醒（めざ）めに煙った沖を眺めながら、寝床の上で私の体軀を真二つに割ると、私の疲れた脊椎に濡れた海藻がグショグショ絡みついていて、白いシイツまで悲しい程しめっぽい。私の脳漿（のうしょう）には、日を終るまで、暗い沖の冷い雨脚が煙っているのですが……。

　言い遅れましたが、私には一人の連(つれ)があるのです。しかしこんな小うるさい存在も一寸(ちょっと)ほかに見当らない程で、私としては常に黙殺しているのですが、ともかく緋奈子は私の愛人と呼ばるべき関係に当りますので、この人を言い出さないわけにも行かないのです。かといって、私はここに、私は果して緋奈子を愛せりや否やという論題に就(つい)て批判的に弁論する学徒的意志は毫も持ち合わさないものですから、極めて簡単に目下の感覚のみを言うのですが、私は緋奈子がうるさいのです。何故といって、ただウルサイのが事実ですから、何としてもただウルサクテ堪らないのです。別にそれは、緋奈子が日夜私をうるさく散歩に誘うからではないのです。なぜならば、其の時私は単に唇を軽く上下せしめることによって、「俺は行かないよ」と発音すれば、それはそれなりに終るからです。

「散歩した方が体軀にいいのよ」

「君一人で体軀をよくしたまえ」

「そんなにあたしがうるさいの……」

　そして緋奈子は時々思い出したように、ある時は日蔭に、ある時は日向(ひなた)に、泣きはじめるのです。といって、それだからウルサイわけではないのですが……。それでは何故にうるさいのかといって――別にウルサイからウルサイのではないのです、つまり漠然として、本質的に、存在そのもののレアリテがうるさくて饒舌で堪え難いのです。こんなにウルサガラレテいながら、この溌溂(はつらつ)とした美少女が私のような痩せ衰えたやくざ者の身辺を立ち去らないのは実に一種の不合理である、と、私はいわば厭がらせのようにこうお世辞を言うのです。すると緋奈子はあの窓から遠い水平線を眺めながら、私を全く軽蔑した蒼白い嘲笑を浮べるのです。それはお互の武器ですから、止むを得なかったのです。ところが近頃は、いくらか之（これ）と、様子が違ってきたのです。もう夏が来ましたから――そうです、もう夏が来てしまった――いつの間に用意して来たのですか、全然私の気付かなかったことですが、緋奈子はトランクの底から私のと彼の女のと二着の海水着を取り出して、「あたし一人で散歩してくるわよ、ね」と言い残して、あの窓の下のなだらかな銀色の上で、村の小供達と一日遊んで暮すのです。水へ這入るのはごく稀なことで、大方は小供達にボクシングの型を教えたり、輪になって踊ったり、跳躍（ジャムプ）や競走（カケッコ）の試合をしたりさせたりしてイるのです。窓下の砂浜に点と化したそれらの人影は八方へ散乱し、又ある時は、遠浅の沖へ沖へと進んでゆく喚声が遠近を明瞭に暗示しながら海風に送られてこの窓へ鳴りわたって来たり……私は窓から頸を出して、ひねもすそれを眺めているのです。日が落ちると、緋奈子は疲労してこの部屋へ立ち戻って来るのですが、楽しい遊びの続きのように、夜の部屋でも独り悦ばしげにはしゃぎ廻って、私を眼中に置かないのです。

　今さら気取っても仕方のない話ですから、正直に打ち開けて断言しますが、私も実は緋奈子が羨しかったのです。私も、この憂鬱な部屋を棄てて、子供達と一緒に、あんな風に遊びたかった。しかし、そういう思いに駆られることからして、已（すで）に並ならぬ億劫（おっくう）な事柄でありますので、私はなるべく自発的に思惟を中絶して、靄（もや）だらけな昼寝を貪ったりすることが多かったのです。それに私は、なぜだか、今更ノコノコと白日の下に顔を曝（さら）すのが気羞（きはず）かしく思われてならない気持もあったのです。つまり彼等は――といっても、単に緋奈子や村の子供達に就てばかりではなく、いわば此の漁村全体の人と風景にわたって――已にある種の密接な雰囲気がつくられているのに、私だけ一人は其処にうらぶれたエトランジェであるように考えられてならないからです。たとえば私が、初めて彼等の集団へ顔を突き出した場合の気まずい雰囲気を考えたなら、私というみじめなエトランジェが、なんと気の毒に消えそうでありますことか。勿論、素朴な村人たちが、そうまであくどく私を白眼視するだろうとは思われないことですが、私としてはそんな場合、常にこういう気まずい雰囲気を自分一人で創作して、その当座それを押し切っても無理に親しもうとする勇気は持てないのです。よしんば現実の安逸さが古沼程も退屈極りないものであるとしても、予想されたより豊富な安逸さを求めて、この「現実」を賭ける気持にはまず滅多には成らないのです。これは甚だ余談ですが、ですから私は、「死」ぬことが嫌いであります。たとえば「死」に、虹ほども豊富な色彩と休息が予約されるとしてからが、現実「生きている」うえは、この現実の安逸を賭けて投機を試みる心になりませんのです。——そして、ありていに恥を言えば、この海風の通る部屋の中では、私は一人ぼっちの真昼を迎えると、部屋の片隅に抹殺し去られた私の海水着を秘かに取り出して、臆面もなく之を着込んでいるのですが……流石にしかし、それを発見されないように、頸ばかり窓から突き延して、広い海原と浜に零れた人影のうごきを眺めているのです。緋奈子は遊びに夢中ですから、私の窓を振り仰いで、其処に私の頸だけを見付け出すことは、一日の中にも極く稀な気紛れによることですが、しかしとにかく、一日に一度顔が会うと、私はそれをキッカケにヒョイと頸を引っ込めて、その時ばったり倒れた場所でその一日を暮すのです。

「緋奈子……緋奈子……緋奈子……緋奈子……」

　気がつくと、低いかぼそい不思議な声が、私の胎内からそう緋奈子を呼んでいる……私が現実の緋奈子を呼ぶ理由はないのです。あれは実際詐りなくウルサクテタマラナイ存在ですから。……そして私は、恐らく緋奈子の、その影を呼んでいるのではないのですか。そして私も、恐らくは私も、また、叫ぶところの影であります。私のうらぶれた現身(うつしみ)に、影ほど好ましきものは無いのです。影は人の心でありま す、そして又、人のふるさとであります。饒舌な現身が愛慾のわずらわしさに憔悴し去るとき、沈黙な影はその素朴にして寛大な抱擁を差し投げるものであります。ただ黒い影法師ほど、深い慰めと深い反省の泉であるものは、この現世に無いのです。……そう言えば私は海原を歩く帆カケ舟の帆影を探したことがあるのです。海原のひたすらなる青へ静かに落ちた帆影は、美くしい影であろうと思われたからです。はじめ私の肉眼には、空のように、又海のように、帆カケ舟にもその影が見当らないのです。私はオペラグラスを取り出して、それからの毎日、窓を通る一つ一つの帆カケ舟を点検したのですが、帆影はついに見出せなかったのです。そして私は考えたのです、あれはあれでいい、空のように、又海のように、あれはあれ自身すでに一つの麗わしいふるさとだから……。

この漁村に人死がありました。私の窓の、目の下のなだらかな銀色に、村の少年が溺死体となって発見されたのです。無論あかるい真昼間の出来事で、赤熱した砂浜が、ひろくピカピカと煌(きらめ)いていたのです。私はその頃部屋の中に寝倒れていたのですが、遠い窓の下から風に送られてくる不安げなざわめきに、ふと頸を出したとき、腹部の異状に膨脹した少年の溺死体は、その両足を摑(つか)まれて逞しい漁夫に逆しまに吊されながら、左右に大きくゆらゆらと揺れて陸(おか)へ上げられたところでした。それらの体軀にも、一面にあかるい太陽が輝いていたのです。暫くは人工呼吸を施していたのでしょうか、しかしそれは小さく動かない人垣に隠されて、私の窓からは見えないのです。ただ浜の四方から、点のような人影が、時々現れて一散にその人垣の方へ駈けてゆくのですが、見ていても気付かぬうちに、その人垣が少しずつ大きくなってゆくのです。緋奈子は、人垣から少し離れて、時々不安げにその中を覗き込むのですが、すると直ぐ頸をめぐらせて、私の窓の私の眼へ、同じ不安げな視線をじっと落すのです。その動作を緋奈子は幾度も繰返していましたが、やがて秘密げな人垣が割れると、少年ははや屍体となって、なおあの影を落しながら、村の一方へ砂浜伝いに運ばれて行きました。私は何等の感傷もなく、これらの出来事を見終ったのです。そして又、静かに頸を引込めると、放心してじっと寝倒れてしまったのです。

緋奈子は、これも亦虚しく蒼白な顔に目ばかり大きく見開きながら、この真昼の部屋の日盛りへ、恐らくは暫くぶりで帰って来たのです。緋奈子は机に頬杖をついて、今悲劇のあったあたりの、もはやそれらしい痕跡もないひろびろとした砂浜から、遠い水平線の方を眺めていたようです。やがて、ぼんやり天井を睨んでいる私の傍へ、気の抜けた形で近づいて来たのですが、まもなく私の胸に顔を伏せて泣きはじめたのです。

「あたしを放さないでね。あたしを愛してね。あたしは淋しいの。いつもいつもあたしを放さないでいてね……」

その一日、緋奈子は私の胸の中に泣いていました。私は身動きもしなかったのです。どうせほかのことを考えていますので、別にウルサイとも思はなかったものですから、私は緋奈子の影を抱きしめている白日の幻を見ていたのです。——黄昏、緋奈子に誘われて、少年の家へ弔問に行きました。また後日には、その零れたような葬列も、松林の間にチラチラと隠れて行ってしまうまで、見送ったのです。そしてあの黄昏から、私は俄かに外出する男と成ったのです。意味もなく、別に感慨もなく、ただ成行のままにです。

出て見れば、外もしかし、やはり同じ退屈な場所にすぎなかったのです。緋奈子が、同じウルサイ存在に変りのなかったのと同じように……。いわば、それまではあの一部屋に限定されていた退屈を、深々とした蒼空の下へ野放しにしただけのことだったのです。とはいえ私は、いったん浜に出てみると、恰もそれだけの現実しか見知らない男のように、それからの毎日は、日もすがら窓下の浜辺に落ちて、青々とした海を眺める一つの点と化したのです。そして黄昏が来ると、促されて緋奈子と二人、倉皇と暮れてゆく渚を長く彷徨うのですが、私達の影法師だけは、西に向く時は背に、東に向く時は前に、長々とした寛大な心を静かに並べているのですが……。

霓博士の廃頽

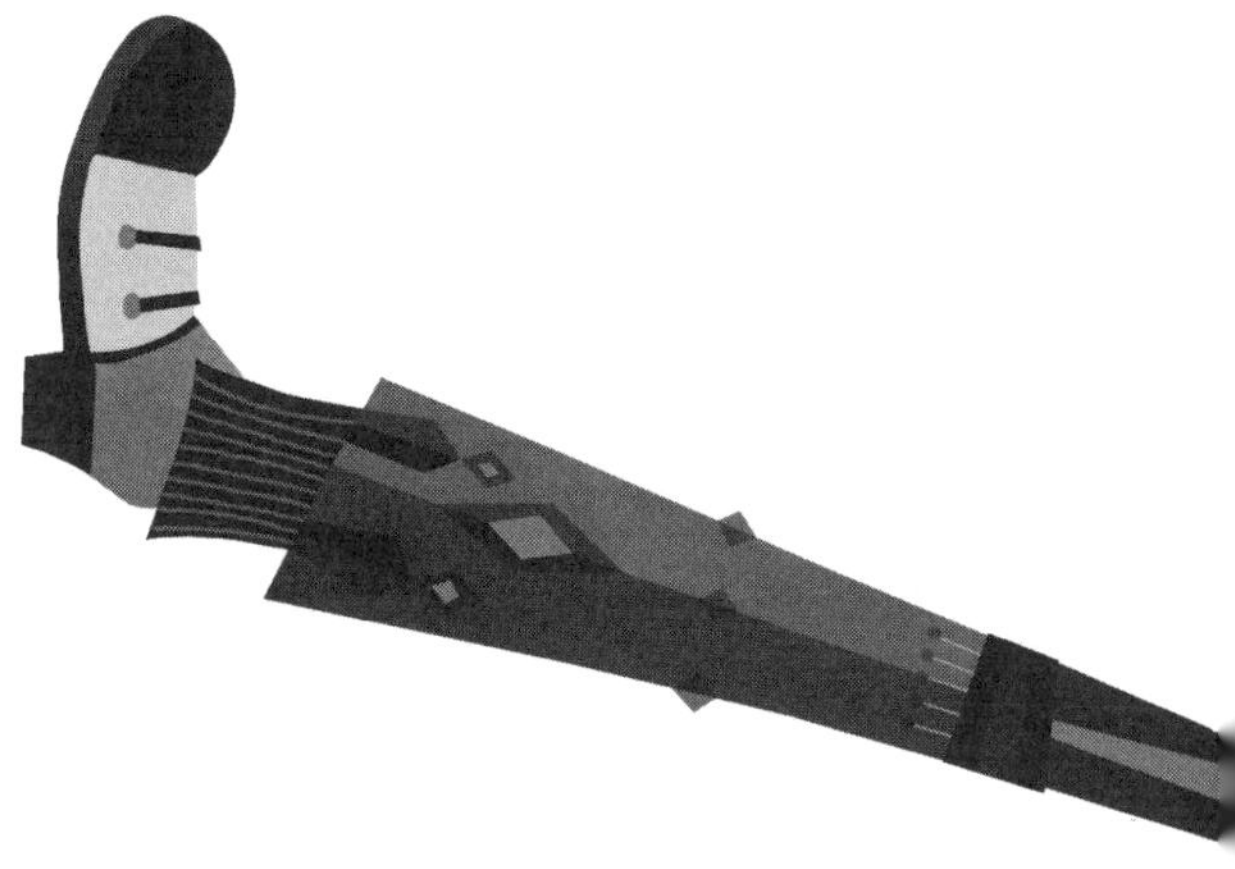

1

星のキラキラとした夜更けのことで、大通りの睡り耽ったプラタナの陰には最早すっかり濡れてしまった街燈が、硝子の箱にタラタラと綺麗な滴を流していたが、——シルクハットを阿弥陀に被り僕の腕に縋り乍らフラフラと千鳥足で泳いでいた霓博士は、突然物凄い顔をして僕を邪慳に突き飛ばした。

「お前はもう帰れ！」

「しかし、だって、先生はうまく歩けないじゃありませんか——」

「帰らんと、落第させるぞ！」

「それあ、ひどい！」

「こいつ——」

霓博士はいきなりグヮン！　と僕の膝小僧を蹴飛ばした。その途端に、僕よりも博士の方がデングリ返って逆立ちを打ちシルクハットを甃の上へ叩き落してしまったが、四つん這いに手をついて其れを拾う瞬間にも股の陰から僕の隙を鋭くジイッと窺い、ヤッ！　と帽子を頭へ載せて立ち上る途端に僕の脛をも一度ドカン！　と蹴っ飛ばした。「ワア痛い！」「ウー、いい気味じゃアよ！」と言い捨てて、博士は暗闇の奥底へ蹌踉とした影法師を蹣跚かせ乍らだんだん消えて行ってしまった。そこで僕も息を殺し、プラタナの深い繁みが落している暗闇ばかり縫うようにして博士の跡をつけはじめた……が、博士はものの一町も歩かぬうちに、お屋敷街の静かな通りへ曲ってゆく四つ角の処で急にヒラリと身を隠し、塀の陰からソッと首だけ突き延して疑り深く振り返ったが、忽ち僕を発見して——手当り次第に石を拾うと僕をめがけて盲滅法に発射した。

「WAWAWAAAH！　実に憎むべき悪魔じゃアよ……」

斯様に博士は怒りに燃えた呟きを捨て、闘志満々として握り拳を打ち振り乍ら塀の陰から進み出たが、突然ブルン！　と昆虫の羽唸りに似た鈍い音を夜空に残し睡った街上に白い真空の一文字を引いたかと思うと、僕の胸倉へ発止とばかりに躍りかかって——博士は稀に見る小男であったから、僕の頸に左手を巻き僕の腿に両脚を絡みつけて、丁度木立にしがみついた蝉の恰好になるのだが——右手でギュッと僕の鼻先を撮みあげると渾身の力を奮い集めてグリグリぐりぐりと捩じ廻したのであった。

ヤッ！　掛声諸共博士は遂いに僕を道路へ捻り倒し、クシャクシャに僕を踏み潰して、全く其の場へのしちまうと、いい心持にシルクハットを深く阿弥陀に被り直して「エヘヘン！」と反り返った。

「実に怪しげな奴じゃアよ！　憎むべき存在じゃわい、坂口アンゴウという奴は！　万端思い合わせるところ、かの地底を彷徨う蒼白き妖精、小妖精の化身であろうか。はてさて悩ましき化け物じゃアよ！」

ポン！　と僕のドテッ腹を小気味よく蹴り捨てて、博士はプラタナのあちら側へフラフラと消えて行つた。僕は全く人通りの杜絶えた並木路にブッ倒れて、暫しの間ひやひやした綺麗な星空を眺めていたが、どうやら疼痛も引き去り身動きも出来るようになったので、頑固に決意を堅め霓博士の邸宅へとプラタナの闇を縫い乍らフラついて行った——

　何か面白い事件があるのだ、と予感がしたからであった。あんなに猛り立つのは確かに訝しい。……最近博士は変な具合に僕を憎みはじめたのだ。僕の顔を見さえすれば、急にグルンと眼玉を据え、忽ち闘志満々とボクシングの型に構えて、「お前は悩ましき悪漢じゃアよ！　平和なる団欒（だんらん）を破壊するところの蒼白き妖精じゃアよ！　又、メヒストフェレスの出来損いであろうか！」――あまりただならぬ物凄さに僕もいささかドキンとして多少とも陳弁の形を取ろうとする時に、「こいつ――」博士は突然ブルン！　と一本の真空を描いて僕の胸に絡みつき、鼻をグリグリと捩じあげてしまうのだ。ところで又、学校で、博士のクラスへ出席する程僕に悲惨な境遇はなかったのだ。このクラスでは僕のみ唯一人が学生であったから、厭でも前列の中央へションボリ坐らねばならなかったが――博士は教卓の陰へ危うく沈没しそうな矮軀（わいく）のくせに厭に傲然と腕を組み、実に陰険に僕をジロリと睨まえて「学校へ出席する学生は余程低能な奴である」とか「気の利いた学生は街から街を流して歩いて学校へは出ないものだ」なぞと皮肉り乍ら、凡そあらゆる恐喝の限りを尽すのである。

「坂口アンゴウは落第じゃアよ！　わしの辞職に賭けても教授会議で主張するからエエのだアよ！　断じて落第に決っとるウよ！　生涯お前は学生じゃアよ！」

「そ、それあ、実に横暴だ！」

「こいつ――」

突然ブルン！　と空気が破けて頭の上へ卓子が飛んできた！　右から椅子が落ちてきた！　左から靴だ！　本だ！　バケツだ！　電燈が微塵にわれた！　黒板が――僕としては幸福なめぐりあわせであったのだが黒板は幾らか重すぎるために、博士は遂いに自ら黒板の下敷きとなり泡を激しく吹き乍らジタバタして、「タ、助けないと、アンゴウは、ラ、ラ、ラ、落々々々……じゃアよ！」と唸っているドサクサに僕は窓を蹴破って一目散に逃げ延びるのであった。――およそ此の如き有様が毎日の習慣であったのだ。この不可思議な憎悪には秘められた謎が有ろうというものである。それも大体は目星がついていたのだが、つまり博士は、最近結婚したばかりであったのだ。まだ半年とたちはしない近頃の話で、それも当年二十才の素敵な麗人だという事だから、毎晩おそく酔い痴れて帰る度に夫人にギュウギュウやっつけられるものらしい……

諸君は、モルグ街の殺人事件を御存知であろうか？　あれも星のキラキラとした怖いような夜更けであったが、人通りの全く杜絶えたモルグ街の一劃の、まだ窓に燈火（あかり）の射している階上の一室から突然けたたましい悲鳴が湧き起ったのだ。暫くしてシンと音の落ちた其の部屋から今度は何国の言葉とも知れない変な絶叫が聴きとれたが、そのまま再びひっそりとして全く夜の静寂に還元してしまった。一匹の猩々（しょうじょう）が獰猛な力をもって二人の婦人を惨殺してしまったのだ。ところが――此の残酷な顛末を、瓦斯（ガス）燈の柱に攀（よ）じ登りプラタナの繁みに隠れて逐一窓越しに見届けてしまった胡散（うさん）な男があったのだ。其奴が此の猩々の所有主で――そして又、そんなら其れが僕であっても全く差し支えは無かったのだ。霓博士の邸宅に於ては、あらゆる意味に於てモルグ街の殺人事件が再演されていたからである。「国籍不明の絶叫」だとか「劇しく家具の散乱する物音」だとか「肉体と物体との相反撥し合う物音」――そして其れは明らかに一人が一人をやっつけている物音、より正確なニュアンスを言えば、一人が一人にやっつけられている物音、であったのだ。――それにしても、何という長たらしい、収まりのない殺人事件であろうか！　流石（さすが）に僕も全く退屈して、欠伸（あくび）まじりに明るく騒がしい二階の窓から目を逸らしたら、屋根の上に物凄く輝いている星の眼玉がギラリと僕を睨みつけた。そしたら、ガン！　突然窓が一っぺんに爆発して、ビュン！　と黒い塊が部屋の中から飛び出してきた。余程空気の抜けきってだらしのない塊とみえる、厭にふうわりと思わせぶりな抛物線(ほうぶつ)を描き乍ら飛んできたが、淋しい道路へ落ちたかと思うと其れきりピタンと吸いついて全く動かなくなってしまった。今に動くかと思って待ち構えていたら、頭の上のプラタナの繁みだけが少しザワザワと揺れて動いた。僕は忙しく腕組みをしてキラキラした空を見上げ、綺麗な星を幾つとなく算(かぞ)える振りをし乍ら頻(しき)りに目まぐるしい反省を纏めようとしていたが、それからソット近づいて覗いてみたら、其れは霓博士であった。

「セ、センセーイ。しっかりなさい！」

「ＺＺＺＺ……」

「セ、センセーイ。しっかりなさい！」

「ＺＺＺＺ……ウ、こいつ！」

目を見開いて僕の顔を認めると、忽ち博士は闘志満々として拳を振り振り立ち上ったが、よろめき乍ら敢(あえ)なく空気を蹴飛ばして三回ばかり空転(からまわり)ののち、ギュッと再びのびてしまった。しかし博士は倒れても尚胸に拳闘の型を崩さず、勃々(ぼつぼつ)たる闘志を見せて騒がしく泡を吹いた。

「オ、オレを誘惑した蒼白き妖精じゃアよ！　ア、アンゴウが現れとるウよお！　愛するミミ子よ——う。こいつを殺してお呉れえ、よお——う。」

「ワアッ！」

僕は驚いて一度に三米(メートル)も跳ね上った。——

硝子の千切れた二階の窓から一人の妙齢な麗人が——ピ、ピストルを片手に半身を現しながら、殆んど思惟を超越した英雄(ナポレオン)であるかの如く何の躊躇することもなく僕に向ってサッ！　と狙いをつけたからだ――

「タ、助けて呉れ！　ワッ！――」

僕は一本のプラタナを突然ブルンと飛び越えて道路の中央へ現れると、直線となって逃げ出した。パン！　パン！　一本の空気の棒がブルン！　と耳もとを掠めて劇しく前方へ疾走して行った。そして、自分の唇を食べるように劇しく嚙み、睡った通りを一目散に走っていたら、並木道のズッと先で、しっきりなしにパラパラと花火のような流星が降りそそいでいた。

2

性来飽くまで戦闘的な趣味を持ったミミ夫人と博士との結婚に就ては、全てが博士の責任であって僕の憎まれる筋はない。況んや博士を誘惑し平和なる団欒を破壊するところの蒼白き妖精と呼ばるるに至っては――思い当る節も無いことは無い、が、公明正大な判断によれば、全ては僕の類い稀な「良き意志」から割り出された結果であって、たまたま過って毒薬を調合した医者の立場に過ぎないのだ。僕の悲惨な運命を嘆くために、事のいきさつをつぶさに公開しよう。

僕はその頃獰猛な不眠症を伴うところの甚だ悪性な神経衰弱に悩まされていた。あまつさへ様々な「不幸」が、まるで僕一人を彼等の犠牲者として目星をつけたかのように群をなして押寄せてきた。自動車に跳ね飛ばされて頭を石畳に打ちつけるとか、河を跳び越す途端に確かに河幅が一米ばかりグーと延びて僕を水中へ逆立ちさせてしまうとか……凡そ意地悪るな「不幸」が丁度一種の妖気のように靄をなして僕の身辺を漂い、僕の隙を窺い乍ら得意げに僕の鼻先で踊りを踊ったり欠伸をしたりしているのが光線の具合でチャンと見えて了うのだ。僕は彼等に乗ずる隙を見せないために堅く一室に閉じ籠り、無論学校も休んで、その頃丁度二ヶ月ばかりというものは頑固に外出を拒んでいた。

ところが僕の学校では——僕のクラスは十名にも足らない僅かな人数であったから、恐らくその所為であったろうと思うのだが、勤勉な秀才を数の中へ入れ漏していたのだ。一列一体に頑として学校へ出席することを憎む奴ばかりが揃っていた。そこで一日、学監はクラスの委員に出頭を命じて厳しく叱責を加え「そう一列一体に休んでは、先生方が月給を受取る時に大変恥じた顔付をしてしまう。斯様な精神上の犯罪に対しては、教養ある大学生の身分として最も敏感でなければならぬ筈である。一講座に一人ずつ、今後漏れなく出席するように協定せよ」と厳重に申渡した。僕達は早速緊急クラス会議を開催し、各自の分担を籤引によって定めることとした。結局僕の責任に決定をみた講座は霓博士の「ギリシャ哲学史」であった。

僕が不幸な病気のために悶々として悩んでいたら、ある麗かな午過ぎのこと、級長が蒼白い怖い顔付をして堅く腕を組み乍ら僕の部屋へ這入って来た。彼は長いこと黙ってジッと僕を睨まえ、如何にも口惜しげに菓子ばかり嚙み鳴らしていたが——

「悲憤慷慨のいたりであるぞ！」と急に劇しい嘆きをあげた。

「ダ、ダ、誰が暗殺されたんだァ！　又又、ド、何処のお嬢さんが君をそんなにも失恋させて了ったのか！」

「君が最近出席しないために事務所はひどく憤慨しているぞ！　僕に代りを勤めろと催促してきかんか

ら、僕は実に迷惑している！」

「ウウ、それは大いに同情するが、何分僕は斯んなにも煩悶しているのだから、もう暫く勘弁してくれ――」

「ソクラテスの故事を知らんか！　はた又、広瀬中佐の美談を知らんとは言わさんぞ。国家のためには一命を犠牲にしたではないか。それ故銅像にもなっとる。尊公がクラスへ出んという法はない――」

「ムニャムニャムニャムニャ」

というわけで、高遠な哲学に疎い僕は常に論戦に破れるのであった。翌日、僕は悲愴な決心を堅め、一命を賭して博士の講座へ出席した。それが若し共産主義の旗じるしでさえ無かったなら、僕は円タクの運転手に僕の存在を知らしめるため、赤色の危険信号旗を頭上高らかに担って歩いたに相違ない。

ガランとしてひどく取り澄ました教室にたった一人で待っていたら、始業の鐘も鳴り終って已にあたりもシンと静まり返ってから、突然けたたましい跫音が教室の扉へ向けて一目散に廊下を走って来た。扉に殺到したかと思うと急に忙しく把手をガチンと廻したので、誰か風みたいに飛び込んで来る奴があるのかと思ったらそうでもない、顔の半分すら教室の中へ現わさないうちに、忽ち扉を再び閉じて今来た廊下を全速力で戻りはじめた。余程廊下を向うの方まで戻ってから、「そうだ、教室の中に誰か居たようだ――」と気付いたらしい、急に立ち止る跫音がしたと思うと、今度は猫みたいに跫音を殺し乍ら忍び足で戻ってくる気配がした。間もなくソッと把手が廻って、ビクビクした眼の玉が怖々と中を覗きはじめたが、僕をハッキリ認めると怪訝な顔付をして考え乍ら、少しずつ身体を扉の内側へ擦り入れているうちに、とうとう全身教室の中へ立ち現れてしまった。言うまでもなく霓博士である。博士は訝しげに思案し乍ら、首を振り振りどうやら教壇の椅子へまで辿りつくことができて其処へ腰を下したが、僕を様々な角度から頻りに観察して憂わしげに息を吐いた。それから、次第に意識を取り戻したと思ううちに、今度は莫迦に偉そうに突然胸を張って僕をウン！　と睨みつけた。

「なに故に永い間休みおったアか！」

「実は途方もない神経衰弱に苦しめられて煩悶していたものですから、つい……」

　僕が苦しげに溜息をついたら、博士は改めて神経衰弱の角度から僕の憔悴した蒼白い顔を観察しはじめたものらしい――暫くして、絞めつけられた鶏のような呻き声をあげた。

「プープープー、それは甚だ宜しくなアい！」

　霓博士は暗澹とした顔をジッと僕に向け合せて、殆んど同情のあまり今にも涙の溢れ出るような親密な表情をした。そして若し、博士の言葉がものの十秒も遅れて発音されたなら、僕は博士が発狂したものと感違いして、恐怖のあまり突然窓を蹴破って一目散に逃走していたに相違なかった。

「ワシも長いこと神経衰弱に悩んどるウよ」

「ア、ア。そ、そうでしたか――」

「キミは睡眠がとれるかァね？」

「駄目です！　ああ、駄目々々！　実に悲惨なものです。毎夜々々ふやけた白い夜ばかりなんですが――ああ！」

「ワ、ワシも、ワシも悲惨――う、ぶるぶるぶるう――ワ、ワシもワシも白い夜じゃァよ！」

　博士は殆んど悲しみのあまり今にも悶絶するところであった。そして劇しく咳上げはじめ胸を叩いて踠(もが)き苦しむものだから僕が慌てて介抱したら、博士は胸に痙攣を起して見ぐるしく地団太踏み乍らも、眼玉の動きや手の振り加減によって其れとなく僕に感謝を表わすために、尚忙しく廻転しはじめたのであった。――斯うして僕と霓博士は、忽ち友情の頂点に達したもののようであった。僕達は各自の処分に就て腹蔵ない意見を披瀝し合ったり、憂わしく嘆き合ったり慰め合ったりした。そして僕が僕の身辺に垂れこめている怪しげな妖気に就てつぶさに辛酸の由来を語ると、博士は又、自分は最近讃嘆すべき麗人と結婚したのであるが、その麗人はまだ至って少女であるために自分を激しく愛撫することを知るのみで神経衰弱に対しての理解に乏しいから、自分の神経衰弱は結局、永遠に癒る時はあるまいと語り、悩ましげに溜息を吐いていたが、又突然深い満足の微笑をニタリニタリと合点々々頷き乍ら洩したのであった。そして、僕は其の時ハッ！　と衷心より博士は気の毒な人であると思い、この人を倖せにするためになら此の上さらに僕の神経衰弱を深めることも厭(いと)わないであろうと思い当って、ジッと一本の指を噛み乍ら太い溜息を洩したりして真剣に知恵を運(めぐ)らし初めたのであった。そして――

あの、森の酒場を突然彷彿と思い出したのであった――

広漠として殆んど涯も知れないその森の入口に一軒の酒場が立てられていた。森の入口はと言えば此は又広茫としたなだらかな草原で、見渡したところ八方に人々の棲む何の気配もないのだが、大いなる落日が森の奥へ消え落ちて東の平野から広い夜が這い上ってくると、急にフワフワと何処から現れるものともつかず実に可笑(おか)しな奴ばかりが森の酒場へ集ってくるのだ。煙草をふかし乍ら勿体ぶって考えてばかりいる三文詩人がいるかと思うと、見ていたらいきなり彼の二つの耳から白くモクモクと煙を吹き出し嵐のような劇しい思索に耽りはじめたのであった！　凡そ常連の一人として一列一体に異体(えたい)の知れた奴はない。僕も昔は此の酒場の古い常連であったのだが、神経衰弱に悩まされて以来は、それも畢竟此等のてあいの醸し出す酒場の妖気に当てられた所為でもあろうかと思い、堅く禁酒を声明して森に足を向けなくなった。——思えば迂闊にも忘れていたが、全て物事には珍重すべき「逆」というものがあるのだ。ことに神変不可思議な神経衰弱の如き端倪すべからざる代物にあっては、逆こそ唯一の手段として何を措いても試みるべき性質のものではないか——

森の酒場へ！　そうだ！　森の酒場へ！

僕は忽ち興奮して殆んど涙を流さんばかりに感激し乍ら騒しく博士の手を握り、僕の頭に揺曳した新鮮な映像に就て説明した。そして僕達は忽ち已に病魔を征服したもののように有頂天となってしまい、あの広茫とした森の酒場へ！　唱歌を高らかに歌いながら行進したのであった。——その日から、昼は昼、夜は夜で、明け暮れ博士は森の酒場へ入り浸り終日デレデレと酔い痴れずには夜の明けない尊きバッカスの下僕となったのであった。

——おお、愛しい森の娘クララよ！

それがこの「森の酒場」の陽気な行事である通りに、博士も亦大いなる壺に水を満し其れにしたたかキュムメルを加えて妙なる青白き液体となし、酒場の娘クララの青春を讃え乍ら我が魂を呑むが如くに呑みほす途端に、位置に多少の錯覧を起して何のためらう所もなくザッと全身に浴びて了うのであった。「う、ぶるぶるぶるう……」と呻き乍ら忽ち博士は博士独特の方法によって逆立ちし背や腹へ廻った液体を排出しようとするのだが、それらは已に全く深く浸みついて動きがとれないものだからワッ！と叫んで七転八倒の活躍をしはじめ、挙句の果に力も尽きてグッタリ其処らへ倒れたまま劇しく痙攣を

起すのであった。クララは博士を抱き上げて濡れた顔を親切に拭いてやり、

「博士はもう今日は一滴も呑んではいけませんの――ね、約束しましょうよ。博士は三文詩人や落第生みたいな手のつけられない呑んだくれじゃありませんわね……」

「ワ、ワシは手のつけられない呑んだくれじゃアよ」

博士は突然クララの膝から立ち上って走り出し、アブサンの壜を抱えていきなりポン！　と慌ただしげに栓を抜こうとするのであった。

「およしなさい！　それこそ動けなくなってしまうわ。奥さんに叱られますよ！」

「ウー、違わあい！　それは、嘘じゃアよ」

博士はてれて恥しげに縮こまり乍らモジモジと言訳を呟き――そしてチラリと僕に流眄（りゅうべん）を浴せて殆んど僕の死滅をも祈るかのような怖しい憎しみを強調してみせるのであった。斯うして博士は僕を激しく憎み初めたのだ。

3

森の酒場では、夜更けから夜明けへ移る不思議に間の抜けた懶（ものう）い瞬間に、（それが毎日の習慣であったが）一つのクライマックスが――あらゆる悦び、あらゆる悲しみ、あらゆる歎き、あらゆる苦しみの最大頂天（ペラキシミテ）であるところの旋風のような狂乱が、湧き起るのであった。怪しげなてあいによって嵐の如く吹きあげられる一日の酔気が、恰（あたか）も朦朧とした靄となって部屋の四隅に彷徨い流れ、莫大な面積をもつ

変な爛(ただ)れがチクチクと酔い痴れた頭を刺す刻限になると、誰ということもない、突然誰か先ず一人が立ち上るのだ。そして――

「おお、星の星よ、樹の樹、空の空、娘の中の娘であるクララよ！　拙者の魂はお前の可愛らしい足もとへ捧げられるために、いかばかり此の一日を清らかに用意されたことであろうか！……」

彼は出鱈目(でたらめ)な言葉を敬々(うやうや)しく呟き終ると、やにわに彼の心臓へ手を差し入れて魂を掴み出そうとするのである。すると――魂がなくなっている！　彼は慌てて胃嚢(いぶくろ)を探しはじめるのであったが、次第に苛立たしげに狼狽を深めて自分の耳を引っ張ったり舌を出して撮(つま)んだりポケットを探したり靴を脱ぐとガタガタ揺さぶったりしているうちに、皆目見当を見失ってワア――落胆して口をパクパク言わせているが、遂いに猛然として気狂いのように部屋一面を走り初め、空気の中から彼の魂を握(つか)み出そうとして激しく虚空を掴むのであった。

「お、おれの魂がなくなったあ！　お、俺の魂を探して呉れえ！　わあわあ悲しい……」

「お、俺の魂を貸してやるから心配するな！」

見兼ねた奴が突然目の色を変えて立ち上ると、サッと心臓へ手を差し入れるが其処にも無い――彼は慌てふためいてポケットの裏を返したり舌を撮んだりしているうちに、これもワアッ！　と逆上して空気に躍りかかるのであった。

「お、俺の魂がなくなったあ！」

「心配するな！　お、俺のを貸してやる！」

「お、俺の魂を貸してやる！」

「お、俺のを……」

「お、俺のを……」

斯うして部屋中の酔っ払いが、一様に卓子を倒し椅子を踏みつけ右往左往湧き上って、目の色を光らせ乍ら空気を追駈け廻るのであった。その時まで止め損ってフラフラしていた酒場の親父もワアッ！と気附いて怱ち上衣をかなぐり捨て――

「シ、心配するな！　オ、俺の魂を貸してやる！……」

「アラ変だわよ、お父さんの魂なんて……」

「バ、バカぬかせ！」

ヤッ！　と心臓を探したところが、これも亦見当らない――慌ててズボンのポケットを掻き廻したり靴を振ったりしているうちに、彼も亦皆目見当を見失ってワアッ！　と逆上しながら空気の中へ躍り込んでしまうのだ。最後に一人取り残されたバアテンダアが――

「ワアワアワア！　マ待って呉れえ！　家が潰れてしまうよう！　大変だあ、大変だあ！　タ、魂を拵えるから、マ、待って呉れえ、タ、頼むからよう！……」

と泣き喚きながら、やにわにカクテル・シェーカアの中へ自分の身体をスッポリもぐらすと、これにコニャックとジンを注ぎ込みシャルトルーズに色づけをしてクルクルくるくると廻転しはじめるのだ。タッタッタッタッとグラスを並べて身体諸共躍り込み、

「デ、デ、デキタ！――」

「ワッ！」

一群の酔っ払いは嵐のように殺到して、グイグイ呑みほしてしまうと、グッタリ其の場へ悶絶して動かなくなってしまうのだ。そしてその頃ホノボノと森の梢に夜が白みかかってくるのであった。――霓博士が此処の常連に加わって以来、この廻転の速力が一段と目まぐるしい物になったと言われている。

ところが或日のことであった。その夜は僕が先ず真っ先に立ち上って、クララに魂を捧げようとしたのであった。

「おお、星の星、樹の樹、空の空！」

「お止しなさい！　そして貴方なんか森の奥底へ消えてしまうといいんだわ。あたしは貴方のようなネジけた人の魂なんか欲しくありませんからね……」

「ナ、なぜだ？」

「貴方は可哀そうな博士を虐めてばかりいるじゃありませんか！　ごらんなさい！　博士のお身は傷だらけよ。可哀そうな、お気の毒な博士！　どんなに苦しんでいらっしゃることでしょう！　ねえ、皆さん。それはみんなアンゴが悪いのですよ――」

「ウ、嘘をつけ！　それあ博士のオクサンが少しばかり腕っぷしが強すぎるんだい！　オ、俺なんぞの知ったことじゃアないんだぞ！」

「お黙りなさい！　あんたが博士を庇ってあげないのが悪いのよ！　おおかた不勉強で落第しそうだから、博士のオクサマにおべっか使って通信簿の点数をゴマカして貰おうって言うんでしょ」

「ウ、嘘だい！　こう見えても俺なんざ、秀才の秀才――」

「ウ、うそつき！」

いきなりブルン！　黒い小さな塊が突然僕に絡みついたかと思うと、僕の鼻をギュッと握ってグリグリ捩じ廻した。霓博士だ！　そして僕をドカンと其場へ捻り倒してしまうと博士はガンガン所きらわず踏み潰しはじめた。

「ブラボオ！　ブラボオ！　アンゴをやっつけろ！……」

何ということだ。一座の酔いどれ共は急に僕を憎み初めて立ち上ると、或者は僕の頭上に酒を浴せかけたり、又或者は珍しげに僕の鼻を撮んでみたり蹴っ飛ばしたりした。僕は死物狂いに憤慨しながらジタバタしていたが、ついにエイッ！　と立ち上ることが出来たら、其のハズミに博士は激しく跳ね飛ばされて壁にしたたか脳天を打ちつけた。そしてフラフラと悶絶するのをクララは飛ぶように走り寄って抱き上げ、

「しっかりなさい！　博士、ハカセッたら。いいわ、いいわ、博士、きっと仕返しをなさるといいわ。アンゴを落第させちまいなさいよ。ねえ、ねえ、ねえ……」

「そうだ、そうだ、全くだ！　あいつを落第させちまえ！」

「チ、畜生！　分ったぞ！　君達はみんな実に卑怯千万だぞ！　つまり君達はみんな日頃細君にやっつけられているものだから不当にも博士に同情して僕ばかり憎むものに相違ない。君達は君達の卑劣な鬱憤を何の咎められるべき筋もない僕によって晴そうというのだ。しかも此の気の毒な神経衰弱病者である僕の運命を、君達の卑劣な満足によって更に救い難い悩みへまで推し進めようとしている。ことに又クララの如きチンピラ娘にあっては実に単なるヒステリイの発作によるセンチメンタリズムによって僕を

憎悪するもので、その軽卒な雷同性たるや実に憎んでもあきたりない！」

「黙れ黙れ黙れ黙れ――」

ブルン！　突然空気が幾つにも千切れて、沢山の洋酒の壜が僕を目掛けて降ってきた。僕は全く困惑して部屋の片隅へ頭を抱えて縮こまってしまったら、ドカドカと一隊の酔いどれ共が押寄せて来て僕を忽ち取り囲み、壁の中へめり込むくらいポカポカ僕を蹴っ飛ばしてしまった。連中が僕をいい加減圧花（おしばな）みたいに蹴倒してそれぞれの椅子へ引き上げる頃、霓博士はようやく意識を恢復した。そして、クララの胸に抱かれ乍ら手厚な介抱を受けている幸福な自分の姿に気付くと、博士は忽ち感激して興奮のあまりついフラフラと再び悶絶しそうに蹣跚（よろ）めき乍ら立ち上ったが、辛うじて立ち直ると――

「ク、クララよ、おお、星の星の流星――森の樹樹樹、うう、タ、魂、魂々々、おお用意せられたる、タ、タマシヒ……じゃアよ！」

「まあ嬉しい！　あたしどんなに博士の気高い魂を頂きたいと思っていたことか知れませんわ！　ほんとうに、こんな嬉しい日があたしの思い出の中にあったでしょうかしら……」

「タタタタ、魂を……」

博士は泡を喰って目を白黒に廻転させ、上衣を脱ぎ捨てて心臓を――身体の八方を忙しく探していたが、やにわにポケットへ首を捩じ込むと足をバタバタふるわせながら

「タタタ魂がなくなったアよ！　タタ魂じゃアよ！　タタタ魂……」

そして博士は握り拳を大きく打ち振りながら合点合点合点と慌ただしげに宙返りを打ち初めたのであったが、見る見るうちに速力を増し、やがて凄じい唸りを生じて部屋の四方に激しい煽りを吹き上げ

たかと思うと、殆んどプロペラのように目にも留まらぬ快速力で廻転していたのであった。

「オオオ、オレの魂を貸してやる！」

余りの激しさに気を取られて、此の時までは流石に言葉も挿(さ)しはさめずに傍観していた一団の酔っ払いは、突然一度に湧きあがって「タタ魂を……」と絶叫しながら一様に霓博士の煽りを喰い、これらも亦プロペラのように廻転しはじめたのであった。——これ等数多(あまた)の目には映らぬ酔いどれ共の透明な渦巻を差し挟んで僕とクララはお互の姿をハッキリと睨み合うことが出来たが、僕は突然クラクラと込上げてきた怒りと絶望に目を眩(くら)ませ、やにわにジョッキーを振り上げたかと思う途端にヤッ！　気合諸共クララの頭から一杯の水をザッと鮮やかに浴せかけた。そしてクララが「卑怯者——」と口惜しげに拳を突き出して飛び掛ろうとしているうちに、僕は忽ち扉を蹴倒して暗闇の戸外へ転がり出で、

——オ、俺は失恋してしまった！

——オ、俺の悲しみは太陽をも黒く冷たくするであろう！

——オ、俺は自殺するかも知れないんだぞ！　助けて呉れえ！　お願いだ！

と悲しげな声をふり絞って絶叫しながら、森の入口の広茫とした草原を弾丸のように走っていたら、ズッと向うの東の空が急にボンヤリ一部分だけ白くなった。

4

それから丁度五日目のことであった。

その五日間というものは悶々として寝床の中にもぐったまま夜昼の分ちなく眼蓋（まぶた）だけを開けたり閉じたりしていたのだが、だしぬけに鼻をグリグリ捩じ上げる奴があるので、さてはてっきり霓博士が襲来したに違いないとあきらめ乍ら目を開けたら思いがけない一人の妙齢な麗人が――ピストルを突きつけて僕を鋭く睨んでいた。慌てていきなり飛び起きて狼狽（うろた）えながら左や右を見廻したら、ばかにお天気の良い蒼空が光っていた。

「あたしの夫を返しなさい！」

「ニ、ニジ博士ですか？　ボ、僕が誘惑したわけでは決して……それは、つまり、たまたま毒薬を調合したところの医学博士――」

「言訳をなさると打ちますよ。すぐに博士を連れ戻していらっしゃい！」

「僕は、しかし、酒場の娘と喧嘩しちゃったものですから、どうも何だか行きにくいな。それに、第一無駄なんですよ。今のところ博士はすっかりグデグデ酔いつぶれて、おお、星の星のクララ……」

「そんなことはありません！」

「いいえ、そうです！　第一――」

「いいえ、そんなことはありません！」

「いいえ、そうですとも！　第一、それは奥さんもとても美くしい方だけど、酒場のクララと来たひには、それはそれは美――ワアッ！　いけねえ！」

僕は慌てて口を押えて跳ねあがると、一っぺんに二階の窓からブルン！　と一跳びに道のプラタナスも飛び越えてしまい、並木路の丁度真ん中へ落ちるが早いか一目散に逃げ出した。パン！　パン！　一本の空気の棒が忽ち僕を追い抜いて真直向うへ走って行った。

「タ、助けて呉れ！　アブアブアブ……」

一瞬にして町を過ぎ去り、広々とした草原へ零れた豆粒のように現れると、忽ちそれをも東から西へただ一線に貫いて――そうした忙しい合間にも広漠たる森から草原へかかっているあの莫大な蒼空を薄くチラチラと目に映したが――

ようやく酒場の丸木小屋へ辿りつくとグワン！　と扉を蹴破って――

「タ、助けて呉れ！　パンパンパンだ！　酒だ酒だ、酒を呉れえ！」

壁に作られた戸棚の上から、盲滅法にしがみついた一本の壜を抱きしめると、力をこめて栓を抜きあげ口の中へ捩じ込もうとした。そしたら、

ブルン！　突然黒い塊がいきなり僕の胸倉に絡みついて、グリグリぐりぐりと鼻を撮んで捻りあげた。疲労困憊して劇しく息を切らしていた僕は忽ち喉を塞いで、クククククと呻いているうちにドカン！　と倒されクシャクシャに踏み潰されてしまった。

「こいつ又――現れおったアか！　不愉快なる奴じゃアよ！」

博士は僕を部屋の片隅へ蹴飛ばし蹴飛ばし転がしやって遂いに隅っこへ丸めてしまうと、悦しげにニタニタと頷き乍らクララの方へ帰ろうとした――が、急に

ＰＡＨ！

鋭い絶叫をわずかに一つ置き残したかと思うと、もはや遥かな抛物線を遠い草原の彼方へまで描き乍ら、窓を一線に貫き通しチラチラと麗らかな光線を浴びて、まっしぐらに飛び去って行く有様が見えた。

みんなドキンとして振り返ったら、輪廓の綺麗な年若い麗人が入口にスラリと佇んで内側を厳しく睨んでいたが、一発ズドンと天井へブッ放すやいなや、これもサッと草原の彼方へ博士を追うて飛び去ってしまった。

長いこと、みんな腕組みをして頻りに何か考えているフリをしていたが、やがてソッと窓から首を突き出して眺めてみたら、豆粒くらいにしか見えない遠い遠い草原の上で、ミミ夫人に掴まえられた霓博士は蹴られたり殴られたり土肌へツンのめされたりしていた。

「おお、何ということだ！」

そうだ、ここで霓博士を助けなければ男の一分が廃(すた)ってしまう、男の一分よりも何よりもクララの手前として顔が立たないことになろう。そして若し霓博士を救い出すことが出来たなら、クララはどんなにも僕を尊敬して「まあ、騎士のようななんて好ましい青年でしょう！」と言い乍ら僕の胸に真紅な薔薇を挿して呉れるに違いない！　そう思うと僕は忽ちクラクラと逆上して、

「おお、僕の愛する気の毒な博士！」

と叫び乍ら幾度も幾度も躓(つまず)いたあげくに、ようやく目指した現場へ辿りつくことが出来たら、博士は尚もモンドリ打って跳ね飛ばされたり叩きのめされたりしていた。そして此の緊張した一場の光景は、いかにも遥々した草原の上に柔い目映(まばゆ)い光を一杯に浴び乍ら行われていて、見ていると、見れば見る程実に愉しげな歓喜に溢れた遊戯のように思われてしまうのであった。僕は面白く又愉快になって、パチパチと手を打ちながらゲラゲラ笑い出して見ていたが、そしたら——

そうだ、日頃の仇を晴らすのは此の機会を措(お)いては滅多にあるまい、と突然僕の考えが変ったので、

僕は早速ミミ夫人に加勢していきなり博士に飛び掛ると、どやしたり蹴飛ばしたり頸筋をゴシゴシ絞めつけたりした。博士は二人に散々やっつけられて悲鳴を上げる根気も失っていたが、辛うじて僕達の手を振り切ると這這(ほうほう)の体(てい)で死者狂いに丸まり乍ら、ひた走りに森の中へ駈け込んで行った。

「待て！」

ミミ夫人は厳しくそう叫んだが、その実それは体裁だけで内心悉(ことごと)く鬱憤を晴らしたものらしい、別に追駈けもせずジッとうしろを見送っていたが――突然僕に気が付くと忽ち帯の間からピストルを取り出して、パン！

「ワアッ！　タ、助けて呉れ！」

僕も亦一条の走跡を白く鋭く後へ残して森の中へひた走りに躍り込んでしまった。

僕は森の奥深くの、小高い丘の頂上へフラフラとして行き着くことが出来たので、ホッと大きな息を漏して何もかも忘れたような気持になったら、実に大きな青い空が言い様もなく静かなものに見えたのであった。そこで僕が長々と欠伸(あくび)をしてヒョイと其の時気が付いたら、すぐ目の下の大きな松の木の根っこに、その松の木の洞穴の中へ頭をゴシゴシ押し隠してまんまるく小さく縮こまった霓博士がブルブル顫えていたのだった。それを見ると突然僕は悲しくなって、恋に悩む人間というものは、そして又わけの分らない苦しみや歎きや怖れや憧れを持つ人間というものは本当に気の毒なものであると思いやられ、なんだかメキメキ眼蓋が濡れて熱く重たくなってきたので堪らなくなってしまい、

「センセーイ！　もう大丈夫ですよ！　奥さんはもう行っちゃいました。それから先生、さっきの事は勘忍して下さい。あれはつい、ハズミがついてドカドカやっちゃったんですけど、シンから先生が憎ら

しかったわけではないのですから――」

博士は突然首を擡げて振り返ると忽ち闘志満々としてボクシングの型に構え、ブルン！　鋭い真空の一文字を引いた途端に素早く僕の胸倉に絡みついたのだが、渾身の力を奮い集めて鼻をグリグリ捻りあげるとヤッ！　僕を山の頂上へ捩じ伏せてグタグタにまで踏み潰し蹴倒して紙屑みたいにのしてしまった。そして晴々と青空を見上げ、如何にも穢わしいもののように僕の残骸をポン！　と小気味よく蹴り捨てると、

「厭らしい奴じゃアよ！」――

苦々しげに呟きを残し、博士は改めて服装を調べ直すと、ひっそりと音の死んだ真昼間の森を麓へ、あの丸太小屋の森の酒場へと目指して――意気揚々と降って行った。

群集の人

雑沓の街は結局地上で一番静寂な場所であるかも知れない。斑猫蕪作先生は時々恁んな風に思いつかれることもあったが、兎に角斑猫先生はアッサリと銀座裏のアパアトへ引越してきた。行方杳として知れず——つまり斑猫先生は風のように消息を断って、ひそかに雑沓の街へ隠遁したわけであった。これで清々したと先生は考えた。

先生は独身で通したので、もともと一人ぽっちであった。特殊な団欒を持たないので、紋切型の社交が殊更に五月蠅く感ぜられ、齢と共に沁々と孤独なる喜びが身に沁み渡るようであった。幸い停年制に由って大学教授を止すこととなったので、これを機会に五月蠅い世間と交渉を断つ決心をつけた。結局先生にとっては、孤独こそ泉のように滾々と親密の涌き出るもので、他に安んじて身を休める場所はないようであった。果して、孤独に浸ってみると、なんとなく透明に似た憂愁が心持よく感ぜられた。

孤独には雑沓の街が好もしい。其処では各の人々がお互にアンディフェランでノンシャランで、各の中に静かな泉を溢らせ乍ら、絶えざる細い噴水を各の道に流し流し行き交うている。一本の散歩路は結局無数の散歩路であって、そこでは無数の逍遥家によって織り出される無数の泉が各の無関心な水流を爽やかに吹き流し、この人波の蠢くところ雑沓の道は、つまり最も物静かな透明にして音のある斯る偉大な交響曲に近い。それ故ここでは、人間本来の温かさが甚だ素朴に身に触れて感ぜられるのであった。

昼も夜も先生はなるべく群衆の中を歩き廻るようにした。同じ一人ぽっちでも、つくねんと部屋に閉じ籠ることは、或る意味で結局饒舌であり五月蠅いものだ。それは雑沓にひき比べて寧ろ大変騒然たる濁った思いさえする。部屋そのものの狭さのように其は狭少で冷酷で、虚無へまで溶けさせてくれるようなあの雑沓の温い寛大さが足りない。そのために先生はなるべくならば陰鬱な部屋の窓から黄昏の空の動きやパラパラと降る星のあかりを眺めないようにして、逍遥に疲れた時は花やかな喫茶室へもぐり込んで皿やフォークのガチャガチャと鳴り響く音に白い心を紛らすようにした。

そして又街へ出ると、ある時は飾窓（ウインド）を覗き乍ら寧ろ往来の邪魔物のようにノロノロと歩いてみたり、又或時は素敵な敏捷さで人波をグングン追抜いてみたり、又或時は流されるままに漂うて同じ道を戻ってみたり其他様々な態度を用いた。又或時は逍遥の群衆から二三の人を選び出して、乗物で見えなくなるまで追跡したりすることもあった。老若男女を問わず若干の好奇心や好感の動いた場合にすることであるが、それとても無論軽い其場限りの悪戯（いたずら）で、その人々の印象を明日の日に残すことさえ稀であった。そして人波の散る時分、賑やかな街も余程もう黒ずんで人間の数よりも自動車の数が目立って多くなる時分に、先生も街を捨てて住居へ帰った。雑沓の余韻が消えるまで先生は部屋の中でボンヤリしていて、それから数枚の頁をめくって軈（やが）て電燈を消すのであった。

ある夜のことであつた。

かなり夜更けてもう人波の散りかけた頃であったが、先生は不思議な青年に目を止めたので、なぜともなくその後をつけることにした。尤（もっと）もその青年はそれほど風変りなわけでもない。ただ夜更には、行人といえば、多く吹溜りの屑のように零（こぼ）れ残った三々五々の連れ立ちであるのに、この青年は一人ぽっちで、それも至極淡々と羨ましいほど心なく、恍惚として静かな足を踏み流している。ただそれだけのことであった。先生はここに一人の肉親を見出でたような懐しい思いがしたので、ふと一瞬に後をつけはじめたわけであったが、暫しのうちに先生も亦（また）道行く我を忘れていた。

青年は有楽町でも止まらなかった。日比谷をも素通りしてヒッソリとした濠に沿い尚も緩やかに歩むのである。やがて片側に厳(いか)つい建築の立ち並んだ辺りも通り過ぎて尚も暫く歩いたかと思うと、そういう建物に挟まれた一つの道へにわかに曲った。そこはかなり広さもあるアスファルトの並木路で、人気なく死んだように静かであった。それから青年はそういう道を幾曲りとなく曲って、軈て遂にやや明るさの花々しい電車路――それとても睡むたいように朦朧とした、もはや殆んど人気ない山の手の道であるが、兎も角も電車通りへ立ち現れて、そして俄(にわ)かに、折から疾走してきた一台の自動車を呼び止め、それに乗って瞬くうちに走り去ってしまった。全くそれは一瞬にして已(すで)に見えなくなったのである。

先生もはじめて我に返った。随分遠い所までウカウカ歩いて来たものだと思った。そして見廻したところ、そのへん一帯の何物も先生の嘗て見知らぬ場所であった。自分も空車を止めて早速にも帰りたいと考えたが、生憎(あいにく)通った数台の自動車は客を載せて疾走する慌ただしい車で、アッケなくブウンと唸りを引いたまま行ってしまうと、暫時(しばらく)のうちは運悪く右も左も車が途切れて、空虚な侘しい道のみが線路を無気味に光らせ乍ら其処に残っていただけであった。

そのうえ道のあちら側に小さくあるが巡査の姿を認めたので、先生はどういうものかギョッとして、直ぐさま振返り、今来た同じ路を歩いて帰ることにした。その路は、それは次第に邸宅の並んだ睡ったような街になって、門燈の奥手の方に黒く大きく建物が輪廓だけの塊りとなって見えたのである。

やがて幾曲りかするうちに、今迄よりはやや広いひどく立派な並木路へ出た。恐らく八間ほどの道幅であろう。時々鈴懸(すずかけ)の隣り合せに伊達なこしらえをした街燈があって、そこだけの葉を円く照らし、潤んだあかりを落していた。折から一台の自動車が走って来たが、咄嗟(とっさ)に呼び止める意欲も忘れていると、自動車も勧誘せずに唸りを残して忽ち小さく消えてしまった。

暫く歩いて行くと、いきなり道端に沿うて細長く建てられた赤い煉瓦の洋館があった。かなり大きいのでオフィスかと先ず思ったが、いやいや、之(これ)はアパアトであると直ぐ先生は判断を改めた。勿論一つとして燈りの洩れようとしないその建物を見上げ乍ら先生は近づいてきて、いよいよ建物の前に差しかかると不思議に入口が開け放してあって——おや開け放してあると思った時には入口の前を通り過ぎてしまっていたが、たしかに開け放しであると思った。ところが建物の中央にある正面入口に来かかったので今度は良く見ると、それは併(しか)し余りにも堅く閉されていて、上に取りつけられた門燈がひどく間の抜けた光を扉の背面へ鈍く滑らせていた。

併し愈(いよいよ)その建物を通り過ぎようとして其の末端の入口へ差しかかると、それは矢張り確かに開け放しであった。そのうえ、二階の廊下にあるらしい燈火(あかり)が極く薄く階段の欄干(てすり)を、それも下部は全く闇で上部だけをボンヤリ照らし出していた。奥の方にその部分の階段だけが浮いて見えたのである。矢張り先刻(さっき)の入口も開いていたのだと先生は思った。そして奇妙に懐しい思いがしたので、一寸(ちょっと)覗くように一足踏み寄って首を入れて見た。すると——階段。そう、たしかに。目より上に、その部分だけ薄くモヤモヤと照らし出された階段だが、変にシインと物思いに耽るような階段であった。先生は駆立てられるように、なんだか昇ってみたいような——寧ろ触って……いや、兎に角何かしてみたいような変な気がした。そして四辺(あたり)へ目をやって全く人気ないのを知ると、跫音(あしおと)を殺して中へ這入った。

先生は一段毎に階段と自分の心と測り合せるようにして静かに昇った。石造建築に籠った冷気が妙に鋭く、併し澱んで液体のようにヌルヌルと手頸に滑り顔になだれるようであった。先生は五六段もして立止り上を窺ってみたが、なんだか恐い気持がしたので、今度は振向いてジッと佇んだ。耳のところに数字みたいのものが鳴り響いているのである。併し全てが闇と同じくらいヒッソリすると、先生はその場所へ今度は腰を下した。上から落ちる光は少し上手（かみて）を照らしてはいるが、恐らく先生の背中までは届いておらぬであろう。そして先生の前方は無論闇の塊りであった。ただ開け放された入口の矩形（くけい）を通して、ボウと照らされた路面が矢張り矩形に切り抜かれて見えた。街燈は左の方にあるらしく、鈴懸の影が左から右へ落されていた。

するとー人の酔漢が、ヨロヨロして左から右へ通って行った。まずその影法師が蹌踉（そうろう）として左から右へ延びて行くと、やがてヨロヨロした本人が三歩くらいで矩形の中を通り過ぎて行ったのである。すると今度は右の方のかなり離れた光から来るらしい朦朧として細長い影法師が、路面の遠くをサッと一廻りして消えてしまった。

酔漢の跫音が遠距（とおざ）かるまで、何かジインとする闇の呼吸が聞えていた。ところが跫音が愈聞えなくなってしまうと、何かしら不安な胸騒ぎがソワソワと何だか後悔のように感じられてきた。おかしな厭に侘しい建物へ迷い込んで了（しま）ったものだ。早速立去らなければなるまい。それにしても、何だか身動きすることにも圧迫を受けるような厭な重苦しい建物であると先生は思った。どうも変テコな工合に気掛りになったのである。

するとだしぬけに時計の音が——それは確かに時計の音だと先生は斯（こ）う決めたが、下の何処やらで、尤（もっと）も上の何処やらかも知れなかったが、ボンとただ一つだけ鈍く鳴った。一時か？——恐らく時計の一時であろう。アッケないほど一つだけ鳴って、それきり鳴り止んでシンとしていたので、ハッとして思わず欹（そばだ）てた先生の心へは呆れ返るほど寒々とした闇の冷たさが押し込んできた。背筋を伝うようにして冷いものが走ったのである。そして何だい今のは時計かと先生は思った。

併し斑猫先生はそんなにいい気におさまっていられなかった。今度はかなり近い所に、たしかに人の呻くような低い声が聞えてきたのだ。低く幽かであるけれど、これはかなり長く続いた。聞きように由っては建物の何処からともとれるような、変に平べったい充満した声であった。

「…………」

意味がハッキリ聞きとれないのだ。聞きとれぬうちに又消えて、又沈黙がきた。先生は身体全体が冷えてきて、タラタラと無気味なものが皮膚(はだ)を流れるようであった。ジッと耳を澄していると、果して又、今度は、

「――お母さん、お母さアん……」

ナ、なあんだい。チッポケな子供の声じゃないか。してみると、大方こいつは夫婦者アパアトかも知れやしないと先生は判断した。そして、知らないうちに堅く欄干(てすり)へ掛けていた手に力を籠めて、グイとようやく起き上って深呼吸をした。そして跫音(あしおと)を前よりも一層殺して、どうやら矩形の外側へ出ることが出来たのである。それは実に蕭条(しょうじょう)とした街路であった。圧しつけられていた胸と頭が急にふやけて、千切れるようにガンガンと夜空の向うへ膨れあがるようであった。お母さん。俺だっても昔は子供であったと先生は思った。

半町もしてホッとした。電車通りへ出て、自動車を拾うことが出来たのである。

銀座裏のアパアトへ帰ってくると、成程(なるほど)、今迄は気付かなかったが、其処にも階段があって二階の光が矢張りボンヤリ上の方だけ浮かせているのだ。平気な顔をして二階へ昇ってしまった。

部屋へ戻って確かに一層ホッとすることが出来た。まだ幾分混乱が鎮まらなくて忌々しいので、早速ねちまおうと先生は決定した。そして直ぐピジャマに着代えてベッドへもぐろうとしたら、そしたら

——

そこに変な奴がねているのだ。

平べったくて有るか無いか分らないほど痩ポチなのでそれまでは分らなかったのだ。吃驚して、否応なしに面喰って、押してみたら手応なくグラリと動く。逃げようかと思ったが思い返して揺さぶりながら、

「起きたまえ、君は……」

「…………」

先生は泣きたくなって、いきなりグイと手を差込んでそいつの骨ばった肩を押え、頸筋へ手を廻して引ずり起そうとしたら、全く棒を掴むようにアッケなく細々と痩せた頸で、それが又死んだように冷たかった。先生はドキンとして、併しもはや詮方なく怖々とそいつの顔を捻じ向けてみると、グッタリと眼を閉じて、土色の死色をして冷たくなっているのは、ああ、そう、自分——そう、確かに斑猫蕪作先生自身であった。

先生は今度こそ本当に逃げようとしたが、打ちのめされたように、もう足が動かなかった。

「助けて……」

尤も声も出やしなかった。暫くしてから、腹部に針金のように張っていた棒みたいのものが漸く少し弛んできたので、引きずるような足を曳いて逃げようと焦ってみた。どうにでもして逃げ出したいと

焦ったけれど、そういうギゴチない身体のもどかしさと同時に、もうどうすることも出来ないのだという絶望が火の玉のように胸に籠って、やがてそのへんの肉が粉のように砕けてゆくのが分った。先生は絶望のしるしに手で頭を抱えようとしたが、うまく頭を押えることが出来ずに、手は大きな波のうねりとなって頭の前後左右へグラグラとだらしなく舞いめぐり、しっかと押えることが出来ないのであった。

もう逃げられないのだし、逃げたってどうにもならないのだと分ると、先生は子供のように顔中を泪で汚してしまって、フラフラと歩いて行ってベッドの上へ重って倒れてしまった。そして痩せこけた冷い奴の肩をつかんでそいつの胸へ顔を当て、本当にウォンウォン泣きじゃくってしまって、

「お母さん、お母さあん、お母さんてば……」

それだけがボキャブラリイであるように、一生懸命にそう言って泣き喚かずにはいられなかった。その喚きを何べんも何べんも繰返しているうちに、熱くるしい泪の奥へ声も身体も意識もだんだん縮んで細くなり、消えていってしまうのが感じられた。

翌日、重い頭を抱えて目を覚した斑猫先生は、何よりも先ず爽やかな雑沓へ慌しく飛び出して、明るい蒼空を時々見ながら、昨夜のことは、あれはみんな夢であるという風にしか思い出すことが出来なかった。

Piérre Philosophale

小心で、そして実直に働いて来た呂木が、急に彼の人生でぐずりはじめたのは三十に近い頃であった。少年のころ見覚えのある景色で、もう長いこと思い出さずにいたのだが、一つの坦々とした平野を夜更けの壁にひろびろと眺めた。古い絵本と静かな物語を思い出した。その頃から、働くのが厭だというのではないが、――いわば、何かしら、そして何かがつまらないと思ったりした。彼はときどき五分ばかり目を瞑（つむ）って、そして何も考えていなかった。こうして、併（しか）し自分ではそんなことに気がつかずに、又数年間自分としては実直に働いた。

彼はくびをきられた。気がつかないうちに、ひどく疲れてしまった自分を、その時ようやく、そして記憶のような遠さの中に発見し、長い溜息を洩らした。

その黄昏、最後の会社を後にした呂木は、郊外の下宿まで歩いて帰ろうと思った。道はもう闇の底に沈んだころ、途中からひそひそと霙（みぞれ）が降りだした。外套の襟をたて、ときどき暗い雪空を振仰ぐと、街燈のまわりだけいっさんに落ちてくる花粉が見えた。呂木はその日風邪をひいて厳しい悪寒に悩まされていた。会社の薬箱からアスピリン錠剤を取り出してもらい、一息に三錠ものんだのだが、そのために、午（ひる）過ぎてひどいだるさを感じた。夕暮れ、社長室へ呼び込まれて馘首の話をきいているとき、呂木は自分の体臭から夥（おびただ）しいアスピリンの悪臭を嗅ぎ出した。退屈してぼんやり見おろした薄明の街で、丁度暮方の灯が朦朧と光りはじめたのだ。黄昏が語る安らかな言葉のように、それは華麗な静かな靄で呂木の心をおしつつみ、遥かな放心に泌（し）みてきた。ほど経て、一滴のしずくのような悲しさを一つの場所に感じていた。そして、冷え冷えと漾（ただよ）うものが一条（ひとすじ）ばかりゆるやかに身体をぬうて流れていった。

みちみち、彼は明日、速い急行に乗って、光と海のある南方へ旅に出ようと考えた。

春が来て、呂木は沢山の女友達にとりまかれている自分を見出した。彼はどの一人も好きな気がした。間もなく、その中では一きわ美貌な、悧巧（りこう）でおしゃれな一人へ特に惹かれる心をみた。その女も呂木を憎んでいなかった。呂木は激しい恋情に溺れようとするとき、のっぴきならぬ退屈を感じ、身も心も投げ出したい落胆を知った。彼はいそいで出奔して、まるで身体が旅愁のような、狂暴な感傷にふるえながら、軌道を忘れた夥しい決意を噛みつづけて彷徨い歩いた。三週間。春風と、うらぶれた耀やきのなかに山や海や、潮音のざわめきをもつ見知らぬ街が止み難い癇癪を植えて流れ去った。

呂木は不思議な陽気さで帰京すると、醜いそして世帯持ちの良さそうな二十六の娘へ、唄うような気楽さで結婚を申込んだ。

呂木は心に泣き、呂木は苛酷な神様を愛しはじめた。女中の質素と従順をもつ素朴な妻は呂木を熱心に愛した。呂木は女を愛したいと思わなかった。そして、自分の愛さないものが、愛することのできないものが、最もいじらしいのだと思った。ちょうど、生きていることのように。

とある平和な夜更け、妻が泣き出した。そして呂木も泣いていた。彼は神様を愛するように妻を愛している自分を発見して、静かな驚きと肯定を感じた。また神様を憎むように妻を憎む悲しい怒りが、呂木の心に濡れながら燃えつづいていた。

呂木の貯えはなくなった。呂木は中食にも足りない仕事に精を出した。女も働かねばならなかった。女の方が先に疲れた。否、呂木の疲れがさきだった。けれど、呂木の茫漠とした長い疲れは、窓のない灰色の建物に似て、内に満ちた虚しい風を吐き棄てる力もなかったのだ。忠実な妻は愚直な愛で呂木の疲れを反映した。そして、呂木よりも強く疲れてしまった。二人は別れ、忽ちのうちに忘れあった。友達から出来るかぎりの金を借りて知らない土地へ呂木は去った。

見知らぬ土地に、心の果ては併しなかった。柔らかな風が吹いていた。無の稀薄さに撒きちらされた心さえ野獣の興奮で白日を歓喜し、熱狂に疲れて、呂木は自分の影を愛した。音の死滅した夜更けの駅路で、ふやけた電燈の下へ左手をかざし、長いあいだ呂木はその手を眺めていた。そして、やつれた手を貪るように嗅ぎ嗅ぎして、そのあくどい人間臭に無心な悦びを覚えていた。呂木は酒に溺れた。そして、舟酔いに似た眩暈（めまい）の中へ無限の転落を感じた時に幸福だと思った。彼は酔い、そして心愉しげに低唱した。

星しげき宵、桐の葉を截（き）ろうと思い、大いなる夜のさなかへ呂木は降りた。桐の葉はばさばさと足に落ち、なまぬるい葉肉の温覚が闇の呼吸を運んできた。微風にひろい葉がゆれた。呂木は静かに空を仰ぎ、きらめく星のしずくを吸うた。何人か、垣根の陰に身を寄せて彼を窺うものがあった。暫くして静かに離れ、暗闇の奥へ立ち去った。呂木は再び星を仰ぎ、仰ぎつつ部屋へ戻った。

虚しい部屋のなかに、何事か決意を頷く人がいた。いぶかしげな乱れた思案が、ぼやけた部屋の明みを燻（いぶ）るように湧き漂い、うなだれた呂木の心を無限の遠さへ連れていった。呂木はその夜、壁に長々としるされた自分の影に、余り明瞭な他人を知った。時のうつ記号のような跫音（あしおと）をきき、無気力な放心におし流されて影と対座し、やがて、長い歎息をもらして眠った。

呂木は転々として職を変え、また、流れ歩いた。そして、漁業会社の舟乗りになったとき、三十七になっていた。

魚臭のむせつける港で、そのころ薄幸な女と知った。もちろん酔余のことで、とある宿酔の朝、あとかたもなく忘れつくして別れることはなんでもなかった。のみならず、女と酒をくむ時でさえ、あとかたもなく忘れつくしていることができた。しかし二人は結婚してみてもよかったし、いっしょに死んでみてもよかった。そして二人はだらしなく、そういう話にふざけあった。真実に飢えて徒らに真実の好きな二人。そして、決して実体のない真実を幻の中に愛撫する二人は、もはや現実にあらゆる建設の気力を喪失して、意味もなく真実を怖れた。そして、詐りに耽った。詐りの感傷に溺れるあまり、無役な熱狂へまで、些少な建設へまで駆り立てられる懶うさを怖れ、詐りに詐りをかけて草臥れ果てた。蒼ざめた重い仮面が秋風のように落漠として、二人の情慾を高尚にした。二人は自らの秋風に恋慕した。秋風のなかで醜いものを宝石とする甘い魔法にもう癇癪も起さなかった。反省を苦笑に紛らす力もなく、ひたすらに全ての屈託と現実をなつかしみ、苦笑さえ浮ばぬための意味ありげな顔付をいとおしんで、水流を視凝めるような寂しさを心にともし、いだきあった。

もはや我々の生活では、最も人工的なものが本能であり得ることを、呂木は絶望と共に知った。

女は悧巧でさえなかった。あらゆる欠点の魅力をのぞけば塵埃のような女だった。二人は、行き交う万人の男女に心を惹かれてきたよりも、もっと稀薄な恋心で、いわば獣の情慾で露骨に結び合ったのだ。

それでも呂木は、死のためにならぬ別なふうに、たとえば宝石を愛すように愛せることを確信した。存在が絶滅し去ることの凄艶な美しさ――その、生きるものの考えあたわぬ白熱の美を、呂木は最も壮大な、そして静かな形のなかに、不思議に其れを実感のなかで夢見たような心持がした。

ある孤独な日、あらゆる悪罵に疲れてのち、宝石の形に女を見た。そして、濡れた舷側から眺められた晴れた日の透きとおる空を思い、ときのまの甘さに飽いて、つめたい欠伸(あくび)をまた吐き棄てた。

働くことも不満ではなかった。女と別れることも悲しくはなかった。そして、死ぬことにも不満はなかった。

そういう幾日がすぎて、呂木は女に別れ、別の漁場へ去った。

たまたま古い絵葉書のようになにがしのことを思い出した日、呂木は不思議に歴々と、放浪のころ、旅籠(はたご)の庭で桐の葉を截った宵を想い泛べた。何人か垣根の蔭に佇んで呂木を窺うものがいた。静かに離れ、いってしまった。――そして呂木は、激しい瞑想に耽る人、決して呂木に物言わぬ冷い男、自分の影をまた知った。歎息よりもまだ寒い永遠の他人を呂木は視凝めた。

むかしアラビヤのアルシミストは営々として「哲学の石」を無駄に探した。哲学の石は全ての石を黄金に化すというのであった。

呂木は思った。ちょうど自分は、愚かしい哲学の石を自分の中に懐きつづけた宿命の人ではなかったのか、と。自分の無役な一生は、畢竟石を金とするために、そして寧ろ、石を金としたために喘(あえ)ぎとおしてきたのではなかったか、だがそれは、所詮苦笑にも価いせず、泪にも価いしないに違いなかった。

それからの呂木はすてばちを愛した。破壊のみ唯一の完成であることを考えられてならなかった。そのころ酒が味と喜びを失っていたが、呂木は無理に酒をのんだ。

港と季節が流れ、そして呂木は、それ程の時もたたぬうちにひどく疲れてしまった自分を見出して、もはや白日を歓喜する熱狂にさえ乗りきれない自分をあわれんでいた。落胆それ自身が老いてしまった自分を見た。哲学の石は育てることも捨てることもできない。

そして彼は広大無辺な落胆のなかに、無味乾操な歎きを知った。

傲慢な眼

ある辺鄙（へんぴ）な県庁所在地へ、極めて都会的な精神的若さを持った県知事が赴任してきた。万事が派手であったので、町の人々を吃驚（びっくり）させたが、間もなく夏休みが来て、東京の学校へ置き残した美くしい一人娘が此の町へ来ると、人々は初めて県知事の偉さを納得した。

一夕町に祭礼があって、令嬢は夜宮の賑いを見物に出掛けた。祭の灯に薄ら赤く照らされた雑踏の中で自分に注がれた多くの眼が令嬢を満足させたが、最後に我慢の出来ない傲岸（ごうがん）な眼を発見した。その眼は憧れや羨望や或いはそれらを裏打した下手な冷笑を装うものでもなく、一途な傲岸さで焼きつくように彼女の顔を睨（にら）んでいた。令嬢は突嗟（とっさ）にその眼を睨み返したが、すると、彼女の激しい意気組を嘲けるように、傲岸な眼は無造作に反らされていた。その後、同じ眼に数回出会った。眼は思いがけない街の一角から、彼女の横顔を射すくめるように睨むのであった。

或日のこと、海から帰るさいに、令嬢は道でない砂丘へ登った。一面に松とポプラの繁茂した林であったが、その木暗い片隅に三脚を据えて、画布に向っている傲岸な眼を発見した。傲岸な眼は六尺に近い大男であったのに、破れた小倉のズボンや、汚い学帽によって、まだ中学生の若さであることが分った。

その日、令嬢は二人の女中に付添われていた。令嬢は一寸女中達のことも考えてみたが、振向いたりせずにまっすぐ傲岸な眼の正面へ進んできて立ち止まった。

「貴方はなぜあたしを憎々しげに睨むのですか？……」

令嬢ははっきりした声で言った。

少年は幽（かす）かに吃驚した色を表わしたが、うつろな眼を画布に向けて、返答をせずに、顔を赭（あか）らめた。そして次第に俯向いてしまった。

「あたしが生息気だと仰有(おっしゃ)るのですか。それとも、県知事の娘は憎らしいのですか」

併(しか)し少年は大きな身体を不器用に丸めて、俯向いたまま、むっと口を噤(つぐ)んでいた。暫くしてから、困ったように、筆を玩びはじめた。

「では――」令嬢は少年の頭へきっぱりした言葉を残した。「二度と睨んだりしませんね！」

そして鋭く振向いて戻りはじめた。併し令嬢が振向く途中に少年は突嗟に顔を挙げた。そして、傲岸な眼に光を湛えて、刺し抜くように彼女を睨んだ。もはや令嬢は振向いていたので、どうすることも出来なかった。「あの子はきっとお嬢様を思っているのでございましょう」と女中は言った。それは愉快な言葉であったが、彼女を安心させなかった。自分はなぜ、あの時再び振向いて、叱責してやらなかったかと悔まれた。

翌日の同じ時刻に、令嬢は一人で砂丘の林へ行った。傲岸な眼は果してその場所で画布に向っていたが、令嬢を認めると、明らかに狼狽を表わして、やり場を失った視線を画布に落した。令嬢は画布越しに少年のもじゃもじゃした毛髪を視凝めていたが、次第に和やかな落付が湧いてきた。

「貴方は此の町の中学生ですか？」と令嬢は訊いた。

「そうです」と少年はぶっきら棒に答えた。

「貴方は画家に成(なる)のですか？」

少年はむっつりとして頷いた。そして慌てたように画筆を玩(いじ)りはじめた。令嬢は胸の閊(つか)えがとれたような楽な気がした。そこで松の根本へ腰を下した。振仰ぐと葉越しに濃厚な夏空が輝いており、砂丘一面に蝉の鳴き澱む物憂い唸りが聞えた。少年はもじもじしていたが、軈(やが)て写生帳を取出して、俯向きがちに令嬢を描きはじめた。

令嬢は暫く素知らない風をしていたが、やがて笑いながら、あたしを描いていますの？　と訊くと、少年はむっとした面持で併し小声に、動かないで下さいと呟いた。

暫くしてから、少年には構わずに、令嬢は急に生々と立ち上って、それをお見せなさい、と命じた。少年は矢張りむっつりしたまま、二三筆手入れをしてのち、黙って写生帳を差出した。同じ姿が巧（たくみ）に数枚描かれていた。令嬢は考え乍ら一枚一枚眺めていたが、

「そうね、じゃ、あたしモデルになってあげるわ。明日の此の時間に新らしいカンヴァスを用意して、此処でお待ちなさい」

少年は驚いて令嬢を見上げたが、彼女は少年の返答を待たずに振向いて、木蔭へ走り去った。

それからの一週間程というもの、二人は同じ砂丘で、毎日画布を差し挟んで対坐していたが、殆ど言葉を交さなかった。令嬢が微笑しながら話しかける度に少年は怒った顔をして、そうです、とか、いいえ、とか、ただそれだけの返答をした。そして、焼けつくような眼を、令嬢と画布へ交互に走らせていた。

一日急用があって、令嬢は少年に断りなしに十日程の旅に出た。帰ると生憎（あいにく）それからの数日は連日の雨であった。そして慌ただしく夏が終ろうとしていた。

雨の晴れた昼、令嬢はきらきらするポプラの杜へ登っていった。いつもの場所へ来てみると、少年は、其処へ据えつけられた彫刻のように、黙然と画布に向って動かずにいた。

「明日、あたしは東京へ帰るの……」

「もう、一人でも仕上げることが出来ます」

少年はぶっきら棒に答えて、令嬢が姿勢につくことを促すように、もう画筆を執り上げていた。雨の間に、去り行く夏の慌ただしい凋落が、砂丘一面にも、そして蒼空にも現れていて、蝉の音が侘びしげに澱んでいた。画は令嬢の予期しなかった美しさに完成に近づいていた。別れる時、令嬢は再び言った。

「もう、お別れね。明日は東京へ帰るの……」

「もう一人でも仕上げることが出来ます」

少年は怒ったような、きっぱりした声で、同じことを呟いた。そして、朴訥な手つきで汚い帽子を脱ぐと、大きい身体を丸めて、別れのために不器用な敬礼をした。

翌日令嬢は旅立った。親しい人々の賑やかな見送りを受けて停車場を出ると、線路沿いの炎天の下に奇妙な人影を見出して吃驚した。絵具箱を抱えた大きな中学生が電柱に凭れて、むっとした顔をしながら、あの祭礼の日に見出した傲岸な眼を車の中へ射込んでいた。そして、車が擦れ違ってしまうと、物憂げに振向いて、大きな肩をゆさぶりながら歩いて行った。

次の冬休みに、令嬢は父の任地へ帰らなかった。無論、少年にこだわることは莫迦莫迦しく思われたし、事実少年に再会するとすれば、不気味千万なものに考えられた。

併し令嬢は、ある喋り疲れた黄昏に、一人の友達へ囁いた。

「あたし、別れた恋人があるの。六尺もある大男だけど、まだ中学生で、絵の天才よ……」

天才という言葉を発音した時、令嬢は言いたいことを全部言い尽したような、思いがけない満足を覚えた。なぜなら、此の思いがけない言葉に由って、夏の日、砂丘の杜を洩れてきたみずみずしい蒼空を静かな感傷の中へ玲瓏（れいろう）と思い泛（うか）べることが出来たから。

西東

路上で煙次郎と草吉が出会った。草吉は浮かない顔付であった。

「どうした？　顔色が悪いな。胃病か女か借金か？」

「数々の煩悶が胸にあってね、黙っていると胸につかえて自殺の発作にかられるのだ。誰かをつかまえて喋りまくろうと思っていたが、君に出会ったのは、けだし天祐だな」

「いやなことになったたな」

「十日前の話だが、役所からの帰りさ図らずも霊感の宿るところとなって、高遠なアナクレオン的冥想の訪れを受け法悦に浸りながら家路を辿ったと思いたまえ」

「ウム」

「御承知の通り一カ月ほど前に先の住所から二三町離れたばかりの今の家へ移ったのだが、高遠な冥想に全霊を傾けているから気がつかない。足は数年間歩き馴れたとおり、極めて自然に昔の住所へ辿りついていたんだね。ガラリと戸をあける、上り框へ腰を下して悠々と靴の紐を解いていると、背中の方に電燈がついて、どなた？　という若い娘の声がした——」

「なるほど。そこで娘に惚れたのか。いやな惚れ方をする奴だな」

「先廻りをしてはこまる。聞き覚えのない声にハッと気付いて振向いたが、振向くまでもなくハッと我に帰った瞬間には、日頃頭の訓練が行き届いているせいか、さては何か間違いをやらかしたなということがチャンと分っていたよ。然しどういう種類の間違いをやらかしたかということになると、暫く娘の顔を眺めていたり、家の具合を観察したり、前後の事情を思い出したりしないうちは見当がつかなかったね。そのうちに事の次第が漸次呑みこめてくると、流石に慌てるような無残な振舞いはしない。騎士道の礼をつくして物静かに事の次第を説明すると風の如くに退出したが、さて我が家へ帰っておもむろに気がつくと、重大な忘れ物をしたことが分った」

「重大だな。狙いの一言を言い落したという奴だろう。名刺でも忘れてくるとよかったな」

「人聞きの悪いことを言わないでくれ。役所でやりかけの仕事を入れた鞄を忘れてきたのだ」

「そいつは有望な忘れ物だ。それから――」

「取って来ようと一旦街へでたが、てれくさくて気が進まない。ぶらぶらしているうちに真夜中近くなった。今更訪れるわけにもいかないし、翌朝だしぬけにおびやかすのも気がひけるから、あれかれと考えたあげく、最も公明正大な方法をもって堂々と乗りこむことにきめたよ。何月何日何時に鞄を受取りに参上するという外交文書に匹敵する正義勇気仁儀をつくした明文をしたためて、翌朝出勤の途次投函したのだ」

「うむ。そこまでは兵法にかなっておる」

「さて約束の当日がきて、役所の帰りにそこへ寄る予定になっていたので、まず勇気をつけるためかねて行きつけのおでん屋へ立ち寄った。と、穏やかならぬ発見をしたが、なんだと思う?」

「よくある奴だ。てっきり不良少女だよ。娘が男と酒でも呑んでいたのだろう」

「さうじゃない。鞄がその店にあったんだ。考えてみると、例の一件の起った日も、そこで一杯かたむけていたのだ。正式の外交文書を発送したあとだから、俺も見るからに歎いたよ。然し打ち悄(しお)れてもいられないから気をとり直して酒を呑むと忽ち満身に力が沸いてきた。早速家へ帰ると始終の仔細をしたためた公明正大な文書を書き上げたのだ。いつ会わないとも限らない近所のことだ、まさかにほったらかしておくわけにも行かないじゃないか」

「明らかに悪手（あくしゅ）だな。兵書の説かざるところだよ。婆羅門（バラモン）の秘巻にも（手紙は一度二度目は殿御がお直々）という明文が見えておる」

「すると昨日返事がきたよ。言い忘れたがその家は女名前の主人（あるじ）なんだね。ところが手紙は男の手で、書いてあることが癪にさわるね。その内容をかいつまんで言うと、娘に惚れるのはそちらの心の勝手だが、あんまり遠まわしに奇妙な策略をめぐらしてくれるなというのだ。そもそもの始まりから他人の家へ無断でのこのこ這入りこんでくるなんて、策の斬新奇抜なところは大いに買うが、安寧秩序をみだし淳良なる風俗を害（そこな）う底（てい）の人騒わがせは許しがたい悪徳であるなぞと途方もないことが書いてあったよ。文章の様子から見て若い書生の筆らしいが、女名前の主人（あるじ）といい、その家はてっきり素人下宿と思われるのだ。してみると愈々てれくさい話になるわけで、なんとかして敵の蒙を啓（ひら）き身の潔白を立てる方策を講じないことには、うかうかあの界隈を散歩もできない窮地にたちいたった次第だが、そこで俺は手紙を書いた」

「またか！」

「万事偶然の働いた悪戯で、何等策略もなく第一お前の家のチンピラ娘に惚れるような浅慮はしないと一々証拠を列挙して書いたのだが、然しこちらを舐（な）めてかかった相手に向って正面から、返答するのも気の利かない話だから、目下頻（しき）りに考え中でまだ手紙は投函しないのだ。君にこれという名案はないか？」

「さればさ。正直に兜（かぶと）を脱ぐのが第一だな」

「兜をぬぐとはどうすることだ？」

「改めて、そちらの令嬢に惚れているが貴意如何（いかん）、と言ってやるんだな」

「莫迦も休み休み言ってくれ。惚れているならこんな苦労はしないさ」

「いやさ。万事が惚れたように出来ている、そういう時は惚れた気持になることだよ。やれやれ。勿体ない。そまつにするな」

と言いながら、煙次郎は行ってしまう。草吉は腹を立てて、ポケットから例の手紙を取り出すとポストへ投げ込む。それから漸く落付いて、なるほど、こういう時に惚れてみるのも悪くないなと考えながら歩いて行く。というあたりで、この話はおしまいだ！　莫迦にするな！

金談にからまる詩的要素の神秘性に就て

一の巻

椋原(むくはら)孔明とよぶ尊厳な弁護士があった。とある屋根裏に棲(す)んでいたというのであるが、東京には欧羅巴(ヨーロッパ)の安宿なみの屋根裏なんぞ見当らないといきりたつ性質のよろしくない読者のためには、ＢＯＮ！　それでは地下室に棲んでいたと言いかえてみても一向私の差支えはないのであって、要するに尊厳なる弁護士事務所というものは普通地下室や屋根裏の中にある筈がない――ところが尊厳なる弁護士・椋原孔明氏は屋根裏（どっこい地下室）に棲んでいたというわけであり、つまり話はただそれだけのことにすぎない。

さて、尊厳な弁護士・椋原孔明氏は、ひとつの穏やかならぬ（――と私は思うが、勿論穏やかなことであっても一向私にさしさわりはないのであるが――）事情によって、大枚三千円という聞いただけでも身顫(みぶる)いのでる金策に苦しみはじめた。参阡円！

どういう筋の穏やかならぬ事情であったか、それを聞きたいという読者の考えが間違っている。たとえば諸兄姉自らが金策に出向いたとして、金の必要なる所以(ゆえん)を滔滔(とうとう)と論ずるところの自分の英姿を想像してみたまえ、概して借金の理由というものも借金の言訳と同じようにほんとのことは言えないものだ。要するに掛値(かけね)のないほんとの話は、金が今にも必要だ！　ただそれだけの話であって、そのほかのことは各々(めいめい)に勝手なそうして逞(たくま)しい空想力というものがある。そういうわけで尊厳な弁護士・椋原孔明氏は、三千円の金策に身体のほそる悲しい思いをしはじめた。――こういう話は聞いただけでも身の毛のよだつものである。

すべての努力は水泡に帰した！　こんな悲しい話はない。けれども生憎この物語の読者諸君は（時々これは信じられない真相であるが――）万人が万人金策の苦労（――うまくいってもお次には首の廻らぬ苦労というのがやってくる！）に叩きあげた鋼鉄の勇士とばかりは限らない形跡がある。そういう少数の読者のために私は敢て一片の老婆心から余計な説明を加えておくが、金策に必要なこの異常な勇気！（これに要する精神力の総量は往々にして彼自らの所有するエネルギイの総量を突破したかの疑いすら起させがちなものである）ああ！　この異様な一大勇猛心というものは、その宿命的な命数として概ね水泡に帰しやすい不運な薄命をもつものである。それにも拘らず、これほどの一大勇猛心というものは、鵯越えの荒武者でさえ必要ではなかった！　ジェノバの人コロンブスでも必要ではなかった！　然り然して裸一貫江戸へのぼった岩崎弥太郎ですらこれほどの一大勇猛心は持たなかった！　見給え諸君、これによってこれを見れば、この異様なる一大勇猛心の赴くところ、おごる平家を打ちほろぼし、易々としてアメリカ大陸を発見し、然り然り！　のみならず嗚呼巨万の富を蓄積することすら赤子の手をひねるがように容易であるにも拘らず、于嗟！　金策の目的をとげることは却々できない！　実にできない！　頑としてできない！　断々乎として出来ないのである。

金策。これはもうあらゆる悪魔がたくらんだ鼠落しへ跳びこむようなものである。軽率に人間業と思いこむのが間違いのもとであると信じなければならないことだ。

尊厳な弁護士・椋原孔明氏も、言うまでもなく人間業を超躍したあらゆる努力・忍耐・克己を惜しげもなくふりまいた。然しすべては綺麗あっさり水泡に変ってしまった。そこで話はこのところから始まるのだが、話の本筋にとりかかる前に、例の甚だ少数な（時々これは疑いたくなる真相であるが――）読者のために、いささか蛇足の挿話を加えて、尊厳な弁護士・椋原孔明氏の人間業とも思われない努力・忍耐・克己の状をあらまし述べておく必要がある。こういうことは読まないさきからもう心臓がふるえてくる、目をそむけたい、できることなら本をビリビリ裂きたいようなものである。身を切られる苦しさとはこのことだ！　やりきれない！　とはいえ、こんなことを事こまやかに書かねばならぬ私の方は、これはもう何の因果かわかりやしない！

第一回目の金策訪問に於ける椋原孔明氏の毅然たる心事ならびに凜然（りんぜん）犯すべからざる態度その他。

――

金策に出向く誰の場合も同じようなものであろうが、第一回目の狙いをつけるこの緊張した訪問先といえば、いうまでもなく一番金を貸しそうな、そのうえ言いにくいことを切りだすにも相当気軽で気のおけない（従而（したがって）先様の方も断わるにつけて気がおけない！）まずザッと地上に一人か二人しかない斯（こ）う頼もしい人物を選ぶものだ。いわば金策とよぶ至難な事業の軽い瀬ぶみのようなもので、拒絶をくっても気がおけないから何んとなく楽天的な余裕もあり、壮烈なほんとの軍（いくさ）はこのあとだ！――つまり、洋々たる前途を望む雄大な気概なぞというものがあって、そこで第一の人物を訪ねるときの道々の気持なぞというものもつい鼻唄がとびだすほどの言いようもなく爽快なもので、戦前すでに敵を呑む痛快無類な気組みなども充分持ち合わしているものである。ところが、扨（さ）て、愈々（いよいよ）第一の人物に会見し、南無三宝！　ここでアッサリと思いもよらぬ拒絶を喰うと（――いやまったくだ！　いくら覚悟をきめた上でも拒絶をくうとは思いもよらない！）それからそれへと思いもよらない心境の変化が続出してくる。第一に途方にくれてしまうのである。アアもうこれで万事休したと思いつく。さて改めて、第一の人物ほどの人物が地上に二人とあるものかという、凡そ論外なペッシミズムの虜になる。洋々たる前途を望む気概なぞは糞くらえという無法極まる癇癪すら起きるのだから言葉もないほど情ない！

尊厳な弁護士・椋原孔明氏は生れつき楽天的な男子であった。こういう人こそ大丈夫（ますらお）だと言いたいようなものである。こういう見事な健男児は無役に先走りした神経質な考えごとにクヨクヨと余計な苦労をしないもので、拒絶を喰らったそれからの思いもよらない心境の悪化なぞにはてんで予感を持ち合わすひまもないから、しんから陽気でおまけに殆んど幸福だった。言うまでもなく戦前すでに大敵を呑んだ壮烈な気組みで、誰の目にも颯爽（さっそう）として第一の人物邸へ乗りこんだのである。

玄関口へスックとばかり立った時には、まず案内を乞う前に「三千円！」と大きな声が腹の奥から突きぬけて脳天へどしんというほど木魂（こだま）した。「俺の腹の底の方に途方もなく強情な、負けん気の、勇ましい奴がいやがるな」と尊厳な弁護士は頼もしそうに呟いたほどだった。まるでもう三千円が鎧兜（よろいかぶと）に身をかためて腹の奥にふんぞりかえっているようなものだ。そこで椋原孔明氏は極めて冷静に呼鈴を押した。

第一の人物はニコニコしながら現れた。この男はいつも機嫌がいいのである。こういう機嫌のいい男は当り障りのないことに打ってつけの人物で、言いにくいことを切りだすにはどうも都合のわるいものだ。切りこむ機会が見付からなくて取っ付きにくいものである。然し椋原孔明氏は意気冲天の気勢が揚がるばかりであって、怨敵の笑顔ぐらいにビクともしなかったばかりでなく、普段の訪問にくらべると却って慎しみも遠慮もなかった。そこで椋原孔明氏は無法なぐらい相手かまわず喋りはじめた。

「ほかでもないが三千円要ることがあってね、三千円貸してくれたまえ」

彼はまず斯うはっきりと言い切った。

「三千円貸してくれ！」

もう一度つづけさまに唸りをたした。

三千円！　三千円！　三千円！　そこでもう彼の喉に彼の拳に彼の膝に三千円の大洪水が溢れだしたのであった。言葉というものは不便なものでどう急いでも一語ずつしか出ないものだが、それが何よりじれったい様子で、尊厳な弁護士・椋原孔明氏は言葉の泡を吹きはじめたのだ。つまり、如何にして、又如何様に三千円が必要であるか、それが必至の事情によって殆んど必死の状態にまで必要欠くべからざるものであるかということを、微に入り細にわたり、しかも豊富な感激に狂ったように酔いながらまくしはじめたのである。まるでもう思いもよらぬ出来栄えであった。五分あまりの時間というもの溢れる水と同じように、むやみに言葉が・感激が・落付きが、（いや全く！　落付きまで！）流れだしてくるのである。非常な亢奮に拘らず、非常に冷静な計算が、彼の態度を時に応じてととのえさせるのであった。彼は真剣な顔をした。時々シンミリと落付いた苦笑を（そうだ！　決して微笑ではない！）浮かべた。時々情熱を漲らした。時々ちょっと気取ってみた。時には巧みにへりくだった。これはもう作為と自然が合致した至妙の芸術と言うべきもので、金策という唯一の場合でなかったら、フロオベエルもこんな境地に浸ったことはなかったのである。

語り終った凱旋的な好気分！　孔明氏は思わずホッと一息洩らして手中の獲物を見すくめるように相手の様子をうかがった。——と、返事がない。皆目手応というものがない。木像だ石臼だ蟇だ梟だ鮟鱇だ……

「どうもすこし――」と孔明氏はゾッとしながら考えた。「調子にのってあんまり早口に喋りすぎたようだったが、そこで話がききとれなかったというわけかな？　そのほかの理由というのが考えられない……」

　そこで椋原孔明氏は閃めくように勇気を燃やし、今度は落付きの方に充分以上の気を配りながら、整然たる順序を追って同じことを丁寧にくりかえした。

　二度目の話が完全に終りをつげた瞬間だった。

「いや、もう、二度だけで充分」と、第一の人物はすこしも周章（あわ）てずに言った。

「三千円！　ああ！　その金が俺の懐に今あったら！　俺はすぐにも兜町へ飛んで行くんだ。畜生！　みすみす儲けが分っていながら……」

　第一の人物はなおも至極冷静に述懐をつづけた。

「三千円！　逆様にふっても鼻血もでないとはこのことさ。先月ちょっと儲けたと思うと今月はもう倍の損だぜ。ここ四五日というものは一日に五回ぐらいの割合で自殺がしたくなるほどなんだ。やりきれない！」

「冗談じゃないぜ！　君が三千のはした金をもたないなんて！」

　椋原孔明氏は呆気にとられて、自分の呆気を打ち消すように周章てふためいた大きな声で喧嘩腰にこう喚いた。

「冗談はよそうぜ！　俺はもうギリギリほんとに三千円必要なんだぜ！　おい三千円貸せったら！

たった三千円のことなんだぜ！　たった三千円――」

「これが冗談だって？　驚き入った話じゃないか！　俺は自殺をするところだぜ。この瘠せた頰っぺたを見てやってくれ！　くぼんだ眼玉を見てやってくれ！　ああ！　二週間というものは夜もろくろく眠れやしない！　毎日毎日考えるのは自殺ばかりだ！　毒薬にしようか、首をくくろうか、鉄道線路の露と消えるか……」

「いやはや、そんなことは君――」と、椋原孔明氏は相手の言葉を一気に打消したいもどかしさから、猛烈に両手をふって身悶えした。

「そんなことは君、とにかくそれでいいことだよ！　とにかく俺は三千円――」

「だから君、逆様にふっても鼻血もでない状態なのさ」

「冗談じゃない！　たった三千円！　俺はほんとに必要なんだぜ！」

椋原孔明氏は完全に亢奮して立ち上った。完全に亢奮して第一の人物邸をとびだした。その颯爽と又猛然とふるいたった意気込みは今迄の凜然たる構えでさえも比較にはならぬ見事なもので、まるでこれからがほんとの金策に出掛けるところだ！　と思わせるような勇ましいものに見えたのである。

「冗談じゃないぜ！　たった三千円！　俺はほんとに必要なんだぜ！」

彼は道へとびだしてから、部屋の中で喚いたよりもよっぽど情熱のこもった声で、はりさけるかと思われるぐらい荒々しく叫んだ。その凄然たる叫びをきけば、どんなに血のめぐりの悪い人達でさえ、あ椋原孔明氏は今しも三千円の切実な必要に迫まられておるなと納得せずにいられない鋭いものがあるのだった。そこで椋原孔明氏は彼がなお何人かの邸内に於て何人かと会見しつつあるかのように、その同じ叫びを呟きつづけて道を歩きはじめたのだ。

「冗談はよしてくれ！　俺はほんとに、たった、三千円……」

然し椋原孔明氏の頑固一徹な呟きから、次第次第に力と情熱がぬけてきた。呟きから力が抜けてきたばかりか、全身から、つまり、歩く足から、股の付根から、腰骨から、頸から眼玉のまわりへかけて、力がそっくり抜けてきたのだ。今にもヘタヘタと道路の上へへたばりつくかと思われたのである。

「冗談じゃないんだぜ！　俺はとにかく、たった……」

最後に椋原孔明氏がからくも斯様に呟いた瞬間は、彼が丁度停車場へ片足辿りついた時であった。同時にそれは、扨て、これからワシはどこへ行ったらいいんじゃろうという皆目目当のない不安が一時にこみあげてきて、胸が全く暗闇になった時でもあった。そういうわけで、最後の呟きを洩らした瞬間、彼はもはや全くどうすることもできなくなったのであろうが、なんの躊躇うところもなく傍えのベンチへただヘタヘタと崩れ落ちたのであった。――これから先の心境の変化は先刻すでに書いておいた通りである。

椋原孔明氏の第二回目の金策訪問。

はじめに一言断っておかねばならないことは、尊厳な弁護士・椋原孔明氏が再び蝋燭の如き勇気を燃焼せしめて第二回目の出陣にとりかかるためには、ちょうどまる九日間という完全に何事もしない日数が必要だったということである。そこで椋原孔明氏は何もしないということの底知りがたい平和の歓喜をこんなに強く感じたこともないのだった。まる九日のあいだというもの殆んど寝床にもぐり通して暮していたが、こんな柔らかな幸福には生れてこのかた巡りあった記憶がなかった。

第二の人物を訪ねる時には、椋原孔明氏の胎内に臆病というチャチな悪魔が棲みはじめていた。ガサツで気障でにやけた奴だ。

第二の人物氏邸の門前まで辿りついた時のことだが、ガサツな奴め！　鼻持ちならないにやけた根性の瓢六玉で、いきなりクルリと振向くと尻尾を下げて後ろも見ずに走りだした。孔明氏が吃驚して、ドドドドどこへ行くんだ、オオおれの行先はそっちじゃないぜと言ってるうちに一町あまり戻ってしまって、それですんだと思いのほか太い畜生があるもので、まるで散歩に来たような取済ました面魂で第二の人物氏邸を大廻りに一周した。もしゃくしゃした孔明氏はこみあげてくる癇癪で涙がでそうになるのであったが、にやけた根性の瓢六玉はなんとも不快な小人物で、ムッとふくれて顔をそらしてしまうのである。なじられるのが気にいらないというわけである。

漸くのことで第二の人物に会ってみると、この人物は所用があって大阪へたつ間際であった。小人は養いがたしと云うことがあるが、キザでにやけた瓢六玉の畜生め、ここでもひどい大間違いをやらかしたのである。

「なんじゃ、用かね？」と、待ち構えていた大事な文句をうまいぐあいに第二の人物が言いだした時に、瓢六玉の青二才！　豚の尻尾！「いいえ、別段、ヘッヘッヘッ」と、孔明氏が呆気にとられる隙も洒々とぬかしたものだ！　そのうえ恥の上塗りで、「お忙しいところをお邪魔しまして、まことにどうもイヤハヤ」なんぞと余計なところで下らん頭をさげたのである。くさったのが孔明氏で、用もないのに便所へ遁れて荒縄のような溜息をもらした。

「然らば――」というわけで、第二の人物は忽ちスッと立ちあがる、自動車にのる、東京駅へ行ってしまった。

孔明氏は絶望した。猫イラズにしようか、瓦斯管を頬ばろうか、いっそ身投げにしてくれようか。そういう下品な考えごとが浮んだおかげで、今度は逆に奇蹟のような勇猛心が溢れあがり（――というほどでもないが）まず、溢れるように零れてきたと言っておこうか。そこで突然一大決意をかためると猛然円タクに身を躍らして、蒼然たるあの黄昏の狂燥で東京駅へ駆けつけたのである。

「ＲＯＲＯＲＯＲＯ！　なアンじゃ！　見送りに現れおったか！」と、第二の人物は暗然たる面持をして心底深く呆れかえった模様であった。

「マ、左様なわけで。ヘッヘッヘ」

と、孔明氏は言葉を濁して頭をかいたが、愈々汽車が動きだすとそこは丈夫の一念で一時に血潮がただメラメラと燃えあがり、三千人が（三千円だ）一度に喚きはじめたような慌ただしさで汽車諸共に動きながら拳を振って叫びはじめたのであった。

「三千円拝借したいと思うのです。一言よろしいと言うだけで沢山！　イヤ、ほかの言葉は罪ですぜ！三千円だ！　必要だ！　ぜひとも必要！　たった三千円！」

「ウム、三千円か。若干の金額じゃ。生憎当今嚢中逼迫、イヤ、心緒揺落に逢い秋声聞くべからざる有様じゃ。秋風落莫諸行無常イヤハヤまことに面目ない次第じゃて。ワアッハッハ。ある所には山とあるのがこれ又黄白の持前じゃ、天理でナ、ノンビリと探すにしくものはない。イヤモウ人間は一擲千金渾て是れ胆じゃ。嚢中自ら銭有りということもあるがな。心配いたすな。大鈞は私力なく万理自ら森着すじゃ。イヤ誰しもが黄白には悩みおるて。ワアッハッハッハッハ。安心いたせ！」

と、見る見るあちらへ行ってしまった。汽車の尻尾が消えてしまうと、孔明氏はホッとして振返った。汗がグッショリ滲んでいたが、ヤレヤレこれでひとまず一難すぎさったという戸惑いした梟(ふくろう)のようなガサツな平和が流れてきた。――なるほど金談を切りだすに当って、これ程あと腐れのない好機会というものは、これを仕事に狙っていてもめったにぶつかるものではない。然し又、断わる方にしてみても、これぐらい胸のすくほど快々適な絶好機会というものは、よっぽど運のいい男が一生涯にたった一度めぐりあうばかりとある。

第三回目・第四回目・第五回目……それはもう一々語る必要はない。要するに万事万端蹉跌(さてつ)した。そうして椋原孔明氏は蹉跌の回が重なるにつけて、うねうねと曲りくねった平和の底に深まりこんでいたのであるが、――話は愈々これからで……

さて、こういう平和なとある一日のことであったが、尊厳な弁護士・椋原孔明氏が平和そのものの目覚めをむかえてふと気のついた時であった。言いようもなく絢(あや)のある、妖しいまでになまめかしい考えごとが宙ブラリンに浮いていて、フォッと眼玉へとびこんでくると脳味噌の中へおさまった。

「オヤ！」先生やにわに吃驚して跳び起きた。夢ではないかと思ったのである。そこで目玉をこすってみた。

「冗談じゃないぜ。人をからかうのもいい加減に、そんな莫迦(ばか)な……」

と彼はうろうろ部屋の中を歩きだした――が夢ではない！

「こりア驚いたな！　どうして今迄――わしアびっくりしてしまったな！　こんな手近かな、年中思いだす男のことを、どうして又今度に限ってフッツリ忘れていたのだろうな！　やあモウ俺は……こりア人間業じゃあない！」

いや、驚いたのは孔明先生ばかりではない。私でさえも気絶するほど吃驚仰天したのである。第一の人物中の第一の人物（――そうだ全く第一の人物中の第一の人物！）地上に二人とかけがえのない大人物を今迄すっかり忘れきっていたのではないか！　第一回目の金策は当然この人物へ行くべきもので他の何人へ廻ることも不可解であり、然して見給え、第二回目と出向く必要はないところの、地上に一人のかけがえのない人物ではないか！

「ウアッ！　畜生！　なんて又俺はだらしがなさすぎたんだ！　篦棒め！　いくら取りみだしたとはいったところで、こんな大事な友達のことをどうして今まで……タッハッハ！　まるでもう目がくらむ！　気狂いになりそうだ！　大願成就がやってきた！」

孔明氏はあまり激しい喜びのために一時はあぶない状態だった。こういうあぶない喜びは若いうちに誰しも一度は覚えがある。三日ぐらいというものは眠れないので愈々俺もこれまでだと厭世的な書置きを書きしたためたりするものだ。

かけがえのない人物は北国の山の底にすんでいた。金？　そんなものは腐るほどある！　三千円――イヤハヤどうも、さりとはケチな話でないか！　ワッハッハ！　かけがえのない人物は全くもって意気好みの万事が派手で綺麗な男だ。天性自ら風流を解し人情の秘奥に通じ雑学の大家とある。磊落にして豪放、訪客の絶えざる時は数年といえども觴を持して不眠というから凄いものだ。尊厳な弁護士・椋原孔明氏とは莫逆の友であった。ああ、また何をか言わんや。

尊厳な弁護士・椋原孔明氏は旅費の苦面がつかなかった。――ほんとの話を打ち開けると、苦面しようとしなかったのである。人間の顔を見るのはもう沢山だ！　かけがえのない人物でも（こういう愉快な人物は考えただけでもう幸福だ――）わざわざ顔を眺めるのはもうブルブルだという奴で、人癲癇ということもあるがそれとは余程種類の違うものである。陽気の加減で神経がおきるという奴ではなく、あのブルブルを思いだすと陽気の方まで変ってくるという奴だ。人癲癇に覚えはなくとも、こっちの方は誰しも胸に覚えがある。それに尊厳な弁護士は、どういうものか持って生れた性質で、喋る方は苦手であるが、（稀代の名文！）筆さえとれば鬼神を悩ます自信もあるというのだった！　手紙。それの効果を考えると、もう金策は成功以外の何物にもぶつかることのありえぬことが、手にとるように分るのである。

彼は手紙をしたためた。手がふるえる胸がふるえるということはとかく世間にありがちだ。汗がでる熱がでるということもある。然し椋原孔明氏は泰然として騒がざること山岳のごとく、沈思黙考ほしいままに詩神の国をかけめぐって、あらゆる技巧、あらゆる至妙の殺し文句を総動員した。それはもう完璧とのみ言葉はない。いっかな罠にはかからない銀狐でも、こんな手紙を読んだなら、身ぐるみ脱いで早速毛皮を送ってやろうという気になったに違いない！

投函した！　その瞬間から世界中に大戦争が勃発したに相違ないと思われる理由は、椋原孔明氏の行く先々では何から何まで殺気立ち、眼が血走り、諸肌ぬいだ緊張ぶりから分るのだった。けつまずく。背中へ本が落ちてくる、頭へ時計だ、椅子が脛へ喰らいつく。額縁がヒラリヒラリと壁から壁へとびまわる、あっちでコップが、こっちで瓶がわれはじめる、ボヤがでる、うっかりすると命があぶない。

二日すぎ、三日すぎた。四日・五日となってくると、アルヂェリアじゃあ五六百万戦死者がある、一週間、世界中の軍艦という軍艦があらかた海のもくずと消えて大西洋じゃ土左衛門で海が見えない、二週間、愈々地球もおしまいだ——と、手紙がきた！　まさしく返事が来たのである。——

手紙の奴を二本の指につまみあげてフラフラフラッと机の前まで歩いてくると、まっさきに身体全体ぼんやりした。お次がゾッと凍りついて思わずブルブルふるえあがった。どうしてくれようこの手紙。どこへ置いても目ざわりだ。一目見るともう心臓がゾッとくる！　で、よそみをしながら机の上へ投げだした。振向いて後ろも見ずに窓際へくる、晩春のくっきり澄んだ朝空をみる、青い空！　アア畜生！どうも腰骨がガタガタする！　跫音（あしおと）を殺しながら又フラフラと机のところへ戻ってきて、机の周囲を三周四周五周六周・七へん廻ってなんとかというあのあたりで、これだ！　という思いつきがとびだした！そうだ、こうしちゃいられない。上着をかぶる帽子をきる慌てるな窓掛をおろせ。机の方はふりむくな例の奴には目をくれるな鍵をおろせ外へとびだせ。忽ち外へとびだしてホッとしながら空を仰いだ。青空だ！

一直線に公園の中へとびこむと風を切ってグングン歩く。爽快といい健康というのはこのことだ。そこで——手紙。ア、手紙！　読める！　平気だ！　なんのこった、朝めし前の腹ごなしにもってこいという奴じゃないか！　エエ畜生！　なんだって又ポケットの中へあいつをねじこんでこなかったんだ！千慮の一失、一期の不覚という奴で、そこで椋原孔明氏は突然わが家の方をめざして全速力で走りはじめた。——が、机の前まで戻ってくると急にゾッと縮みあがってブルブルふるえた。どうもいかん！手紙を掴んだはずの手がどういうものか雑誌を掴んで戻ってきたので仕方がない、頁をめくって部屋の中をグルグルグルグル廻ってみる。深呼吸。便所へ行く。水をのむ。——然し丈夫の一念でそこは流石に見上げたものだが、とうとう手紙の封を切って椅子へどっかり落ちこんだ。そこで次にあるような、かけがえのない人物からの大事な手紙を読みはじめた。

かけがえのない人物からの大事な返書

なつかしい哉（かな）孔明先生

山の奥にも春がきました。谷も径も杜（もり）も峠も一様にまだ数尺の残雪がくまなくしきつめているのですが、雪国の春ならで見られない輝やきみちた青空。雪原もかがやき、山もかがやき、中空もかがやき、大空の奥ふかく又輝やける透明が跳ね光り降り、なべてひたすら光ろうとのみするようです。長い陰鬱な雪空におしつぶされていた村人は、この青空の訪れをみると全ての用をなげうって広い雪原へ走りでずにいられなくなります。彼等は口々に声かぎりの叫びを放ちながら、青空をさして腕を高らかにふりあげ、かがやきみちた雪原を右往左往にかけめぐるのです。光りに向ってひらかれた甘美なさて又狂燥にみちた官能の唄声、それは嗚呼（ああ）ひとり里人のみに限られたものではありません。嗚呼木木が嗚呼草が又そうなのです。嗚呼地上にはなお数尺の残雪が石のようにかたまりついて張りつめているのに、嗚呼山毛欅（ブナ）の林はやわらかな緑の芽を嗚呼ふきだしてくるのです。半年ぶりに嗚呼新鮮な緑を眺めた里人たちのよろこびは、嗚呼ひたすらな無言、嗚呼身動きすら忘れきった長い長い凝視によって表わされるのです。さて又堅い数尺の雪をわれば、嗚呼雪の下にも嗚呼ふるえるような青い芽が嗚呼ふきだしているではありませんか。嗚呼季節に向って孜々（しし）として歩きださずにいられない嗚呼生けるものの嗚呼泪ぐましい意志に打たれて、人々は嗚呼と驚きの叫びを放ちます。その芽をとって食卓に供えた夜の嗚呼賑やかさ。嗚呼新鮮な味覚。さて又翌日をむかえれば、麓への交通をつけるために里人は山がいの径へ集合しますが、嗚呼勤労の歓喜、彼等は径の雪をわり深い谷底へ嗚呼歓喜の叫びをあげながら突き落とすのです。嗚呼かくて大地を再び見ることの嗚呼感激、嗚呼嗚呼嗚呼。夜は夜で嗚呼生ける季節の祝典のために村芝居の支度にとりかかるのですが、折もあれ嗚呼村一番の義太夫語り鎮守の神主が嗚呼風をひくという嗚呼驚きに襲われます。芝居の初日もさしせまったこととて嗚呼村人の心痛は一方ならず、村医者は嗚呼枕頭につききり、青年団も嗚呼徹宵看護につとめますが、神主は嗚呼村医者の薬餌には見向こうともせず嗚呼長年の習慣どおりの一升酒でみるみる嗚呼治ってしまうのです。さて又村芝居の始まる頃は嗚呼桜もチラホラ咲きはじめ、やがては又嗚呼沁みるがようなあの青葉の季節、嗚呼山また山の青葉をわたる広々とした嗚呼爽やかな嗚呼初夏の嗚呼風、嗚呼さては又嗚呼谷底の嗚呼雑草の嗚呼陰に嗚呼顔をだす嗚呼名も知らぬ嗚呼小さな嗚呼花花。そうして全ての残雪が谷の底からも消え去る時は、嗚呼もうあの綿のような雲の浮く夏の盛りがきているのです。その夏も亦ひととき。ゆく春や、嗚呼多感多感。

花眠山荘主人　権堂又助

椋原孔明兄台

二の巻

一陣の颪（はやて）となりて消えたるにや杳（よう）としてわがますらをの消息知る人もなしという

女占師の前にて

これは素朴な童話のつもりで読んでいただいても乃至は趣向の足りない落語のつもりで読んでいただいてもかまいません

私はあるとき牧野信一の家で長谷川という指紋の占を業とする人に私の指紋を見せたことがありました。私は彼のもとめに応じて私の左右の掌を交互に彼の面前に差出したまででありますが、君のもともとめられた牧野信一は神経的に眉を寄せ、いくらか顫(ふる)えを帯びた小声で僕はそういうことは嫌いなんだと誰にとなく呟いたりしたのち、結局座を立って便所へ行ったりなど細工して、とうとう彼だけは見せなかったようでした。感性だけで生きていた牧野信一は予言のもつ不吉なものを捩(ね)じ伏せることに不得手で、赤裸な姿を看破せられる不安にも堪えがたかったのでありましょう。

私とて占者の前に淡白では立ち得ませんが、赤裸な心情を看破せられること、または予言のもつ宿命的な暗影をもった圧迫感を負担とするにはいくらか理知的でありすぎるようです。恬(てん)として迷信に耳をかさぬかの面魂(つらだましい)をひけらかしたがる私の性分にいくらか業(ごう)を煑(に)やした菱山修三が、あるとき若干の皮肉をこめて、理知人ほど迷信的なものだというアランの言葉を引用したのですが、私は一応暗にその真実は認めてはいても、必ずしも彼の言葉に心を動かすものではありませんでした。理知人ほどやがて野性人たらざるを得ません。それのひとつの表れとしてまた迷信的たらざるを得ないことも自然ですが、本来迷信的であることと質に於て異るゆえ、私はむしろかような場合我々の言葉の単純さと、そのはたらきが単純のために却って行われやすい魔術的な真実らしさを疎ましく思うものであります。

この二月来私が放浪の身をよせている京都には二人の友達がいるのですが、その年若い一人の友が訪れてきて、近代人の悪魔的な性格にのみ興をもつ（この表現は彼のものです）異色ある映画製作者がいるが、そのひとつの作品を見物してみないかと誘いました。その製作者や俳優の名は忘れましたが「生きているモレア」という映画でした。まず当代の常識的な虚無をもって性格とした極めて知性的な主役が、私がかつて行った言動に類似のことを行って万やむを得ぬ重い苦笑に心をさそい、けれどもむしろ倦怠のみの時間のうちにやがて映画は終っていました。然しひとつの場面のみが暗処にうごめく何物かに似た幾分不快な感触を帯びて、やや忘れえぬ濁った印象を残したのです。

そこは料理店の食卓らしく思われます。以下すべて印象ですから事実との相違はあるかも知れません。出版業者であるところの虚無家が一閨秀詩人と恋に落ち、その食卓に二人が坐っているのです。女占師が這入ってきました。まず閨秀詩人の手相をみてやがて二児の母たる宿命をつげ、次に男の掌を見たときには恰も憎むべきものを見たかのような敵意を視線にみなぎらし、ついに一語の予言すら語らずに、女に護身の首飾を無償で与えて立ち去るのでした。男の表情は結局微動もしなかったことを覚えています。

私はわが身の同じ場合を想像せざるを得ないのであります。

長谷川という指紋研究家もそうでしたが、彼は私の愛慾について語るべきときには、まったく口を噤んでいました。また私の未来について語る時にも、あなたの性格はあまのじゃくだから——そう語って私の視線をはばかるように俯向き、そう言えばあなたに通じるでしょうねと呟いておいて、だから色々の障礙がありますと言った。勿論彼は敵意を見せはしなかったのですが、言明をさける風が私の場合の唯一の態度であったのです。

私は好んで占師の前に立ったことはありませんが、一度は路上で俄雨にうたれそこが丁度ある占師の門前であったときと、一度は酒の酔にまかせて都合二回職業占師の眼光に心身をさらしているのです。結果は長谷川指紋研究家と大同小異でありました。私の愛慾生活の宿命とあまのじゃく的性格に就て語る時には言外の暗示によって私の理会に俟とうとする用心深い眼付をみせたようでした。私は事を神秘化して言おうとするものではありません。彼等が暗示するものに就いては、もとより私がつとに知らぬ筈がなかったのです。

話が偶然占者とのみ関聯しますが、私の中学時代の最も親しかった友達が、白眼学舎なにがしと看板をかけた高名な易者の甥で、かつその家に寄食していました。十八歳の時のことです。一日彼を訪問しますと、白眼道人なにがしの妻女は生憎窓がないために白昼もまっくらな茶の間で長火鉢の前に坐り、薄暗い電燈の光の下で挨拶する私を見やりながら、だしぬけにお前さんは色魔だねと言ったのです。私は薄笑いすら洩らさぬほど冷静であったように記憶しますが、やがてええと答えただけにすぎませんでした。

私は中学生のころ学校所在区の不良少年の群れに親しまれ好んで彼等と交ってもいたが、私自身は不良少年ではなかったのです。私はただ過剰すぎる少年の夢をもてあまし、学校の規律にはどうしても服しきれない本能的な反抗癖と怠け癖とによって、日毎に学業を怠ることに専念し、当時からすでに実際は発狂していた沢辺という秀才や白眼道人の甥などを誘い、神楽坂の紅屋や護国寺門前の鈴蘭という当時社会主義者の群れが入り浸ったまっくらな喫茶店で学校の終る時間まで過していました。たまたま鈴蘭に手入れがあってここに入り浸った中学生は一応全部取調を受け、その大半は退学処分を受けたにも拘らず沢辺狂人や私の一派は本来の不良ならずという意味ですか、保護者すら知らずに許るされていたような出来事などがあったのです。沢辺狂人と私は悟入を志して仏教を学び牛込の禅寺へ坐禅を組みにでかけたりなどしていた可愛気のない中学生でもありました。

後年私の為すところが世間の常識によってはやや色魔にも類すべき種類のものであることを私は認めているのですが、中学生の私は子供にしてはひねくれた理知と大人の落付きを備えた美少年であったとはいえ、過剰にすぎる夢のゆえに現実を遠くはなれ、少年よりもむしろ少年であったようです。私の生涯に於て私を色魔と称ぶところの先駆者の栄誉を担う人は当然白眼道人なにがしの妻女でありましょう。彼女はその花柳界育ちの眼力によって私自身が知る以前に私の本性を看破したのでありましょうが、十八歳の中学生を一眼みるや唐突にお前さんは色魔だねと浴せかけたひとりの女の実在を思うと、この場合に限りむしろ不安であるよりも幾分失笑を禁じ得ません。

私は然し敢て私の弁護ではなく一応世間人の大胆すぎる常識を批難せずにはいられない。人々はその各々の愛情の始めに当って、どうして恐れげもなくその愛情の永遠を誓い合うのでありましょうか。それはまったく乱暴なことであります。そしてそのように乱暴な原因によって惹き起される無数の悲劇はもとより涙には価せず、恐らく茶番に終らざるを得ないでしょう。私は茶番の退屈さには堪えられません。

私とて然し自然の声によって何事か永遠を希わずにいられないひとときの思いもあるのです。そういう声の泌みるがような自然さに逢うと、私もついに本能的な恐怖をもって、私の裡の世間を怖れるのであります。

十八歳の私は白眼道人なにがしの妻女の言葉に冷然としてええと応じることもできたのですが、今日もなおそのように冷静に応じうるや否やは分かりません。恐らく応じ得ないでしょう。なぜなら私は私自身の真実を信じ所信を愛すること十八年代の比ではないが、また世間の虚偽の真実よりも甚しい真実さを余りに身をもって知るところの悲しむべき世間人でもあるからであります。

あの映画の中に於てもそうでした。男はその愛人に向って私は色魔ですと言っていました。饒舌を性（さが）とする白人に比し言葉の無意味と退屈を感じることに慣れている我々日本人の常として、私も亦（また）もとより鼻につく厭味を犯してまで私の愛人に向って私は色魔ですと殊更（ことさら）言を弄した覚えはありません。けれども私は言いたかった。そして心に言っていました。なぜなら彼女にそのことを言われることが甚だ苦痛であったからです。私と「生きているモレア」の場合のみではないでしょう。己れの愛のみの永遠を信じそして自分の場合のみの男の特殊な愛情を信じはじめた女性の前では、その愛人であるところの恐らくすべての理知人が同一の科白を各々の様式によって表明し、あるいは表明したい意慾だけは持つでしょう。

私は然し自ら私は色魔ですと名乗ることの卑屈さに堪えがたいのも事実です。そして自らの卑屈さをいやしむ結果、その卑屈さを強いるかに見えるところの世間、そして現にその世間の唯一にして全ての化身であるところの愛人に向って、ただそれだけの内攻から唐突に怒りを燃やし、また一場の気分としては絶縁を迫りたくもなるほどでした。愛情の最頂点に於て私は最も卑屈たらざるを得ないゆえ、また愛情の最頂点に於て私は甚だ軽卒な気分に駆られて愛人を冒涜（ぼうとく）し軽蔑に耽（ふけ）ることを常とした記憶があります。

紅毛人の習慣に馴れない私は本来言葉のもつ誇大性や断定性に多くの場合堪えがたいので、心中に無数の言葉を蔵していても、おおむねそれを語らずに終ることが多いのです。かつて暫しの生活を共にした女に向って私が屡々表明し得た最大の抗弁と批難は、それは月並だよという言葉でした。そこには私の堪えきれぬ最大の意味が含まれていたのでしたが、それを激して語る術もなかったので、女は恐らく最も屡々聞きなれた言葉の真意を聞き逃してしまったろうと思われます。

私は色魔ですと臆面もなく言いきることの厭味や卑屈さに堪えきれぬ私は、結局それにこだわることも多いわけで、彼女等にそれを言われた瞬間の苦痛や怒りが、想像の中に於てもやや生々しい現実味を覚えさせられるほどであります。映画の中の主人公は占師の敵意の視線を浴びたときに毛筋ほどその表情を動かすこともなかったのですが、そのことがこの印象を一層濁った重苦しいものにするのでした。

同じ場合を私自身に当てはめて想像して、私はこのように無表情でありうるでしょうか。ありうるかも知れません。恐らくむしろありうることが一層確かな予想だろうと思われます。

然しながら無表情であり得た場合を想像しても、軽微な犯跡を隠し得たときのわずかな快味すら感じ得ぬばかりか、恐らく内心の動揺と顔面の不動との均合いの悪さのために、無表情の裏面に於て私は更に加重された苦痛をなめねばなりますまい。映画の中の無表情を見たときに、私自身の均合いの悪さの不快を聯想して気分を悪くしたのです。

京都では一足街へ踏みだしてどの方角へ足を向けても、やがて宏壮な伽藍につきあたらずにはいられません。寺院建築は単調なほど均斉というひとつの意志にすべての重心があつめられているように思われます。私の住む伏見深草から近いところに東福寺という禅寺があり、私の散歩の足は自然この寺へ向けられがちでありましたが、この寺は宋風とかいう建築の様式だそうで、特にまた均斉を感じさせる伽藍であります。

　私はこれらの伽藍を見るにつけ、そこに営々たる努力をこめた均斉の意志を感じるたびに、いつとはなくひとりの狂人の意志を感じ、混乱を感じ、また危なさを感じる自分に気付くようになっていました。これらの建築にこめられた異常なほど単一すぎる均斉の意志の裏には、この均斉を生みだすための凡（およ）そあらゆる不均斉がややともすれば矢庭（やにわ）に崩れて乱れだす危なさとなって感じられます。そこまで明確に言いすぎては、いけないのかも知れません。私自身の感じだけではもっと漠然とした気分だけのことであり、畢竟（ひっきょう）するにただ狂人の意志であり、混乱であり、また危なさにすぎないのです。均斉の極めて小さな一角が崩れても忽（たちま）ち血潮と共に喉から溢れて迸（ほとばし）るような悲鳴が思われぬこともないのですが、然しそこまで明瞭に言いきることも、言い過ぎといえばまた言い過ぎにほかなりません。

　宇治の黄檗山（おうばくさん）万福寺は純支那風な伽藍ですが、京阪電車を利用すれば、私の住居から遠い距離ではありません。特殊な関心がありうる筈もないのですが、一度偶然あの寺を訪れ、門前の白雲庵というところで精進料理を食べてから、京都の事情に暗い私は下洛の友達があるたびに主としてここで飲食にふけることが習いのようになったのです。

　黄檗山万福寺は隠元（いんげん）の指揮によって建築された伽藍であります。私は隠元が元来支那の人であるのを知らずにいて、この寺の宝物を見るに及び、彼が異邦の人であるのを知ると同時に、彼が支那から帯同した椅子や洗面器の類いを見て、彼に対する親しさを肉体的なものにまで深めるような稀れな感傷のひとときを持ったりしました。私は隠元の思想に就いては知りません。わずかに白雲庵発行の精進料理のパンフレットによって彼の思想の一端にふれただけにすぎませんから、いわば仁丹の広告を読んで医学一般を論じるような話ですが、私は隠元が好きなのです。精進料理のパンフレットからとりあげて二つの理由を挙げますなら、人の交りは飲食によって深められるという見解から日日の行事のうちで特に食事に重きを置いたという彼にも好意がもてますし、日本渡来の事業として布教よりも第一に万福寺の建築に心血をそそいだという彼も好きです。最高の内容主義はやがて最高の形式主義に至らざるを得ないからです。

　私の知る限りでは京都府内に於て黄檗山万福寺ほど均斉の意志を感じさせる伽藍はありません。渋味のうちに籠められた甚だ清潔にして華麗な思想や、色彩の趣味や、部分的には鐘楼(しょうろう)と鼓楼の睨(にら)み合った落付など、均斉の意志ということは別として一面人に泌みるところの現実の安定感を思うだけでも、恐らく隠元その人は遠く狂者と離れた人で、隠元豆の円味すら帯びた人格であったかも知れません。私自身の思いとしてもその想像が自然です。

　然しまた次に述べる想像も自然であります。この伽藍は熱帯のなんとかいう特殊な材木を用いているそうですが、まず用材にからまることは度外視して、ここに仮りに根太(ねだ)や垂木(たるき)や棟によってぎっしりつまったひとつの脳味噌を想像します。次にこれらの材木の組合せによって生まれるところのありとあらゆる形々のやや無限を思わせるところの明滅によって脹(ふ)くれ歪み合し崩れ混乱する様を想像します。この脳味噌の内部に於ては古典的とでも言う以外に仕方のないほど単調なかつまたまともな均斉のみは許るされますが、破調の均斉は許るされていません。そして単調にまで高められた均斉の微細な一角が崩れても、この脳味噌は再び矢庭に形々のめあてない混乱に落込みます。

こうして私はいつからということなく又必ずしも右記のような論理を辿ってのことではなく、ある曖昧な気分のみの過程の後に、隠元といえばひとり痩せ衰え目のみ鋭く輝き老えさらぼうた狂気の坊主を思うことがこれも亦自然のようになっていました。たとえば再び私達の眼前の幕にこの坊主の脳味噌をすえつけましょう。いま脳味噌の内部ではどうやら鼓楼の全形が単調な均斉にまで高められたところであります。ところで鼓楼の階段が今脳味噌の内部に於て建物の右にあるか左にあるか中央にあるか知りませんが、かりに中央にあるものならこれを我々の独断でちょっと右へ移してみましょう。単調にまで高められた均斉は一朝にして無残に崩れ恰も芋を洗うような形々の混乱が突然脳味噌の全面積に場所を占めて足掻(あが)いています。そして脳味噌の所有者は恰も直接私達の苦痛から発したような血涙をこめた悲鳴をあげて七転八倒するでしょう。然しながらこのように明瞭な画面を描いて私の漠然とした感じの世界に論理を与え、かつ限定を与えることはいけないのです。これはひとつの方便であります。

私は別に黄檗山万福寺を訪うたびにその材木や甃(いしだたみ)や壁に隠元の血の香をかいでいるわけではありません。むしろ直接の現実としては殆んどまったくそのようなことがないと言わねばならないのです。この食堂(じきどう)はこの寺の大部の伽藍と同様に国宝ですが、恐らく曾(かつ)てはこの場所で隠元豆を食べたであろう彼などを甚だ想像しやすいのは、私自身が例外なしにその目的によってのみしかこの寺を訪れることがないせいでしょうか。

理知人は却々(なかなか)に狂者たりえぬものであります。恐らく彼等は元来がすでに性格の一部に於て天賦の狂者でもあるからでしょう。生来狂者と常人を二つながら具(そな)えていると申しましょうか。今更発狂もしにくいようです。

私は理知人のもつ静かさの中にむしろ彼等の狂者の部分を感じ易い癖があります。いわば静かさの内蔵する均斉の意志の重さを苦痛に感じ、その裏にある不均斉の危なさにいくらか冷や冷やするのです。その当然の逆として、もともと不均斉を露出した人々には危なさの感じがありません。

私は生前の芥川龍之介に面識はなかったのですが、その甥の葛巻義敏と学友で、「言葉」それから「青い馬」の二つの同人雑誌をだした時は芥川龍之介の書斎が私達の編輯の徹夜のための書斎でした。

私は芥川の芸術を殆んど愛していませんでした。今日とて彼の残した大部分の作品に概ね愛着を持ち得ないのは同じですが、あのころのことを思うと然し余程意味は違っているのです。そのことにはふれますまい。とにかく彼の芸術に微塵も愛情をもち得なかった私は血気と、野望に富んだ多感な文学青年であったにも拘らず、当時なお自殺の記憶の生々しかったこの高名な小説家の書斎に坐して、殆んど感慨がなかったばかりか、むしろ敵意を感じる程度のものでした。彼の死体があった場所で葛巻が当時のことを語るのも感興なしに聞き過していたようですし、そのころぽつぽつ発見された遺稿の類を示されても終りまで読もうとせずに読んだふりをしていたような冷淡きわまる態度であった記憶があります。

芥川龍之介の芸術についていくらか違った考をもちだしたのは漸く三年このかたでしょうか。すでに私が変っていました。ある日葛巻の病床を見舞うと、彼は芥川全集普及版の第九巻を持ちだしてきて、ただ断片とある二三頁の文章を示し、読んでみないかとすすめたのです。その文章を読んで以来、芥川に対する私の認識は歴然と変ったようです。この断片もそうですが、だいたいが普及版の第九巻には主として死後に発見された断片の類が集められていて、彼の小説の大部分には依然愛情のもてない私も、この一巻に収められたいくつかの文章のみは凡らく地上の文章の最も高度のいくつかであろうと信じています。この年の一月終りのことですが、一物もたずさえずに東京をでて、京都嵐山の隠岐（おき）和一の別宅にまず落付いて以来、一切の読書に感興を失った私が然し葛巻に乞うてこの一巻のみ送りとどけてもらいました。その後宇野浩二氏から牧野信一全集をいただいたのが、下洛このかた約一年のうち私のふれた他人の文学のすべてであります。

この断片の内容をかいつまんで申しますと（然しこの断片の真実の価値は恐らく理知の至高のものが変形しただ一片の感傷でありリリスムなのですが）ある日なにがしという農民作家が芥川龍之介を訪ねてきて、自作の原稿を示しました。その前にちかごろは農村も暮しにくいので人間もずるくなる一方だという話などしているのです。芥川がその原稿を読んでみると、まだ若い農民夫婦に子供が生れたが、この貧乏に生れたひとつの生命が育ってみても結局育つ不幸ばかりがあるだけだという考から、子供を殺す話が書いてあるのです。暗さに堪えきれぬ思いのした芥川が、いったいこんなことが実際農村にあるのかねと訊ねました。あるね、俺がしたのですと農民作家が答えました。そして芥川が返答に窮していると、あんたは悪いことだと思うかねと重ねて彼は反問したのです。芥川はその場にまとまった思想を思いつくことができず要するに話は中途半端に終ったのですが、農民作家が立ち去ると彼の心にただひとり突き放された孤独の思いが流れてきました。そして彼はなんということもなく二階へ上って、窓から路を眺めたのですが、青葉を通した路の上に農民作家の姿はもはやなかったそうです。この断片の内容はそういう意味のものでした。

私は昨今芥川龍之介の自殺は日本に於て（世界に於てでも同じことです）稀れな悲劇的な内容をもっ

た自殺だと思うようになっています。彼の文学はその博識にたよりがちなものでしたが、博識は元来教室からも得られますし、十年も読書に耽(ふ)ければ一通りは身につくものです。然し教養はそういうわけに行きません。まず自らの祖国と血と伝統に立脚した誠実無類な生活と内省がなくて教養は育たぬものです。半分ぐらいは天分も必要でしょう。芥川は晩年に至ってはじめて自らの教養の欠如に気付いたのだと思われます。すくなくとも晩年に於てはじめてボードレエルの伝統を知りまたコクトオの伝統を知ったようです。その伝統が彼のものではないことを知ったのでしょう。彼は自分に伝統がないこと、なによりも誠実な生活がなかったことに気付かずにいられなかったと思います。彼の聡明さをもってすれば、その内省が甚だ悲痛な深さをもっていることを想像せずにいられません。彼は祖国の伝統からもまた自らの生活からもはぐれてしまった孤独の思いや敗北感と戦って改めて起き直るためにあらゆる努力をしたようです。一農民の平凡な生活に接してもそこに誠実があるばかりに、彼はひとりとり残されたた孤独の歎きを異常な深さに感じなければならなかったものでしょう。彼の生活に血と誠実は欠けていても、彼の敗北の中にのみは知性の極地のものをかり立てた血もあり誠実さもありました。立ち直ることができずに彼は死んでしまったのですが、そのときは死ぬよりほかに仕方がなかった時でしたでしょう。

　知性の極北まで追いつめられたものではない自殺、つまり漠然とした敗北感や失意、また失恋や貧乏も同断ですが、それらのものは単に偶然の仕業によって死ぬものであります。ある偶然の仕業がなければ死なずにいるでしょうし、死ななかったとしても、死ぬ前の彼とその後の彼と殆んど生活に変りはないと思います。

然しながら芥川のように同じ失意や敗北感も知性の極点のものを駆り立てて追いつめられてみると、これはどうにも死なずにはいられません。もし死なずに、立ち直ることができたとすれば、彼の生活も変ったでしょうし、また芸術も変ったでしょう。私は彼の残した芸術をでなく、死ななければ残したであろう芸術のために、その悲痛な死を悼む思いがいくらかあります。

生憎これは時代の思想がそうであったせいでしょうが、芥川ほど誠実無類な敗北をしても、なお自殺という単純な一現象に異常な意味をもたせるような幼稚な臭味をまぬかれていません。それゆえ彼の自殺は、その内容の悲痛さにも拘らず、外見は鼻持ちならぬ衒気(げんき)を漂わしてしまったのです。これは恐らく時代の罪だと思います。あのころの時代の好みが自殺なぞということの行為自体に超人的な深さをもった意味を持たせていたのでしょう。コクトオですらそういう時代の魔力からぬけだすことができていません。レエモン・ラディゲの「オルヂェル伯爵の舞踏会」の序文などはいささかやりきれない思いなしでは読めないものです。

時代の相違でありましょうが、牧野信一の自殺には芥川の自殺の外見が示したような幼稚な衒気がありません。これは恐らく時代の好みがそうであり、牧野信一がそういう好みに敏感だったせいだろうと思います。そして自殺の外貌に幼稚な臭気がなかったばかりで、人々は（すくなくとも私の周囲の多くの人は）自殺の内容まで牧野信一の場合の方が芥川のそれよりも悲痛なものだと思いがちでありました。私はまったく反対であります。

牧野信一の自殺の原因としては、失意、女、敗北感、貧乏、病気等々あげられましょう。然しながら芥川龍之介の場合のように知性の極北のものを駆り立て追いつめられたものではなかったようです。

もっと感性的なものであり、ひとつの気分としての失意であり敗北であり貧乏であり病気でありました。そして一九三六年三月二十四日午後五時のあの偶然がなかったら、例えばあの日瀬戸一弥君が所用があって他出しているような一事がなかったら、あるいは今日もなお健在であるかも知れませんし、それが不思議ではないのです。かりに健在であるとしても、恐らく一九三六年三月廿四日以前と殆んど生活態度にも変化はありますまいし、また芸術も多く変ってはいないでしょう。そういう必至の厳しさで追いつめられていた（むしろ追いつめていたと言うべきでしょう）ものではなかったのです。私はそう信じています。いわば死ななくともよかったのです。

　私は時折葛巻義敏の病床を訪れたりしているうちに、芥川龍之介に面識はなかったものの、かなりに彼を肉体的に知るようになっていました。又アルバムの類いなぞを見たせいか、彼の数種の表情も知り、結局彼がわが国の文人中では、江戸の戯作者を除いたなら、もっとも豊かな動きをもった表情の所有者ではあるまいかと思ったのです。明治以降のわが文壇では、面のように動きのない表情の所有者が目立つようです。これも実は気分の上の話だけです。

　ここもとある料理店の食卓であります。芥川龍之介がその愛人と対いあって坐っています。その愛人は二人の愛の永遠を信じはじめているのですが、芥川龍之介は信じていません。やがて女占師が這入ってきました。芥川龍之介の手相を見て敵意をみせ、一語も語らずに立ち去ります。

　芥川龍之介は女占師の敵意にみちた顔をみて、狡猾に笑っているかも知れません。それとこれとてんで意味のつながりのない別の場所の表情で知らぬ顔をきめこんでいることなども想像できます。恐らくそれに類したような変化の一つを示すでしょう。単純な無表情を考えることはできないのです。

たしかに芥川龍之介は、そういう場合の無表情がもつような均斉の意志の狂人的な危なさに人一倍敏感で、かつまた日本人としてはいささか習性外れでもあり例外的に見えるほど、その危さを避けるための積極的な努力を労した人のようです。内面的には恐らくすべての理知人が同じ程度に敏感でしょうが、努力のあとを積極的に外面へ押しだす人は日本人には稀れであります。牧野信一の作品ではこうした際に日本人には異様なほど頻りに高笑いが現れますが、彼の現実の生活では、最も快適な酔いの後に、ようやくいくらかそれらしい調子の外れた笑いがでたにすぎません。

先日モーリス・シュバリエの映画を見て、こうした際の重い感じを、とうてい芥川龍之介が足もとへすら及ばぬ程度の巧みさで軽くかわしてしまうのを見て、彼が時代に流行する当然の理由を知った思いがしたのです。こうした際のチャップリンの危なさは私には堪えられません。稀れにしか映画を見ないうえに、ことに日本映画には無縁の日々を送っていてそれに就て語ることも奇妙なのですが、P・C・Lの写真ばかりを二三見ました。登場する俳優達の表情の重さや危なさが余りとはいえ無芸の極みで言語同断の感でしたが、北沢という男のひとと椿という女のひとがシュバリエとの比較はとにかく、そうした軽いかわしかたを恰も生来のもののような自然さで体得している事実を知り、無縁に見えた日本映画愛好者にいくらか信頼をもちだしたのです。またエンタツ氏の映画ならなるべく見ようと思いました。然しかような言種は映画を徒然のなぐさみに読む絵草紙然たるものとしての見解で（私はそのような意味でのみ映画を見がちなものですから）芸術としての批評の仕方ではないのです。

江戸時代の戯作者達は主としてこの精神に生きていたいわば極めて人生の表情的なやりくりに彼等の思想や芸術の浮身をやつした通人であったようです。それゆえ彼等の流れをくむ落語の中にもこの精神は今なお生きているのです。然しながら小勝や小さんや文楽や柳枝のような小数の人を除くと、この精神ももはや概ね死体の醜をさらしているにすぎません。もともと伝統にとじこもった古典的な芸術となると、その形態がすでに現代に通じにくいものですし、細かな芸の最も底面に凝縮せしめられたその真髄を知るためには、その芸の伝統や型と他人でない特殊な愛と教養を必要とせずにいられません。時代精神が時代と共に生きるような自然さや安易さでは理解されないものであります。それゆえ落語の真髄が今日の極めて新らしい精神に通じるものをもっていても、いわば一方はある伝統の真髄に属するゆえに理解されず、むしろ芸の真髄を外れた金語楼や三亀松がその真髄を外れたための安易さを土台として、今日の真に新らしたな精神ともまったく無縁な繁栄ぶりを見せるという皮肉な事態を生みだします。

芥川と同様に江戸時代の戯作者達も女占師の敵意の視線をシュバリエもどきの軽快さで洒脱にかわす術にたけていたでしょう。彼等は現実のどの一齣（ひとこま）にも才に富み、無芸大食の徒輩のような重さや危なさがなかったのです。然し彼等の芸道では、彼等が現実に示したような多才ぶりや危なげのなさに比べると、要するにそれ以上ではありません。なぜなら女占師の敵意の視線をかわす程度の顔面神経の応接のみでは余りにもその解決に縁遠い不滅の苦悩がまた人性がそれらの奥に洋々たる流れの姿を示しているではありませんか。文学の問題は現実の表情の場合のようにはいかないでしょう。芥川は女占師の敵意の視線をかわすためには才に富み恐らく危なさというものがなかった程度に水際立った武者振りであったにしても、それらの表皮的な武者振りにやや軽薄な自信すら托したことの不当さが、やがて遠まわしの仕掛けの後に、彼の深奥をいためる傷のひとつともなったことが想像されます。自らを育てるためにも、また自らを傷（いた）めるためにも、それほども苛烈なはたらきを示すところの理知の刃物に恵まれなかった江戸の戯作者達は、芥川の場合に比べてあるいは多分に幸福であったのでしょう。ジャン・コクトオの如き人も女占師の敵意の前では、シュバリエも及びもつかない斬新な応接ぶりで、同じ場合を二度見る人には変化の妙を伝える程度の退屈させない如才のなさまで行きとどく縦横無尽変幻自在の妙技に酔わしてくれるでしょうが、やがてそのことがかの解きがたい内部の世界に不運な通路と限定を与えなければ幸せです。

アンドレ・ジイドの「オスカア・ワイルドの思い出」を読んでから思えば十年の歳月が過ぎたようです。私はあれを私達の同人雑誌へ載せるためにあらかた翻訳し終ったとき、河上徹太郎が何かの雑誌に訳載しだしてしまったので、断念したきり、原稿の行方も分らずじまいです。

あの文献に対して、私はスクレ・プロフェッショネルな楽屋落ち以上に勝手な聯想を働かせて、ひとりで悦に入りながら読んだような覚えがあります。私にそういう読み方をさせるような、聞きての役に適当した長島萃（あつむ）という相棒がそのころ健在であったせいです。この才人は夭折（ようせつ）しました。

私はあの文章の中から、ワイルドの野人ぶりを軽蔑しながらそれに敗北しつづけたジイドの一人相撲の反感を自分勝手に読みだして、あの文献の直接の興味と別な私かな興（ひそ）に面白がっていたのです。

ワイルドは女占師の敵意の視線をかわすことに、コクトオとは質の違った自由奔放な武者ぶりを見せる人です。武者ぶりどころではありません。これはもういささか野人ぶりの領域で、傍若無人な無仕放題のひとつのようながさつなものです。ジイドのように地味で着実な内省一方の無芸ぶりでは、煽られ一方であったでしょう。

アルジェリヤか乃至（ないし）はそのへんの植民地の町のことです。俺はこの町を堕落させるのだと豪語して、ワイルドは金を路上にばらまきながら、それを拾う人々のひしめきをしりえに街を闊歩いたしました。そういうワイルドの内省の不足さや幼稚さがジイドにはいまいましい阿呆なものに見えたでしょうが、傍若無人な放出ぶりに気分の上では不安と敗北を感ぜずにいられなかったと思います。すくなくとも私には、あの文章の行間に、その種の対人関係からくるジイドの反感を読まずにはいられなかったのです。

もしも作家が作品の前に自己を知ってしまうなら、彼の作品は自我のために限定され、己れの通路と限界の内部でしか小説を書き得なくなってしまう。そういう意味のことをジイドは「ドストエフスキー論」に書いていました。すぐれた作家は作品の後に於てのみ自我を発見すべきもので、ドストエフスキーがそうであったと言っています。

私はかような言葉の中に、ジイドが自らの屍体へ向って雄々しくも捧げた挽歌のひとつを読む思いがしました。ジイドはドストエフスキーの芸に敗れたのです。なぜならジイドは天賦の芸人ではなかったからです。そしてジイド自身こそ常に作品の前に自己を知る悲劇に悩み、かつまた己れの通路と限界によって限定された己れの作品にややともすればくずれ易い自信を支えていたのです。

なるほどジイドは一応芸に類するものを全く別な才能からでっちあげることもできるような、普通人にはめったにない聡明な智能を恵まれています。そして彼は恰も作品の後に於て自己を発見するような真の小説の体裁だけはととのえた稀れな労作を創ることもできたのです。然しそれらが真物(ほんもの)でなく、所詮はまがい物にすぎないことを、誰にも増して彼が知っているでしょう。

芸に於てドストエフスキーに敗れたように、ワイルドに対してはその芸人根性に敗れたとでも申しましょうか。いくらか誤解されそうな言い方です。机に向ったのちの芸術家ではなく、文学以前の文学の世界で、生活者としての作家の世界で、ワイルドに気分的な敗北を感じ、不安にみちびかれていたようです。あるときワイルドはジイドの唇を指して、なんという毒々しく堅く結んだ唇だろう。まるで私は決して嘘をつきませんとしょっちゅう言い張っているようだと憎たいをつきました。私はそれを書いているジイドの文章を読んだとき、そう言うワイルドの面影が躍るような目覚ましさで浮かんだように思いましたが、それも実はその文章の行間にひそむところのジイドの反感と軽蔑をまぜた失笑のせいにほかならぬように思い直したのです。実際に当って文章にそういうニュアンスがあったものか、私の生活態度や視覚の方向がそういうことを勝手に捏造して感じたがる傾向にあったものか、ちょっと判断がつきかねます。

ジイドはワイルドが出獄後の別人の如く恐怖を知り内面的な地獄に堕ちた姿も書いているのですが、ワイルドの様な姿に向けられたジイドの多少の共感と愛情自体が、いわばそれも復讐の結果のように思われたのです。然しながらその時すら、やっぱり敗北しているのはひとりのジイドだけであったと思わずにいられなかったのでした。ワイルドは内面的な地獄に堕ちても、その堕ち方が、畢竟するにやっぱり傍若無人でした。それはジイドの及びがたい、否ジイドには有り得ないものなのです。結局彼はその若かった時代に、彼が当然そうでなければならなかった自然の不安と敗北を、ワイルドを手掛りにして深めるようなめぐりあわせになっていたと言うべきでしょうか。そのように言い得ることも事実でしょう。

書き忘れましたが、たしか誰かの文章に、芥川龍之介のうつる活動写真があって、その写真の中では芥川が臆面もなく小僧のように木登りをしてみせるそうです。それを見て不快だったという意味が洩らしてあったと思いました。私も甚だ同感でした。恐らく私もそれを見たら、同じように不快を覚えてしまうでしょう。

芥川は不均斉を露出する逆方法によって、先手をとりながら危なさを消す術の方を採用していたのでしたが、日本人の生得論理と連絡のないニヒリズムの暴力の前では、映画の中で行う種類の木遁（もくとん）の術の手並でも、却々（なかなか）もって彼等のひねくれた眼力を誤魔化し、安定感を与えてやることはできません。さらに今日の時世が、そのようなそれ自体としても決して愉快ではない眼力を一層深めさせてもいるのでした。

私が縷々（るる）万言を費したことはたかが表情に就てですが、然しながら私は実は女占師の敵意の視線を前にしてその表情がどうなろうとその方のことは意にしたくないつもりでいました。物のはずみであったわけです。私が真実書きたいと思ったところは、そのように顔面にすら不自由な束縛を加えるところの内部の複雑な渾沌（こんとん）について、いささか所信と修養の一端をひけらかしてみてはと思いついてからのことです。然しながらそれは結局私の生涯の作品の後に、小説の形をかりて語る以外に法のないものでしたでしょう。

結局私は他人の表情の棚下しをして、自身の表情に就てはとんと語りたがらぬ風でありましたが、それも亦私の生涯の作品の後に、自由に発見していただく以外に仕方がないと思っています。余言ついでにあわせてテーブルスピーチの要領で、こういう便利な言いまわしを教えてくれたアンドレ・ジイド氏に末筆ながら敬意を表したいと思います。そしてまたこの言種が江戸の戯作者の亜流にすぎないという御叱言と失笑がでるなら、それは新年の初笑いのために作者が甘んじてその光栄を担ったところの余興であると思っていただかねばなりません。そしてまたこの言種が――もはや何派の亜流であるかは恐らく誰も気をまわしたくないでしょうね。御退屈さま。

紫大納言

昔、花山院の御時、紫の大納言という人があった。贅肉（ぜいにく）がたまたま人の姿をかりたように、よくふとっていた。すでに五十の齢であったが、音にきこえた色好みには衰えもなく、夜毎におちこちの女に通った。白々明けの戻り道に、きぬぎぬの残り香をなつかしんでいるのであろうか、ねもやらず、縁にたたずみ、朝景色に見惚れている女の姿を垣間（かいま）見たりなどすることがあると、垣根のもとに忍び寄って、隙見する習いであった。怪しまれて誰何（すいか）を受けることがあれば、鶏や鼠のなき声を真似ることも古い習いとなっていたが、時々はまた、お楽しみなことでしたね、などと、通人のものとも見えぬ香（かんば）しからぬことを言って、満悦だった。垣根際の叢（くさむら）に、腰の下を露に濡らしてしまうことなど、気にかけたこともないたちだった。

そのころ、左京太夫致忠（ムネタダ）の四男に、藤原の保輔（やすすけ）という横ざまな男があった。甥（おい）にあたる右兵衛尉（うひょうえのじょう）斉明（トキアキラ）という若者を語らって、徒党をあつめ、盗賊の首領となった。伊勢の国鈴鹿の山や近江の高島に本拠を構えて、あまたの国々におしわたり、また都にも押し寄せて、人を殺（あや）め、美女をさらい、家を焼き、財宝をうばった。即ち今に悪名高い袴垂（はかまだ）れの保輔であった。

袴垂れの徒党は、討伐の軍勢を蹴散らかすほど強力であったばかりでなく、狼藉の手口は残忍を極め、微塵（みじん）も雅風なく、また感傷のあともなかった。隊を分けて横行したので、都は一夜にその東西に火災を起し、また南北の路上には、貴賤富貴、老幼男女の選り好みなく斬り伏せられているのであった。そのさまは、魔風の走るにもみえ、人々は怖れ戦（おのの）いて、夕闇のせまる時刻になると、都大路もすでに通行の人影なく、ただあまたの蝙蝠（こうもり）がたそがれの澱みをわけて飛び交うばかりであった。

恋のほかには余分の思案というものもない平安京の多感な郎子であったけれども、佳人のもとへ通う夜道の危なさには、粋一念の心掛けも、見栄の魔力も、及ばなかった。

往昔、花の巴里（パリ）にも、そのような時があったそうな。十七世紀のことだから、この物語に比べれば、そう遠くもない昔である。スキュデリという才色一代を風靡（ふうび）した佳人があった。粋一念の恋人たちも、ちかごろの物騒さでは、各の佳人のもとへよう通うまいという王様の冗談に答えて、賊を怖れる恋人に恋人の資格はございませぬという意味を、二行の詩（うた）で返したという名高い話があるそうな。

紫の大納言は、二寸の百足（むかで）に飛び退いたが、見たこともない幽霊はとんと怖れぬ人だったから、まだ出会わない盗賊には、怯（おび）える心がすくなかった。それゆえ、多感な郎子たちが、心にもあらず、恋人の役を怠りがちであったころ、この人ばかりは、とんと夜道の寂寞を訝（いぶか）りもせず、一夜の幸をあれこれと想い描いて歩くほかには、ついぞ余念に悩むことがないのであった。

一夜、それは夏の夜のことだった。深草から醍醐（だいご）へ通う谷あいの径（みち）を歩いていると、にわかに鳴神がとどろきはじめた。よもの山々は稲妻のひかりに照りはえ、白昼のごとく現れて又掻き消えたが、その稲妻のひらめいたとき、径のかたえの叢に、あたかも稲妻に応えるように異様にかがやくものを見た。大納言はそれを拾った。それは一管の小笛であった。

折しも雨はごうごうと降りしぶいて、地軸を流すようだったので、大納言は松の大樹の蔭にかくれて、はれまを待たねばならなかった。

雨ははれた。谷あいの小径は、そうしてよもの山々は、すでに皓月（こうげつ）の下にくっきりと照らしだされているのであった。と、大納言の歩く行くてに、羅（うすもの）の白衣をまとうた女の姿が、月光をうしろにうけて、静かに立っているのであった。

「わたくしの笛をお返しなされて下さいませ」

鈴のねのような声だった。それは凛然として命令の冷めたさが漲（みなぎ）っていた。

「わたくしは人の世の者ではございませぬ。月の国の姫にかしずく侍女のひとりでございますが、あやまって姫の寵愛の小笛を落し、それをとって戻らなければ、再び天上に住むことがかないませぬ。不愍（ふびん）と思い、それを返して下さりませ」

「はてさて、これは奇遇です」と、大納言は驚いて答えた。「私の祖父の家来であった年寄が、月の兎の餅（もち）を拾って食べたところ、三ヶ日は夜目が見えたという話ならば聞き及んでおりましたが、月の姫の寵愛の笛をこの私めが拾う縁に当ろうなどとは、夢にも思うてみませんでした。なるほど、あなたの笛であってみれば、もとより、お返し致さぬという非道のある筈（はず）がございましょうか。けれども、このような稀有（けう）の奇縁を、ときのまのうちに失い去ってしまうことは、夢の中でもない限り、私共の地上では、決して致さぬならわしのものです。まず、ゆるゆると、異った世界の消息などを語りあうことに致しましょう。さいわい、ほど近い山科（やましな）の里に、私の召使う者の住居があります。むさぐるしい所ではありますが、あなたの暫（しば）しの御滞在に不自由は致させますまい」

天女はにわかに打ち驚いて、ありありと恐怖の色をあらわした。

「わたくしは急がなければなりませぬ」必死であった。「姫は待ちわびていらせられます」

「なんの、三日や五日のことが」と、大納言は天女の悲しむありさまを見て、満悦のために、不遜な笑（えみ）を鼻皺（はなじわ）にきざんだ。「浦島は乙姫の館に三日泊って、それが地上の三百年に当っていたという話ではありませんか。まして、月の国では、地上の三千年が三日ほどにも当りますまい。五日はおろか、十日、ひと月の御滞在でも、月の国では、姫君が、くさめを遊ばすあいだです。疑は人間にありとか、月の世界にくらべては、下界はただ卑しく汚い所ではありますが、又、それなりの風情もあれば楽しみもあります。恋のやみじに惑いもすれば、いとしい人に拗(す)ねてもみる。聞き及んだところでは、天上界はあなたのような乙女ばかりで男のいない処だとか、はてさて、それでは、あやがない。御覧(ごろう)じませ。あの山の端にかかっているあなたの国の月光が、なんと、私共の地上では、娘と男のはるかな想いを結びあわせる糸ともなれば、恋の涙を真珠にかえる役目もします。魚心あれば水心とは申しませぬ。五日の後に、この笛は、きっとおてもとに返しましょう。まず、それまでは、下界の風にも吹かれてみて、人間共のかげろうのいとなみを後日の笑いぐさになさいませ」

　天女は涙をうかべた。

「天翔(あまが)ける衣が欲しいとは思いませぬか」必死に叫んだ。「あの大空をひととびにする衣ですよ。笛を返して下さる御礼に、次の月夜に、きっとお届け致しましょう。天女に偽(いつわ)りはございませぬ」

「隠れ蓑の大納言とは聞き及びましたが、空飛びの大納言は珍聞です」と、大納言はにやにやした。「すらりとしたあなたならばいざ知らず、猪のようにふとった私が空を翔けても、とんと風味がありますまい。私は、こうして、京のおちこちを歩くだけで沢山です。唐、天竺(てんじく)の女のことまで気にかかっては、眠るいとまもありますまい。まあさ。郷に入っては郷に従えと云う通り、この国では、若い娘が男の顔をみるときは、笑顔をつくるものですよ」

　大納言の官能は、したたか酩酊(めいてい)に及びはじめた。ふらりふらりと天女に近づき、片手で天女の片手をとり、片手で天女の頬っぺたを弾(はじ)きそうな様子であった。

天女は飛びのき、凛として、柳眉を逆立てて、直立した。

「あとで悔いても及びませぬ。姫君のお仕置が怖しいとは思いませぬか」大納言を睨み、刺した。「月の国の仕返しを受けますよ」

「ワッハッハッハ。天つ乙女の軍勢が攻め寄せて来ますかな。いや、喜び勇んで一戦に応じましょう。一族郎党、さだめし勇み立って戦うことでありましょう。力つきれば、敗れることを悔いますまい。こうときまれば、愈この笛は差上げられぬ」

天女は張りつめた力もくずれ、しくしく泣きだした。

大納言はそれを眺めて、満悦のためにだらしなくとろけた顔をにたにたさせて、喉を鳴らした。天女の裳裾をとりあげて、泥を払ってやるふりをして、不思議な香気をたのしんだ。

「これさ。御案じなさることはありますまい。とって食おうとは申しませぬ」

大納言は食指をしゃぶって、意地悪く、天女の素足をつついた。泣きくれながら、本能的にあとずさり、すくみ、ふるえる天女の姿態を満喫して、しびれる官能をたのしんだ。

「とにかく、この山中では、打解けて話もできますまい。はじめて下界へお降りあそばしたこととて、心細さがひとしおとは察せられますが、それとてもこの世のならいによれば、忘れという魔者の使いが、一夜のうちに涙をふいてくれる筈。お望みならば、月の姫の御殿に劣らぬお住居もつくらせましょう。おや、知らないうちに、月もだいぶ上ったようです。まず、そろそろと、めあての家へ参ることに致しましょう」

大納言は天女のかいなを執り、ひきおこした。

天女は嘆き悲しんだが、大納言の決意の前には、及ばなかった。

大納言の言葉のままに、彼の召使う者の棲家（すみか）へ、歩かなければならなかった。

さて、燈火のもとで、はじめて、天女のありさま、かお、かたちを見ることができたとき、その目覚ましい美しさに、大納言は魂（たま）も消ゆる思いがしたのであった。いかなる仇敵であろうとも、この美しいひとの嘆きに沈むさまを見ては、心を動かさずにはいられまいと思われた。

伽羅（きゃら）も及ばぬ微妙な香気が、ほのぼのと部屋にこめて、夜空へ流れた。

ともすれば、うっとりと、あやしい思いになりながら、それをさえぎる冷たいおののきに気がついて、大納言は自分の心を疑った。今迄に、ついぞ覚えのない心であった。胸をさす痛みのような、つめたく、ちいさな、怖れであった。

大納言は自分の心と戦った。

召使う者にいいつけて、うちかけを求めさせ、それを天女にかけてやったが、そのとき、彼は、うちかけの下に、天女をしかと抱きしめて、澄んだししあいの官能をたのしみたいと思っていた。いや、うちかけをかけてやるふりをして、羅（うすもの）の白衣すら、ぬがせたい思いであった。

が、大納言の足は重たく、すすまなかった。うちかけをかけてやる手も、延びなかった。うちかけは、無器用に、天女の肩のうえに落ちた。ずり落ちて、朱の裏をだし、やるせなかった。羅の白衣につつまれた天女の肩がむなしく現れ、つめたく、冴え冴えと、美しかった。

「山中は夜がひえます」

大納言は、立ちすくんで、つめたい、動かぬ人に、言った。自分の声とは思われぬ、むなしく、腑ぬけた、ひびきであった。

大納言は、悲しさに駆りたてられて、そのせつなさに、からだのちぎれる思いがした。

「五日です！　ただ、五日です！」

大納言は、はらわたを搾（しぼ）るように、口走った。

「それ以上は、決して、おひきとめは致しませぬ。あなたのおからだに、指一本もふれますまい。夜は、この家に、泊りますまい。あやしい思いを、起すことすら、致しますまい。笛を落したあなたが悪い！　それを拾わねばならなかった私の因縁が、どうにも、仕方がないのです。五日のあいだ！　それは、仕方がありません！　あした、あなたのお目覚めのころ、私の召使う者どもが、あなたの御こころを慰めるために、くさぐさの品と、地上の珍味をたずさえて、ここへお訪ねするでしょう。その者どもは、すべて、あなたの忠実なしもべたちです。あなたの御意にそむく何ものもありませぬ。私とて、五日の後にこの笛をお返し致す約束のほかは、あなたの御意にそむく何事も致しませぬ。そうして、夜分、あなたの御心がしずまったころ、私はここへ訪ねてきます。あなたの笑顔をみることができ、月の国のお友達や、親、姉妹と語るように打解けたお声をきくだけで、満足です。私を嘆かせて下さいますな。あなたの涙は、私のはらわたを、かきむしります。ただ、五日ではありませんか。この因縁は、もはや、仕方がないのです」

大納言はむなしく吠え、虚空をつかみ、せつなかった。

几帳（きちょう）の蔭に悲しみの天女をやすませて、大納言は縁へでた。静かな月の光を仰いだ。はじめて彼は、この世に悲しみというもののあることを、沁々（しみじみ）知った思いがした。

こうして、ただ、月光を仰ぐことが、説明しがたい悲しさと同じ思いになることは、いったい、どうしたわけだろう。天女の身につけた清らかな香気が、たちまち月光の香気となって、彼の胎内をさしぬき、もし流れでる涙があれば、地上に落ちて珠玉となろうと彼は思った。ともすれば、あやしい思いにおちるのを、不思議な悲しさがながれ、泣きふしてしまいたい切なさに駆りたてられて、道を走った。

やがて、大納言は、息がきれ、はりさけそうな苦痛のうちに、天女のししあいを思っていた。痺れるようなあやしさが、再び彼のすべてをさらった。官能は燃え、からだは狂気の焔であった。彼は走った。夢のうちに、森をくぐり、谷を越えた。京の住居へ辿りついて、くずれるように、うちふした。

翌る日。大納言は思案にかきくれ、うちもだえた。夜明けは、彼の心をしずめるために訪れはせず、恋と、不安と、たくらみと、野獣の血潮をもたらして、訪れていた。

大納言は、笛をめぐって、一日、まどい、苦しんだ。

この笛が地上から姿を消してくれさえすれば、あのひとは月の国へ帰ることを諦めるかも知れない筈だということを――

こな微塵に笛を砕いて、焼きすてることを考えた。賀茂川の瀬へ投げすてて、大海へおし流すことも考えた。穴をほり、うずめることも考えた。だが、決断はつかなかった。

五日の後に笛がかえると思えばこそ、あのひとは地上にいるのであろう。笛の紛失が確定すれば、天へ去らぬとも限らない。そういうことも思われた。

あのひとを地上にとどめるためには、掌中に、常に笛がなければならぬ。そうして、あのまっしろなししあいを得るためにも――そういうことも、思われた。

あの、まっしろなししあいが、もはや、大納言のすべてであった。どのように無残なふるまいを敢てしても、あのししあいをわがものとしなければならぬと彼は思った。

天も、神も、皓月も、また悪鬼も、この怖ろしい無道を、よく見ているがいい。どのような報いも受けよう。あのひとのししあいを得てのちならば、一瞬にして、命を召されることも怖れはしまい。悔いもしまい。命をかけての恋ならば、たとい万死に価しても、なお、一滴の涙、草の葉の露の涙、くさむらにすだく虫のはかないあわれみ、それをかけてくれるものが、何者か、あるような思いがした。

たそがれ、大納言は小笛をたずさえてわが家をでた。

道へでて、はじめて心は勇みたち、のどかであった。一夜のさちを、あれこれと思う心が戻っていた。澄んだ、ゆたかな、ししあいを思った。やわらかな胸と、嘆きにぬれた顔を思った。ゆたかに延びた手と脚を思った。祈る目と、すくむししむらと、そよぐ髪と、ふるえる小さな指を思った。四方の山も、森も、闇も、踏む足も、忘れた。

日が暮れて、月がでた。山の端にさしでた月の光から身を隠すよすがもなかったが、たじろぐ胸をはげます力も溢(あふ)れていた。怖ろしい何者もない思いがした。月に小笛を見られることも、怖れなかった。昨日、小笛を拾った場所へ近づいた。

と、谷あいのしじまを破る気配がした。木蔭から月光の下へ躍りでて、行くてをふさいだものがある。四人、五人、また一人。現れたものは太刀をぬいて、すでに彼をとりまいていた。

大納言はその場へくずれて坐ったことも気付かなかった。思わず小笛をとり落した。むなしく月の使者達を眺めた。そうして、声がでなかった。と、然し、彼等が袴垂れの徒党であると分ったときには、安堵のために、思わず深い放心を覚えた。

やにわに、彼は、落した小笛をとりあげて、まず、まっさきに、盗人の前へ差しだした。

「これをやろう！」

こみあげてくる言葉に追われて、はずむ声で、彼は叫んだ。

「命にかえられぬ秘蔵の品だが、とりかこまれては是非もない。これを奪って、今宵第一の獲物にせよ」

盗人は大納言の手中から無造作に小笛をひったくり、返す手で、大納言のたるんだ頬を小笛でピシリとひっぱたいた。大納言はようやく、気付いて、うろたえた。

「太刀もやろう。欲しいものは、みんな、やろう」

「衣も、おくせ」

大納言は汗衫(かざみ)ひとつで、月光の下の小径を走っていた。

暈(かさ)さえもない皓月をふり仰ぎながら、それに向って、声一杯訴えたい切なさが、胸をさき、あふれでようとするのであった。御覧の通りの仕儀なのでした。無道な賊が現れて、笛を奪ってしまったのです。非力の私に、どうするてだてがありましょう。御覧なさい。私は太刀も奪われました。衣も奪われてしまったのです。残ったものは、汗衫ひとつと、命だけ。どうにも仕方がなかったのです。神々よ。私のせつない悲しさを照覧あれ、と。あつい涙が、頬を流れた。むしろ天女に慰めてもらえる権利があるような、子供ごころの嘆きがつのった。

山科の家へ辿りついて、彼は叫んだ。

「あなたのふるさとであるところのあの清らかな月の光が、すべてを見ていた筈でした。私は笛をとられました。丁度あなたの小笛を拾ったあのあたりで、数名の無道の賊徒が現れて、いきなり、小笛をとりました。それから、太刀も、衣も、とりました。命をとられなかったのが、不思議です。いいえ、私は、命が惜しいとはつゆ思いませぬ。それが償いとなるならば、即坐に一命を断つことも辞しますまい。あなたの命とも申すような大切な小笛を奪いとられた悲しさに、私の涙が赤い血潮とならないことが、もどかしい。あなたの嘆き悲しむさまを、今宵も亦（また）、再び見なければならないことが、一命を失うよりも、せつないのです」

　大納言は、うちもだえ、うちふして、慟哭（どうこく）した。

　天女は立った。大納言を見下して、涙に、怒りが凍っていた。

「償いに命を断つと仰有（おっしゃ）るならば、なぜ、命をすてて小笛をまもって下さいませぬ。心にもない涙ほど愚かなものはありませぬ」天女は、むせび、泣いた。「いいえ。小笛は、盗まれたのではありませぬ。あなたがお捨てあそばしたのです。卑劣な言い訳を仰有いますな。笛を返して下さいませ。いま、すぐ、返して、下さいませ。月の姫が、何物にもまして、御寵愛の小笛です」

「これは又、悲しいお言葉をきくものです」と、大納言は恨みをこめて天女をみた。「あなたの嘆きを見ることが、天地の死滅を見るよりも悲しい私でございませんか。もしも、たしかに捨てた笛なら、言い訳は致しますまい。いかにも、私は、捨てたい心はありました。あの笛が姿を消して、そのために、あなたが地上の人となって下さるならば、笛をくだいて、焼きすてたいと思いました。賀茂川の瀬へ投げすてたいとも思いました。千尺の穴の底へうずめたいとも思いました。この一日、思いくらしていたのです。けれども、それは、できませぬ。あなたの嘆きを見ることが、地獄の責苦を見るにもまして、せつなかったからでした。私の涙に、つゆ偽はありませぬ。天よ。照覧あれ。私の命が笛にかえ得るものならば、たちどころに命を召されて、この場に笛となることを選びましょう」

大納言は、瞑目し、いかずちの裁きを待って、突ったった。はらはらと、涙が流れた。くさむらの虫のなくねが、きこえていた。爽やかな夏の夜風のにおいがした。人の世のあのなつかしい跫音が、風にまぎれて、胸に通った。

「すでに、このようなことにもなり、小笛が帰らぬ今となっては、私の悔いの一念が笛と化して、月の国へあなたを運ぶよすがともならない限り、あきらめて、この悲しさに堪えて下さい。あなたの嘆きは私の身をそぐばかりでなく、地上のすべてを、暗く濡らしてしまいます。私共のならわしでは、あきらめが人の涙をかわかし、いつか忘れが訪れて、憂きことの多い人の世に、二度の花を運びます。地上の侘びしいならわしが、さいわいに、あなたの国のならわしでもあり得ますならば、忍び得ぬ嘆きに堪えて、なにとぞ地上にとどまり下さい。償いは、私が、地上で致しましょう。忘れの川、あきらめの野を呼びよせて、必ず涙を涸らしましょう。あなたの悲しみのありさまあなたの涙を再び見ずにすむためならば、靴となって、あなたの足にふまれ、花となって、あなたの髪を飾ることをいといませぬ」

天女は、さめざめと泣いていた。

大納言の官能は一時に燃えた。思わずうろたえ、祈る眼差で、天をさがした。天もなく、月もなかった。あるものは、貧しい家の、暗い、汚い、天井ばかり。かすかな燈火がゆれていた。くらやみへ、祈る眼差を投げ捨てた。あたりが一時に遠のいて、曠野のなかに、心もなかった。血が、ながれた。大納言は、天女にとびかかって、だきすくめた。

大納言は、夜道へさまよい落ちていた。

夢の中の、しかと心に覚えられぬ遥かな契りを結んだことが、遠く、いぶかしく、思われていた。それは悲しみの川となり、からだをめぐり、流れていた。

月はすでに天心をまわり、西の山の端にかたむいていた。

無限の愛と悔いのみが、すべてであった。それはまた、心を万怒に狂わせた。あらゆる罰を受けるために、その身を岩に投げつけたいと思いもした。

「天よ。月よ。無道者の命を断とうとは思いませぬか」空に向って、彼は叫んだ。

「私はそれを怖れませぬ。あらゆる報いも、御意のままです。甘んじて、八つざきにもなりましょう。劫火に焼かれて死ぬことも、いといませぬ。ただ、私には、たったひとつの願いがあります。私は笛をとり返さねばなりません。いいえ、きっと、とり返して、あのひとの手に渡してやります。私は、それを果さぬ限り、死にきれませぬ。いかずちよ。あわれみたまえ。私は命を召されることを怖れているのではありませぬ。あのひとの笛をとって帰るまで、しばしの猶予を与えたまえ」

どのような手段もつくし、またどのような辛苦にも堪え、きっと小笛をとり返そうと彼は念じた。

彼の歩みは、小笛を奪われたその場所へ、自然に辿りついていた。

然し、谷あいの小径には、もはや盗人の影もなかった。

大納言は途方にくれたが、徒らに迷う心は、もはや彼には許されていない。山の奥へとわけて行けば、やがて盗人に会わないものでもないと思った。草をわけ、枝をわり、夢中に歩いた。

もはや自分の歩くところが、どのあたりとも覚えがなかった。山の奥に踏みまよっていた。行くてに笹の繁みをくぐり常に逃げる何物かあり、頭上に蝉がとびたって、逃げまどい、枝にぶつかる音がきこえた。

と、行手はるかに、ののしりどよめく物音が、渡る風に送られて、きこえたような思いがした。たたずんで耳をすますと、まさしく空耳のたぐいではない。音をたよりに忍びよると、木蔭のかなたに焚火をかこむあまたの人の影がみえ、それはまさしく盗人どもにまぎれもなかった。

彼等は酒に酔い痴れていた。すでに宴も終りと思われ、あたりは狼藉をきわめて、ある者はののしり、ある者は唄い、また、ある者は踊り浮かれていた。

　ぬすびととねずみは、三輪の神とおなじくて、おだ巻のいとのひとすじに、よるをのみこそたのしめ。

大納言は最も近い木蔭まで忍びよって、さしのぞいた。彼等の獲物と覚しきものを物色したが、遠い夜目にはさだかに見える筈がなく、小笛のありかを突きとめることができなかった。また、どの賊が、彼の小笛を奪った者とも知れなかった。

大納言は、すすみでて、叫んだ。

「私に見覚えの者はいないか。さっき、谷あいの径で、小笛、太刀、衣等を奪われた者が、私だ。あれはたしかに、おまえたちの一味であったにちがいはあるまい。小笛を奪った覚えの者は、名乗りでてくれ。太刀も衣もいらないが、小笛だけが所望なのだ。その代りには、おまえたちの望みのものを差上げよう。あの小笛には仔細（しさい）があって、余人にはただの小笛にすぎないが、私にとっては、すべての宝とかえることも敢て辞さないものなのだ。おまえたちが望むなら、私は、あしたこの場所へ、牛車一台の財宝をとどけることも惜しがるまい」

ひとりの者がすすみでて、まず、物も言わず、大納言を打ちすえた。と、ひとりの者は、うしろから、大納言の腰を蹴った。大納言はひとつの黒いかたまりとなり、地の中へとびこむように宙を走って、焚火のかたわらにころがっていた。

「望みのものをやろうとは、こやつ、却々（なかなか）、いいことを言うた」ひとりが大納言をねじふせて、打ちすえながら、言った。「牛車に一台の財宝があるなら、なるほど、あしたこの場所へとどけてうせえ。ぬすびとが貰ったものを返そうなら、地獄の魔王も亡者の命を返してくれよう。まず、ぬすびとの御馳走をくえ」

彼等は手に手に榾柮（ほだ）をとり、ところかまわず大納言を打ちのめした。衣はさけ、飛びちる火粉は背に落ちたが、すでに、大納言は意識がなかった。

もはや動かぬ大納言のありさまをみて、盗人たちは、はじめて打つことに飽きだしていた。ひとり、ふたり、彼等は自然に榾柮をなげた。そうして、いちばん最後まで榾柮をすてずにいたひとりが、榾柮の先に火をつけて、大納言のあらわな股にさしつけた。大納言は必死に逃げているのであろうが、びくびくと、ようやく芋虫のうごめきにすぎないところの反応をみると、盗人たちは声をそろえて、笑いどよめき、大納言を木立の蔭へ蹴ころがした。思いがけなく現れた当座の酒興にたんのうして、物言うことも重たげに、盗人たちはあたりのものをとりまとめて、いずこともなく立去った。

ほどへて、大納言は意識をとりもどした。すでに焚火も消えようとして、からくも火屑を残すばかり、あたりに暗闇がかえろうとしていた。

大納言は、今いる場所、今いる立場がわからなかった。やがて、自然にわかりかけてきたのであったが、分ろうとする執着もなく、その想念をたどる気力も失われていた。視覚もかすれ、また聴覚もとざされて、つめたい闇がはりつめているばかりであった。ただひとすじに、天女のかたち、ありさまと、その悲しみのせつなさを、くらやみのうつろの果に、ありありとみた。彼の手が動くことを知ったとき、わが身のまわりに、小笛のありかをたずねてみた。手の当るあらゆる場所を、さぐり、つかんだ。そうして、絶望の悲哀にかられた。

喉がかわいて、焼くようだった。ひとしずくの水となるなら、土もしぼって飲みたかった。彼は夢中に這いだした。そうして、ようやく、谷川のせせらぐ音を耳にした。

大納言は、谷音をたよりに、這った。横ざまに倒れ、また這い、また、倒れるうちに、ようやく視覚も戻ってきたが、谷音は、右にもきこえ、左にもきこえ、うしろにもきこえて、さだかではなかった。風のいたずらでなければ、耳鳴にすぎないのかも知れなかった。あらゆることが絶望だと彼は思った。

大納言は、木の根に縋(すが)って這い起きたが、歩く力はまったくなかった。彼は木の根に腰を下して、てのひらに顔を掩(おお)うた。死ぬことは、悲しくなかった。短い一生ではあった。酔生夢死。ただそれだけのことだった。然し、そのことに、悔いはなかった。ただ、あの笛をあのひとに返さぬうちは、この悲しみの尽きるときがない筈だった。彼は泣いた。ただ、さめざめと。

と、鼻さきに、とつぜん物の気配を感じて、大納言はてのひらを外し、その顔をあげた。すぐ目のさきの叢（くさむら）の上に、ひとりの童子があぐらをくんでいるのである。たしかに童子にまぎれもないが、粗末な衣服を身にまとい、クシャクシャと目鼻の寄った顔立は、大人、いや、むしろ老爺のようである。髪の毛は河童（かっぱ）のように垂れさがり、傲慢に腕を組み、からかうような笑いを浮べて、すまして顔をのぞいている。視線が合ったが、平然として、ただ、しげしげと顔をみている。

「ゆくえも知らぬ――」

と、童子は大きな口をあけて、とつぜん唄った。ひどく大きな口だった。そのせいか、目と鼻が、更に小さくクシャクシャ縮んで、かたまった。

大納言は、びっくりした。と、とたんに童子は猿臂（えんぴ）をのばして、大納言の鼻さきを、二本の指でちょいとつまんだ。

「恋のみちかな」

童子は下の句をつけたした。そうして、手をうち、自分の頬をピシャピシャたたき、彼を指し、大きな口を開いて、笑った。

「ゆくえも知らぬ、恋のみちかな」

再び、童子は、大納言の鼻をつまんだ。予測しがたい素早さである。身をかわすひまはなかった。アと思うまに、もう手をたたいて、唄っている。

ひどく不潔な顔である。猿の目鼻をクシャクシャとひとつにまとめた顔である。そうして、顔中、皺である。動作は、甚だ下品であった。正視に堪えぬ思いがした。

と、ひょいと童子の立上るのを見た筈だったが、そのとき童子はにやりと笑い、目も鼻も大きな口も、突然ひとつにグシャグシャちぢんだ筈だった。とたんに、するりとからだがすぼんで、童子の姿は忽然（こつぜん）地下へ吸いこまれた。一瞬にして、姿もなく、あとに残る煙もない。あとにひろがる叢の上に、この季節にはふさわしからぬ大きな蕈（きのこ）が残っていた。

大納言は呆然として、目を疑った。彼は思わず這いよって、蕈にさわってみようとした。

突然四方に笑声が起った。

大納言は驚いて顔をあげたが、笑う者の姿はなかった。笑いは忽ち（たちま）身近にせまり、木の根に起り、また、足もとの叢に起った。いつか遠く全山にひろがりわたり、頭上の枝から、また、耳もとから、げたげたひびいた。

大納言はからだの痛みを打ち忘れて、とつぜん立って、逃げようとした。然し、傷ついた全身は、咄嗟（とっさ）の恐怖にはじかれてすら、なお、思うようには動かなかった。つまずいて、立ちあがり、また、つまずいて、からくも立ちあがることを繰返すうちに、再び意識を失って、冷めたい木の根に伏していた。

みたび我に返ったとき、山々は、すでに白日の光のもとに、青々と真夏の姿を映していた。木のまを通してふりそそぐ小さな陽射しが、地に伏した彼のからだにもこぼれていた。

大納言は再び喉を焼くような激しい乾きに苦しんだ。谷川の音をたよりに、必死に這った。谷川は崖の下にせせらいでいた。大納言は降りようとして、転落した。岩にぶつかり、脾腹（ひばら）をうって、うちうめいた。

草をむしり、岩をつかみ、夢中に這った。ようやく、せせらぎの上へ首を延ばすことができたとき、顔からふきだす真赤な血潮が、せせらぎへバシャバシャ落ちた。大納言は、さすがに、ふるえた。せせらぎに映る顔をみた。人の世のものとも見えず、黒々と腫(は)れ、真赤な口をひらいていた。一時に、心がすくみ、消えた。

すでに、すべてが、絶望だった。背筋を走る悲しさが、つきあげた。

「私はここで、今、死にます」大納言は絶叫した。「私が死んでいいのでしょうか！　私の命は、つゆ惜しいとは思いませぬ。残されたあなたは、どうなるのですか！　せめて、ひとめ、あなたが、見たい！人の一念が通るなら、水に顔をうつして下さい！」

大納言は水をみた。真赤な口をひらいた顔があるばかり。せせらぐたびに、赤い口もゆがんで、のびて、血が走り、さんさんと水は流れた。

私は、ここに、このような、あさましい姿となっているのです。しかも、あなたの悲しさの一分すらも、うすめることができずに。あなたは、いま、どこに、どのようにして、いられますか。もはや、お目覚めのことでしょうね。このうすぎたない地上でも、あなたの目覚めに、なお、いくらかは優しい慰めを与えたものがあったでしょうか。もう、郭公(かっこう)も、ほととぎすも、鳴く季節ではありません。せめて、うららかな天日が、夜の嘆きを、いくらか晴らしはしませんでしたか。また、一夜のねむりが、悲しさを、いくらか和(やわ)らげはしませんでしたか。ああ、どうしていいのか、私は、もはや、わからない……

大納言は、てのひらに水をすくい、がつがつと、それを一気に飲もうとして、顔をよせた。と、彼のからだは、わがてのひらの水の中へ、頭を先にするりとばかりすべりこみ、そこに溢れるただ一掬の水となり、せせらぎへ、ばちゃりと落ちて、流れてしまった。

風人録

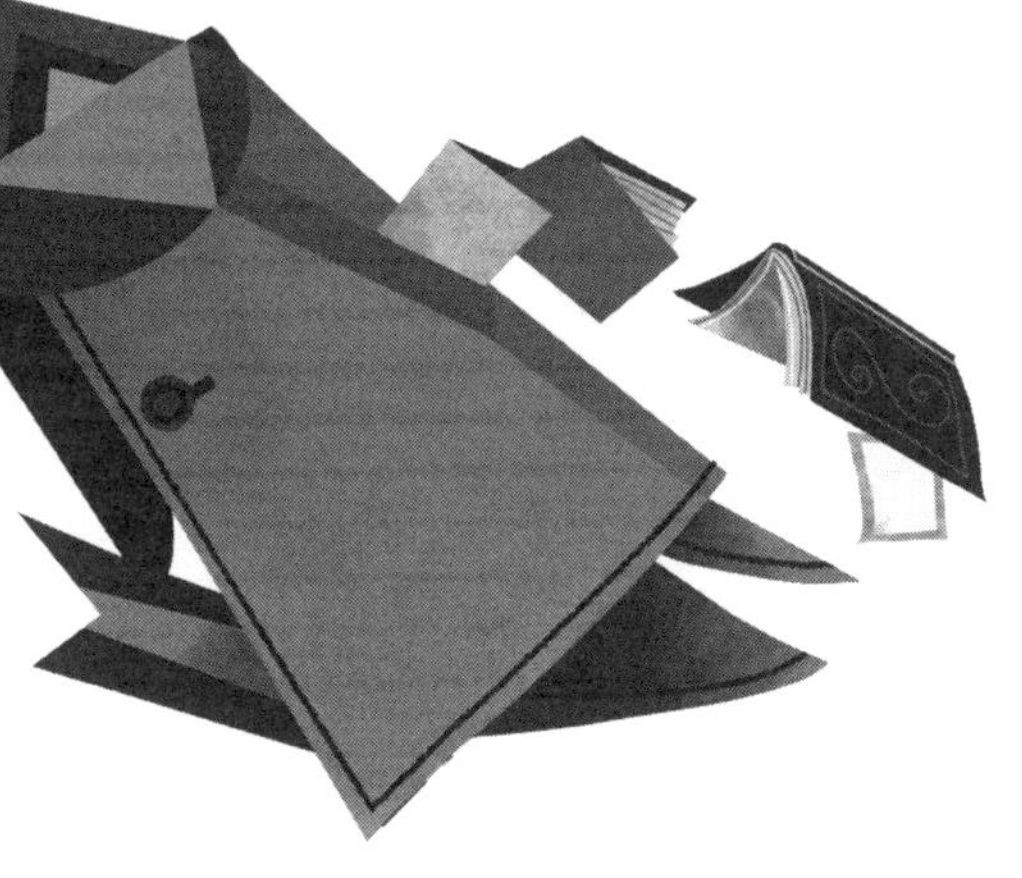

一

この世には、とても有り得まいと思われることが、往々有りうるのである。しかも奇妙なことには、そういう事に限って、さて実際行われてみると、人々になんの注意も惹かず、不思議な思いすら与えず、有耶無耶のうちに足跡もなく通過してしまう。

先年、ある男が鉄道自殺をしようとして、驀進してきた貨物列車に向って、走幅飛の要領でスピードをつけて飛びこんだ。これによってみても、自殺は必ずしもセンチメンタルなものではない。スポーツのように勇壮で、生命と青春に溢れている場合もあるのである。

ところが惜しいことに、この選手は失敗した。というのは、あんまり勢いが良すぎたので、線路を飛び越してしまって、間一髪のところで、線路の左右位置を異にしたこの選手の生命を無事置き残して、列車は通過してしまったのである。

この男は列車によってではなく、列車を飛び越したことによって、瘤や傷をつくったけれども、生命に別状なく、且、この意外な結果にびっくりして、自殺を断念してしまった。

こういう稀有な出来事も実際有りうるのである。このことが実際起った数年或いは十数年以前に、我国のある戯曲家がこういう稀有な場合を想像して（――恐らくこんなことが実際有り得ようなどとは思わずに――）一幕の喜劇を創っていた。読者や観客も亦、こんなことが実際有り得ようとは夢にも思わず、作者の奇智を娯しんでいたのであった。

この奇抜な出来事は翌日の新聞に、落し物や寄附の記事とまじって、最も小さく報道された。そうして人々の注意も惹かず、尚悪いことには、こういう事も有りうるという科学的役割を果すことなく、有耶無耶のうちに時の眼を素通りしてしまったのである。

まったくもって新聞というものは、その報道の理論的基礎が曖昧である。人殺しを五段抜きで報道すべきであるか、この不可思議な出来事を五段抜きで紹介すべきであるか、どちらが有益であるかといえば、これには多くの議論が必要な筈で、生憎我々の新聞の報道精神には、そういう理論的検討の基礎づけを見出すことが出来ないのである。

二

ところで、ある日、奇妙な出来事が起った。

とある坊主の大学校――といっては何のことやら理解の出来ない読者がいるかも知れないが、仏教の宗派を細別すると何百何十になるのか坊主自身が知らないだけの数があり、大別して十幾つかの宗派があって、これがみんな例外なしに各の大学校を持っているのである。

この大学校の先生は言うまでもなくみんな坊主で（これは間違いない）同時に学者（この方はお釈迦様だけが御存知だ）の筈なのである。

そういう先生の一人に、なにがし先生といって、婆羅門哲学の先生がいた。齢はまだ三十七八で、見たところ格服の良い紳士であるが、惜しいことには、いつも眠そうな顔をしている。というのは、概していつも宿酔（ふつかよい）気味で、実際睡眠が不足のせいもあるのであった。

この先生はまったくだらしのない呑み助であった。婆羅門哲学の解説を早目に切上げて、生徒よりも一足先にモーローと街へ消えてしまう。次の教室へ二十分程遅刻して現れる時は、目のまわりだけいくらか薄赤くして、講義にとりかかる前に三十秒ぐらい椅子にもたれて、ぐったりしている。コップ酒を三杯ぐらい傾けて来たのであるが、この先生は酒の勢をかりて不当に颯爽とするような原始的な素質がない。いつもただ樽のように響きがなくて、寂念モーローとしているのである。

この大学校の学長先生や、その親分の管長猊下（げいか）に愛妾があるとか、涼しい頭にソフト帽子をのせて待合などという所へもお経とは別の用事で出掛けるとか、とかく俗人共は高潔な人格にケチをつけて喜びたがるものではあるが、俗人共がケチをつけて溜飲を下げているぐらいであるから、誰もほんとに見たという者はなく、誰かがほんとに見たといえば、誰かがマサカと思うのである。だから高潔な人格は待合の門をくぐり、その尊厳は微動もしないという鉄則の下に置かれている。

この高潔な人格が轡（くつわ）を並べて揃っている大学校では、寂念モーローの先生が、たったひとり、実にみすぼらしくて、惨めとも言いようがないほど気の毒なぐらい目立つのだった。黄昏が来て、さてオデンヤでおもむろに傾けるのは兎に角として、婆羅門奥義の解説を早目に切上げてモーローと姿を消してしまう。酒屋の軒先一足這入（はい）った所でポカンと立って、犬がおあずけをしているような恰好で、小僧がコップに酒を汲むのを待っている。あれだけは止せばいいのに、と大勢の生徒の中には（これもみんな坊主である）変に力瘤（ちからこぶ）を入れながらヤキモキする奇特な味方もいるのであったが、こういう純粋な友情も寂念モーローの先生には通じる筈がないのであった。

ところが、この先生にも相棒があった。相棒と呼んで悪ければ、親友と言い直しても差支えない。これもこの大学校の先生で、だからやっぱり元来坊主で、仏教史を受持っている。齢はこれも三十七八というところだが、これは又見るからに颯爽として、これが坊主の先生だとは誰の目にも分らない。常々リュウとした流行の背広服を着用に及び、大股に風を切って颯々と歩き、胸のポケットからハンカチをとりだして指先でいじくりながらダンスホールへ急ぐように教室へ駈けこんでくる。

何を覚えてきたのだか確かなことは分らないが、とにかく外国を一まわりして来たこともあって、坊主に関することだけしか知らないなどと考えては、大変失礼なことになる。

ところが、この先生は近頃思想が変ってきた。というは、誰の話にしても、坊主の学校の先生をして、一生の夢をその中へ封じこんで満足している筈はないが、この先生も近頃フツフツ坊主の先生に厭気がさして、天下の政治家になろうという大きなことを考えはじめた。

こういう派手な考えは、然し、この先生の肚の底に昔から潜んでいたに相違ない。この先生が学者になろうと考えたのは、坊主よりは、坊主の先生が派手だという見当からであった。その頃は坊主の学校の先生以上に派手な夢を走らせる自由がなくて、適々（たまたま）口をすべらして天下の政治家になりたいなどと言いだすと、墨染の衣ひとつで勘当になるのであった。だから、こういう派手な思想は浮かぶ余地がなかったのだ。愈々（いよいよ）学者になってみて、天下の政治家になりたいという熾烈（しれつ）な望みは、ナポレオンの征服慾と同じ広さで、みるみる天地にひろがった。

念のために、分りきったことを説明する愚かさを我慢していただきたい。というのは元来坊主というものは、天下の政治家に大変良く似た商売だということである。

あの坊主には素質がある、ということになると、これはつまり、あの坊主はお経を覚える暗記力が旺盛だという意味ではない。尤もらしい話しぶりに妙を得ていて、善男善女をまるめこむ素質があるということである。

尚その上にも素質があるということになると、これは即ち、一山大衆の中で徒党を結んで管長猊下改選のどさくさまぎれに一儲けする能力を蔵しているという意味になる。だから坊主は政治家だ。一人前の坊主になるには、一人前の政治家と同じ修業を重ねたうえに、お経を読むだけ余計な手間がかかるのである。

けれどもこの颯爽の先生に坊主の素質——つまり政治家の素質が果してあるかということに就いては私に断言の確信がない。成程彼は弁説まことに爽かである。そのうえ、態度が人を惹きつける。安っぽさがないのである。けれども私はこういうことを知っている。つまり、善男善女をまるめこむには、相当地味な忍耐力がいる筈である。ところが、この先生には、地味なところが一つもない。ただ派手である。そうして全然理想家である。理想政治ということがあるから、理想家また政治家であるというなら、無論彼ほどの政治家は尠い。

生憎坊主の政治家は先例が沢山あるのであった。坊主の代議士というのもあるし、坊主の大臣というのもある。尚煽情的なことには、坊主の学校の先生の代議士というひどく似寄った先例まであるのであった。だから颯爽の先生はまったく落付払っていて、立候補の名乗りひとつで忽ち代議士になれるぐらいに満々たる自信をいだいてしまったのである。

この先生の趣味として、この先生はオデンヤなどでチビリチビリと大酒飲んでいることは嫌いであった。四畳半も性に合わない性質だった。そこで寂念モーローの先生が一秒でも長く徳利のそばに坐っていたい思想であるのに、この先生は無理無体に寂念モーローの先生をオデンヤから引ずりだして、巴里(パリ)風の酒場へしけこむ習いであつた。

そこは言うまでもなく電髪の婦人がいて、ショパンもジャズも鳴りひびいている。けれども、寂念モーローの先生は、こういう所へ現れても、やっぱりどうもどこ一つとして颯爽とした素振りを見せない。ようやく此処へ辿りつく頃には常に益々モーローとして、一番手近かなソファーを見つけて忽ちグッタリのびてしまう。けれども場所柄に順(したが)って、ひとりの電髪婦人を膝の上にのせている。電髪婦人も数あるうちには性来モーローとして無口の婦人もあるのであったが、男の膝の上に乗っかって二時間も黙っているのは既に性質の領域でなく悟道に関する問題である。だから、アラ煙草の灰が落ちたわよ、とか、何かしら喋らずにいられない。けれども寂念モーローの先生は、凡(およ)そ天地に生あるものは運動するという法則を忘れて、瑜伽(ゆが)の断食行者にしては少々だらしなくノビすぎて全然化石しているのであつた。

ところが、颯爽の先生は、これは又忙しい。彼は四五人の御婦人を周囲に侍らせ、談論風発、間断なく喋っている。そうして、時々、ビール瓶が鳴り響くほど、カラカラと笑う。さて周囲の御婦人にビールを差し、その都度、プロジットとか、チェリオとか、乾盃し、多忙である。と、隣席の客をつかまえて迎えうち、自分の席へ拉(らっ)し来り、又隣席へ割り込んで、談論風発、カラカラと笑い、ビールをつぎ、プロジット、チェリオ、間断なく乾盃してゐる。

彼の乾盃の相手にならない唯一人の人物といえば、それはただ寂念モーローの先生であった。

寂念モーローの先生と、この二人がどういうわけで連立って酒を飲みに行くのであろうか。世の中には色々と解き難い謎がある。友情とは何か。握手も乾盃も会話も不必要な無関心。そうかも知れない。握手だの乾盃だの会談などというものは赤の他人か仇同志のすることだ。まことに二人の友愛は比類なく純粋深遠な交情であった。

三

ところが、ここに、更にも一人の親友がいた。私は徒（いたずら）に読者を混乱に陥らせてはいけないので、一人ずつ登場を願ったわけであるが、先程御紹介に及んだ巴里風の酒場には、寂念モーローの先生と颯爽の先生のほかに、更にも一人決して欠けることのない一人物がいたのである。この三人は、二人だけで現れることもなければ、一人だけで現れることも先ずなかった。

この人物は、坊主の大学校に縁故はあるが、まだ先生ではなかった。或いは明日にも先生になるかも知れないけれども、一生うだつが上らないかも知れない。彼はもう研究室に七年間も坐り通しているのであったが、この調子では、もし先生になれなければ、そうして追い出されでもしない限り、遂に一生坐り通してとわの眠りにつくかも知れない。

この研究生は前記二先生の後輩で、年の頃は三十二三と思われるが、常に落付き払っていて、冷静で、物に驚くことも尠く、これ又立派な青年紳士であった。

彼は至って口数が尠かった。無口といえば寂念モーローの先生も至って喋らぬ生れつきではあったけれども、然し尚その職業柄一日に数時間ずつ喋り暮しているに比べて、この冷静なる居士ときては一日に数える程しか喋っていない。然し寂念モーローの先生ほど、だらしなくはないのである。どこかしらに青春と生気があった。

たとえば今や自動車ポンプがサイレンを鳴らして学校の前を走って行く。するとこの冷静なる居士は何気なく研究室の椅子を離れて、もとより同僚に一言半句物言いかけることもなく、扉をあけ、扉をしめて、去って行く。誰しも便所へ行ったのだろうと思うことしか出来ないのである。

ところがこの冷静なる居士は、静かな足どりで階段を降り、便所の前も通りすぎて石段をふみ、街の方へと歩いて行く。もしも我々があとをつけていたとすれば、さては煙草を買いに行くのかとこの時ようやく気がつくのである。

校門をでると、静かに右へ曲る。けれども煙草屋を素通りして、折からバスが来たとすればバスに乗るし、生憎バスが来なければ、尚もまっすぐ歩くのである。ここに至って我々が、さてはと思い当ることには、冷静なる居士が校門をでて曲る時に何気なく行く手の空を見たことと、彼が格子を離れる直前に学校の門前を右へ走った自動車ポンプのサイレンがきこえたことを結び合せて、案外これは火事見物におでかけのところだな、という思いがけない一事に気付くのであった。然しながら我々はこれを彼の歩きぶりから看抜(みぬ)いたのでなく、ほかの如何なる目的も想像しがたい理由によって、こう考えてみるのであった。

然し、この想像は正しかった。否、多分、正しいのだろうと私は思う。

我々は日頃巷(ちまた)に自動車ポンプのサイレンを聞きなれているが、その走り去った方向に火の手を見たということがない。もし見たという人があれば、彼はまさしく神の恩寵を受け、奇蹟を行う人である。それ故普通我々はたとえ火の手が見えなくとも自動車ポンプの走り去った方角に向って二足三足走りかけてみることがないでもない。火の手に向って走ることは今日も尚我々の宿命なのである。

けれども、火の手に向って丁度手洗いに赴くように静かに歩くということは、我々の習慣ではない。且又（かつまた）、見えない火の手に向って黙々と歩くことも我々の習慣ではないし、たとえ自動車ポンプの走り去った方角へ走るバスであるとはいえ、どことも見えぬ火元を指して静かにバスに乗りこむことは、我々の血潮の中にも習慣の中にも決して見当らぬものである。

けれども、冷静なる居士はバスに乗る。そうして、四ツ目か五ツ目あたりの停留場で静かに降りる。もとより火の手が見えたわけではないのである。多分彼はようやく諦めたのであろう。でなければ、四ツ目か五ツ目あたりの停留場が彼の夢と青春の極限に当るのかも知れない。

バスを降りて、冷静なる居士はあたりを見廻す。それは火の手を探す為ではないらしい。多分見知らぬ街の様子と自分の立場を結び合せる何かの手がかりを探しているのだ。そうして彼が降りた街には常に平和な人々と平和な営みがひろげられていた。子供達は店先の鋪道の上で遊び、オカミサンも亦店先の鋪道の上で喋っている。このとき彼は、はじめて煙草を買う。さもなければ、リンゴを買う。五ツほどリンゴを入れた袋を抱えて、そうして彼は再びバスに乗るのである。便所から出てきたように、研究室の扉をあけて、七年間の自分の椅子に坐るために戻るのだ。

こういう彼の行動から判断しても、彼は案外アッサリした性質だということが判るのである。オデンヤで寂念モーローの先生の相手をつとめて唯徒（いたずら）に徳利を林立させている最中に、近所の横町で喧嘩がある。彼はやっぱり何気なく盃を置き静かに立って横町の方へ歩いて行く。あの店、この店、隣の家から人が出て来て、忽ち彼を追い越して走って行くが、それに釣られて一分一厘腰を浮かせることもなく、自分のペースで静かに歩いて行くのである。こうして彼が横町へつくと、すでに喧嘩は終っている。時にはすでに人影の唯ひとつすら見当らぬこともあった。けれども彼はその場所を突きとめ、静かに振りむいてオデンヤへ戻る。

こうしてこの冷静なる居士は折にふれて火事見物にでかけ喧嘩見物にでかけるけれども、火事や喧嘩を認めて帰って来たことが殆んど無いにちかかった。それで果して彼の心は満されているか？　これは誰にも分らない。然しながら我々は次のように推定せざるを得ないのだ。彼の心が満されないとするならば、彼の足は走るであろう。すくなくとも、彼の足は、走りたい誘惑にかられるであろう。彼は顔の表情を誤魔化すことはできるにしても、足の表情を誤魔化すことは不可能だ。だから彼は心が満されているのであろう。火事や喧嘩そのものを認めることは必ずしも彼の願望ではなかったのだ。彼の夢と青春はそれに向って歩くことを命じるけれども、その実体をまのあたり認めるために急ぐことを命じはしない。だから彼は研究室に七年間も坐りつづけているけれども、学者や先生になりたいという願望は、我々の愚かな野心によって、自分を彼に当てはめてはならぬであろう。つまり彼は限界のある執念と、アッサリした気質とを持っていたのだ。

だからこの冷静なる居士は酒場へ行って、寂念モーローの先生が女を膝にのせたまま女を膝にのせた意味を忘却してのびてしまっているようなだらしない振舞いは見せなかった。

颯爽の先生に挑まれれば躊躇なく乾盃に応じ、女と一応の話もし、凡そ物事に即した意味を忘れるということはない。至って礼節正しいのである。そのうえ御婦人の申込を受けさえすれば、たちどころに立上ってダンスもするし、所望によっては巴里風の小唄をうたい、決して唖ではないことを立派に証明するのであった。

　が、この三人の若い学者が、そこで如何なる目的によってこの酒場へ通ってくるかということになると、誰にも意味が分らなかった。彼等は資金が豊富とみえて、大概二日に一夜ずつは通ってくる。もう三年もつづいていた。寂念モーローの先生と颯爽の先生にはそれぞれふさわしい令夫人があったが、冷静なる居士は独身だった。けれども冷静なる居士ですら、敢てどの御婦人に懸想（けそう）している如何なる素振りも示さなかった。

　こういうお客は酒場の親爺にとって親友の値打があったけれども、そこに働く御婦人達にとってはトンチンカンで意味をなさない。

　この三人が現れると、番の女はそれぞれ覚悟をかためなければならないのである。一人の女は寂念モーロー先生の膝の上で二時間あまり死んだ時間を持たなければならないと覚悟をかためる。又ひとりは対欧策とか対支開発政策などという遠大な計画をたてつづけにまくし立てられ間断なくチェリオとかプロジットとか叫びをあげ、時々は御愛想に笑い声のひとつぐらいは立てなければならないと覚悟をかためる。そうして最後の一人の女は冷静なる居士にダンスを申込み椅子につまづいて靴をいためアラ平気よなどと凡そ心にもないことを言わなければならないと覚悟をかためる。――

　さて、私が御紹介に及んだのは、今から約三四年前の――つまり一九三六、七年頃の銀座の夜の一角の話であった。わずか四年足らずのうちに、時勢はまったく一変した。

支那事変が起り、地球の裏側では二回目の欧洲戦乱がまき起った。私達がふと「今」という瞬間について考える。恐らくあらゆる「今」という瞬間が、どこかしらの戦場で誰かしら血潮を流した瞬間だ。それは我々の同胞であるかも知れない。ロンドンの市民であるかも知れず、ドイツのパイロットかも知れないのだ。

こうして四年の歳月が流れ、突然話は地球の最も新しい或る一日へ飛ぶのである。

真珠

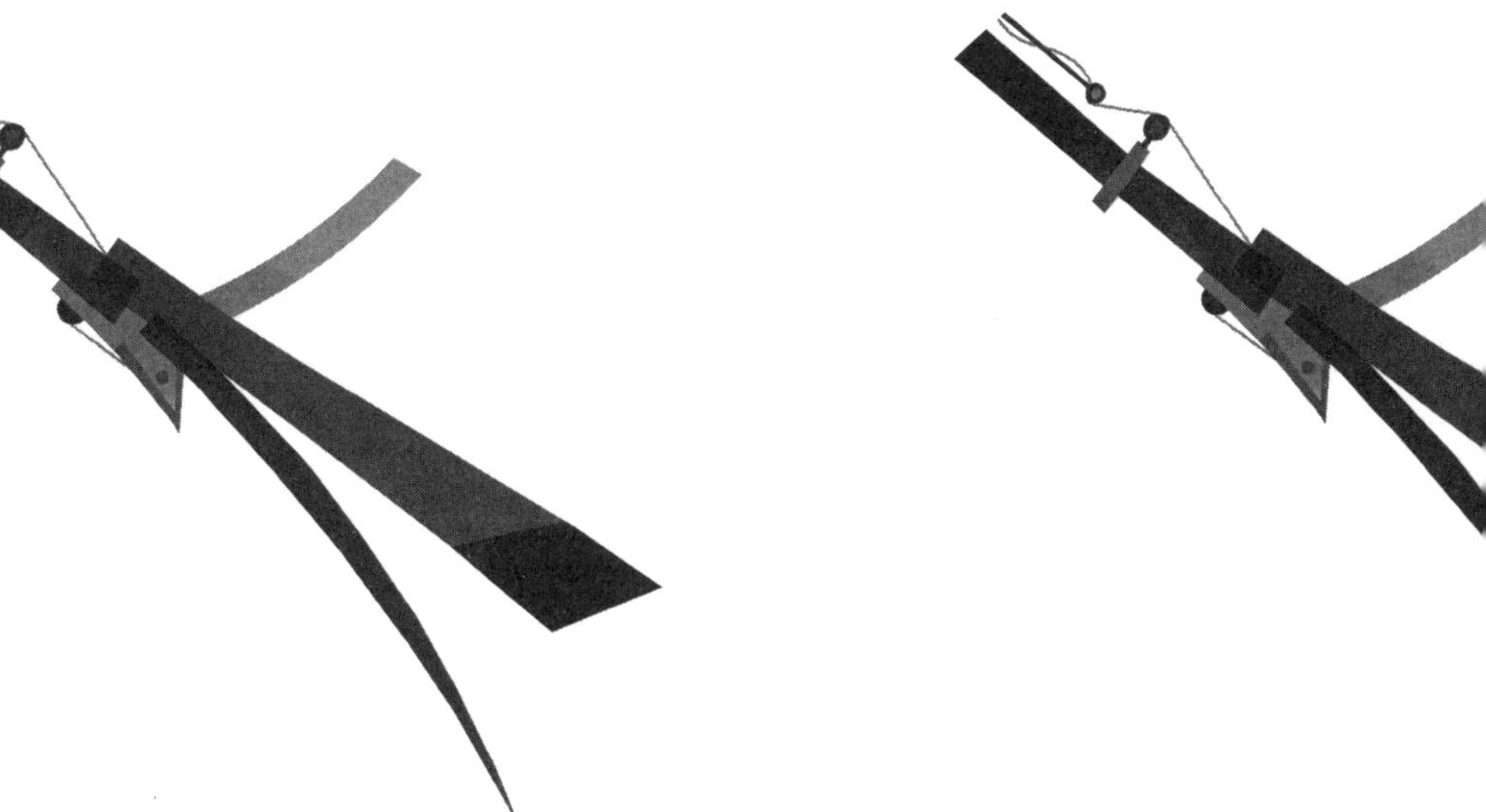

十二月八日以来の三ヶ月のあいだ、日本で最も話題となり、人々の知りたがっていたことの一つは、あなた方のことであった。

あなた方は九人であった。あなた方は命令を受けたのではなかった。あなた方の数名が自ら発案、進言して、司令長官の容れる所となったのだそうだ。それからの数ヶ月、あなた方は人目を忍んで猛訓練にいそしんでいた。もはや、訓練のほかには、余念のないあなた方であった。

この戦争が始まるまで、パリジャンだのヤンキーだが案外戦争に強そうだ、と、僕は漫然考えていた。パリジャンは諧謔（かいぎゃく）を弄（ろう）しながら鼻唄まじりで出征するし、ヤンキーときては戦争もスポーツも見境がないから、タッチダウンの要領で弾の中を駈けだしそうに思ったのだ。ところが、戦争というものは、我々が平和な食卓で結論するほど、単純無邪気なものではなかった。いや、人間が死に就て考える、死に就ての考えというものが、平和な食卓の結論ほど、単純無邪気ではなかったのである。人は鼻唄まじりでは死地に赴くことができない。タッチダウンの要領でトーチカへ飛びこめるほど、戦争は無邪気なものではなかった。

帰還した数名の職業も教養も違う人から、まったく同じ体験をきかされたのだが、兵隊達は戦争よりも行軍の苦痛の方が骨身に徹してつらいと言う。クタクタに疲れる。歩きながら、足をひきずって眠っている。突然敵が現れて銃声がきこえると、その場へ伏して応戦しながら、ホッとする。戦争というよりも、休息を感じるのである。敵が呆気なく退却すると、やれやれ、又、行軍か、と、ウンザリすると言うのであった。この体験は貴重なものだ。この人達は人の為しうる最大の犠牲を払って、この体験を得たのであった。然し、これが戦争の全部であるか、ということに就いては、論議の余地があろうと思う。

つまり、我々は戦争と言えば直ちに死に就て聯想する。死を怖れる。ところが、戦地へ行ってみると、そこの生活は案外気楽で、出征のとき予想したほど緊迫した気配がない。落下傘部隊が飛び降りて行く足の下で鶏がコケコッコをやっているし、昼寝から起きて欠伸の手を延ばすとちゃんとバナナをつかんでいる。行軍にヘトヘトになつた挙句の果には、弾丸の洗礼が休息にしか当らなかったという始末である。なんだい、戦争というものはこんなものか、と考える。死ぬなんて、案外怖しくもないものだな、馬鹿らしいほどノンビリしているばかりじゃないか、と考えるのである。——だが、成程、これが戦争でないわけはないが、戦争の全部がただこれだけのものである筈はない。

弾雨の下に休息を感じている兵士達に、果して「死」があったか？　事実として二三の戦死があったとしても、兵士達の心が「死」をみつめていたであろうか？

兵士達が弾雨の下に休息を感じていたとすれば、そのとき彼等は「自分達は死ぬかも知れぬ」という多少の不安を持ったにしても、無意識の中の確信では「自分達は死なぬであろう」と思いこんでいた筈だ。偶然敵弾にやられても、その瞬間まで、彼等の心は死に直面し、死を視つめてはいなかったのだ。

このようなユトリがあるとき、ヤンキーといえども、タッチダウンの要領で鼻唄まじりで進みうる。「必ず死ぬ」ときまった時に、果して何人が鼻唄と共に進みうるか。このとき進みうる人は、ただ超人のみである。

つまり、戦争の一部分（時間的に言えばそれが大部分であるけれども）は鼻唄まじりでも仔細はいらぬ。然し、勝敗の最後の鍵は、そこにはない。爆弾を抱いてトーチカに飛びこみ、飛行機は敵に向って体当りで飛びかかる。「必ず死ぬ」ときまっても、尚、進まねばならないのである。こうして、超人達の骨肉を重ねて、貴重な戦果がひろげられて行く。

普通、日本人は、戦争といえば大概この決死の戦法の方を考えている。そうして、こんな大胆なことが、いったい、俺にも出来るだろうか、という不安に悩んでいるのである。だから、召集を受けて旅立つとき、決して楽天的ではない。だが、パリジャンやヤンキーは楽天的だ。娘達に接吻を投げかけられて、鼻唄まじりで繰込むのである。この鼻唄は「多分死にはしないだろう」という意識下の確信から生れ、死というものを直視して祖国の危難に赴く人の心ではない。日本人はもっと切実に死を視つめて召集に応じているから、陽気ではなく、沈痛であるが、このどちらが戦場に於て豪胆果敢であるかといえば、大東亜戦争の偉大なる戦果が物語っている。必死の戦法というものが戦争のルールの中になかったなら、タッチダウンの要領でも、世界征覇が出来たであろう。

必ず死ぬ、ときまった時にも進みうる人は常人ではない。まして、それが、一時の激した心ではなく、冷静に、一貫した信念によって為された時には、偉大なる人と言わねばならぬ。思想を、義務を、信仰を、命を捨ててもと自負する人は無数にいるが、然し、そのうちの何人が、死に直面し、死をもって迫られても尚その信念を貫いたか。極めて小数の偉大なる人格が、かかる道を歩いたにすぎないのである。

ふだん飲んだくれていたってイザとなれば命を捨ててみせると考えたり、ふだんジメジメしていたのではいざ鎌倉という時に元気がでるものか、という考えは、我々が日常口にしやすい所である。僕は酒飲みの悪癖で、特に安易に、このような軽率な気焔をあげがちである。

けれども、我々が現に死に就て考えてはいても、決して死に「直面」してはいないことによって、この考えの根柢には決定的な欺瞞(ぎまん)がある。多分死にはしないだろうという意識の上に思考している我々が、その思考の中で如何程(いかほど)完璧に死の恐怖を否定することが出来ても、それは実際のものではない。

あなた方は、いわば、死ぬための訓練に没入していた。その訓練の行く手には、万死のみあって、万分の一生といえども、有りはしなかった。あなた方は、我々の知らない海で、人目を忍んで訓練にいそしんでいたが、訓練についてからのあなた方の日常からは、もはや、悲愴だの感動だのというものを嗅ぎだすことはできない。あなた方は非常に几帳面な訓練に余念なく打込んでいた。そうして、あなた方の心は、もう、死を視つめることがなくなったが、その代りには、あなた方の意識下の確信から生還の二字が綺麗さっぱり消え失せていたのだ。我々には夢のように掴みどころのない不思議な事実なのである。戦場の兵隊達は死の不安を視つめていても、意識下の確信には常に生還の二字があって、希望の灯をともしている筈なのだ。ところが、あなた方は余念もなく訓練に打込み、もう、死を視つめることがなかったのに、あなた方のあらゆる無意識の隅々に至るまで、生還の二字が綺麗に拭きとられていたのである。あなた方は門出に際して「軍服を着て行くべきだが、暑いから作業服で御免蒙(こうむ)ろう」などと呑気なことを言っていた。死以外に視つめる何物もないあなた方であるゆえ、死はあなた方の手足の一部分になってしまって、もはや全然特別なものではなかったのだろう。あなた方は、ただ敵の主力艦に穴をあけるだけしか考えることがなくなっていた。それすらも、満々たる自信があって、すでに微塵も不安はないという様子である。「お弁当を持ったり、サイダーを持ったり、チョコレートまで貰って、まるで遠足に行くようだ」と、あなた方は勇んで艇に乗込んだ。然し、出陣の挨拶に、行って来ます、とは言わなかった。ただ、征(ゆ)きます、と言ったのみ。そうして、あなた方は真珠湾をめざして、一路水中に姿を没した。

十二月六日の午後、大観堂から金を受取って、僕は小田原へドテラを取りに行く筈であった。三好達治の家へ置いたドテラや夜具が夏の洪水で水浸しとなり、それをガランドウが乾してくれた筈であった。ガランドウは正確に言えばガランドウ工芸社の主人で、看板屋の親爺。牧野信一の幼友達でもあり、熱海から辻堂にかけて、東海道を股にかけて、看板を書きに立廻っている。僕はこの男の書体を呑込んでいるから、東海道の思わぬ所で彼の看板に会見して、噴きだしてしまうことがある。時には「酉水」などと雅号のようなものを書込んでおくことがある。「酉水」は合せて一字にすると「酒」になるのだが、怪しげな雅号である。尤も、本人は年中こんな雅号を称しているわけではない。たまたま看板を書いているうちに、その日の天気だの腹加減の具合で、ふと思いついて書くのである。国府津駅前の土産屋の看板にも、たしか「酉水」が一枚あった。

僕は十月にも十一月にもドテラを取りに小田原へ行った。ところが、当時は、まだドテラの必要な季節ではないから、つい面倒になって、いつもドテラを忘れて戻って来たのである。愈々冬が来たので、どうしてもドテラを取りに行かねばならぬ。

ところが、十二月六日の晩は、大観堂の主人と酒をのみ、小田原へ行けなくなって誰かしら友人の家へ泊ってしまった。こういうことが度々だから誰の家だかハッキリしないが、多分、若園君か松下君の所であろう。真夜中に迷惑かけるのは、大概、両君の所と極っている。十二月六日の昼までは大井君の所に泊っていた。たしか「現代文学」の原稿を書き終って大井広介を訪ね、二三日泊りこみ、それから大観堂へ出掛けた筈である。大井広介の所では、平野謙を交えた三人で探偵小説の犯人の当てっこをして、多分、僕が惨敗した当日ではなかったかと思う。大観堂へ出掛けるとき平野謙が居合したことだけ記憶しているからである。この時は惨敗したが、その次の時には平野謙が見るも無残に敗北し、大井広介が中敗、僕、完璧の勝利であった。だから十二月五日から六日へかけて、僕達は一睡もしていない。小田原へ行ったら魚を買ってきて下さい、大井夫人に頼まれた。

結局、小田原へ到着したのは十二月七日の夕刻であった。

ガランドウは国府津へ仕事に出掛けて、不在。折から彼の家で長男の元服祝い（なんのことだか分らないが、ガランドウがそういう風に言っていたから、多分、元服祝いなのであろう。長男は十七である）の終った直後で、そのために近郷近在から掻き集めた酒、ビール、焼酒、インチキ・ウイスキーの類い無慮数十本の残骸累々とあり、手のつかない瓶もあって、僕はそれを飲み、ガランドウが仕事から帰って来たとき、僕は酩酊に及んでいた。ガランドウも仕事の帰りに、国府津で飲んで、酔っ払っていた。子供達の夕餉（ゆうげ）のために、アカギ鯛を十枚ばかりブラさげ、国府津で見つけてきたけんどよ、小田原に魚がねえと言うだから、話にならねえ、と言った。

アカギ鯛を見るに及んで、俄（にわか）に大井夫人の依頼を思いだし、生きた魚が手にはいらぬかと訊ねてみると、小田原では無理だが、国府津か二の宮なら金の脇差だという返事、ガランドウは翌日の仕事の予定を変更して、二の宮の医者の看板を塗ることとなり、僕と同行して、魚を探してくれることにきめる。そうなると、ドテラをぶらさげて東海道を歩くわけには行かないので、ドテラの方は、又、この次ということになった。何のために小田原へ来たのだか、分らなくなってしまったけれども、こういう本末顚（てん）

倒は僕の歩く先々にしょっちゅう有ることで、仕方がない。

翌日、七時すぎて目を覚したが、その気配に、ガランドウのおかみさんが上ってきて、オヤジは朝早く箱根の環翠楼へ用足しに出掛けたけれども、昼までには戻ってくる。それから二の宮へ行くそうだから、と言う。あんたの洋服着て、気取って出掛けて行ったよ。へえ、そうかい。なんだか、戦争が始ったなんて言ってるけど、うちのラジオは昼は止ってしまうから。……

東京の街の中では、このような不思議なことは有り得なかった筈である。然し、昼間多くのラジオが止ってしまう小田原では、ガランドウの仕事場の奥の二階にいると、何の物音もきこえなかった。おかみさんの報告も淡々たるもので、僕はその数日のニュースから判断して、多分タイ国の国境で小競合があったぐらいの所だろうと独り合点をし、三時間余り有り合せの本を読んでいた。いくらか冷たい風はあったが、快晴である。西の窓に明神岳がくっきりと見える。ガランドウが環翠楼へ行くんだったら一緒に行って一風呂浴びて来るのであったが、と考えた。環翠楼には知人もいる。僕は生来の出不精だけれども、小田原の天気の良い日は、ふと山の方へ歩きたいような気持になる。このあたりは、多分、空気に靄が少いのであろう。非常に陰影がハッキリしていて、道が光り、影があざやかに黒いのである。

ガランドウと行き違うと悪いので、箱根の入浴は諦めたけれども、顔でも剃って、旅らしい暗さを落そうと思った。街へ出たのは正午に十分前。小田原では目貫の商店街であったが、人通りは少なかった。小田原の街は軒並みに国旗がひらめいている。街角の電柱に新聞社の速報がはられ、明るい陽射しをいっぱいに受けて之も風にはたはたと鳴り、米英に宣戦す――あたりには人影もなく、読む者は僕のみであった。

僕はラジオのある床屋を探した。やがて、ニュースが有る筈である。客は僕ひとり。頬ひげをあたっていると、大詔の奉読、つづいて、東条首相の謹話があった。涙が流れた。言葉のいらない時が来た。必要ならば、僕の命も捧げねばならぬ。一兵たりとも、敵をわが国土に入れてはならぬ。

ガランドウの店先へ戻ると、三十間ばかり向うの大道に菓子の空箱を据え、自分の庭のように大威張りで腰かけている大男がいる。ガランドウだ。オイデオイデをしている。行ってみると、そのお菓子屋にラジオがあって、丁度、戦況ニュースが始まっている。ハワイ奇襲作戦を始めて聞いたのが、その時であった。当時のニュースは、主力艦二隻撃沈、又何隻だか大破せしめたと言うのであるが、あなた方のことに就ては、まだ、一切、報道がなかった。このようなとき、躊躇なく万歳を絶叫することの出来ない日本人の性格に、いささか不自由を感じたのである。ガランドウはオイデオイデをしてわざわざ僕を呼び寄せたくせに、当の本人はニュースなど聞きもしなかったような平然たる様子である。菓子屋の親爺に何か冗談を話しかけ、それから、そろそろ二の宮へ行くべいか、魚屋へ電話かけておいたで、と言った。

バスは東海道を走る。松並木に駐在の巡査が出ていた外には、まったく普段に変らない東海道であった。相模湾は沖一面に白牙を騒がせ、天気晴朗なれども波高し、である。だから、この日は漁ができず、国府津にも、二の宮にも、地の魚はなかった。国府津では、兵隊を満載した軍用列車が西へ向って通過した。

国府津でバスを乗換えて、二の宮へ行く。途中で降りて、禅宗の寺へ行った。ガランドウの縁りの人の墓があって、命日だか何かなのである。寺の和尚はガランドウの友人だそうだ。ガランドウは本堂の戸をあけて、近頃酒はないかね、と、奇妙な所で奇妙なことを大きな声で訊ねている。本堂の前に四五尺もある仙人掌（さぼてん）があった。墓地へ行く。徳川時代の小型の墓がいっぱい。ガランドウの縁りの墓に真新しい草花が飾られている。そこにも古い墓があった。ガランドウは墓の周りのゴミ箱を蹴とばしたり、踏みにじったりしていたが、合掌などはしなかった。てんで頭を下げなかったのである。

　ガランドウは足が速い。墓地の裏を通りぬけて、東海道線へでる。今に面白いものが有るだよ、と振向いて言う。この二の宮では複々線の拡張工事中で、沿道に当っていたさる寺の墓地が買収され、丁度、墓地の移転中なのである。ガランドウはそこが目的であったのだ。

　成程、墓地は八方に発掘されていた。土と土の山の間に香煙がゆれ、数十人が捻鉢巻（ねじりはちまき）で祖先の墓に鍬をふるっている。一丈近くも掘りさげて、ようやく骨に突き当っただよ、と汗を拭いている一組もある。この近郷は最近まで土葬の習慣であったから、新仏の発掘に困（こう）じ果てている人々もあった。

　ガランドウは骨の発掘には見向きもしなかった。掘返された土の山を手で分けながら、頻（しき）りに何か破片のようなものを探し集めている。ここは土器のでる場所だで、昔から見当つけていただがよ、丁度、墓地の移転ときいたでな。ガランドウは僕を振仰いで言う。

「これは石器だ」

　土から出た三寸ぐらいの細長い石を、ガランドウは足で蹴った。やがて、破片を集めると、やや完全な土瓶（どびん）様のものができた。壺とも違う。土瓶様の口がある。かなり複雑な縄文が刻まれていた。然し、目的の違う発掘の鍬で突きくずされているから、こまかな破片となり、四方に散乱し、こくめいに探しても、とても完全な形にはならない。

捻鉢巻の人達がみんなガランドウのまわりに集って来た。「俺が掘っただけんどよ。知らないだで、鍬で割りもしたしよ、投げちらかしただよ。方々に破片があるべい。無学は仕方がないだよ。なあ」と、鼻ひげの親爺が破片をなでまわして残念がっている。

「三四尺ぐらいの下から出たべい」

「そうそう。四尺ぐらいの所よ」

「今度あったらよ。手で丁寧に掘りだすだよ」

ガランドウはこう言い残して、僕達は墓地をでた。ガランドウは土器の発掘が好きなのである。時々、鍬をかついで、見当をつけた丘へ発掘にでかける。ガランドウ・コレクションと称する自家発掘のいくつかの土器を蔵している。尤も、コレクションを称する程のものではない。小田原界隈の海にひらけた山地には原住民の遺跡が多いのである。

二の宮の魚市場には二間ぐらいの鱶(ふか)が一匹あがっていた。目的の魚屋へついたが、地の魚は、遂に、一匹もなかった。日が悪いだ。こんな日に魚さがす奴もないだよ、と魚屋の親爺は耳のあたりをボリボリ掻いていたが、然し、鮪(まぐろ)をとっておいてくれた。鮪一種類しかなかったのである。

魚屋の親爺は労務者のみに特配の焼酒をだして、みんな僕達に飲ませた。サイダーで割って飲むと、焼酒も乙なものである。ガランドウから伝授を受けた飲み方のひとつだ。そのとき、丁度、四時半であった。太陽が赤々と沈もうとし、魚屋の店頭は夕餉の買出しで、人の出入が忙しい。異様な二人づれが店先でサイダーに酔っ払って鮪の刺身を食っているから、驚いて顔をそむける奥さんもいる。

必ず、空襲があると思った。敵は世界に誇る大型飛行機の生産国である。四方に基地も持っている。

ハワイをやられて、引込んでいる筈はない。多分、敵機の編隊は、今、太平洋上を飛んでいる。果して東京へ帰ることができるであろうか。汽車はどの鉄橋のあたりで不通になるであろうか。そのときは、鮪を噛りながら歩くまでだ、と考えていた。ナッパ服の少年工夫が街燈の電球を取り外している。ガランドウはどこからか一束の葱の包みを持ってきて、刺身にして残った奴はネギマにするがいいだ、と言った。丁度、夜が落ちきった頃、二の宮のプラットフォームでガランドウに別れた。僕は焼酒に酔っていた。

十二月八日午後四時三十一分。僕が二の宮の魚屋で焼酒を飲んでいたとき、それが丁度、ハワイ時間月の出二分、午後九時一分であった。あなた方の幾たりかは、白昼のうちは湾内にひそみ、冷静に日没を待っていた。遂に、夜に入り、月がでた。あなた方は最後の攻撃を敢行する。アリゾナ型戦艦は大爆発を起し、火焔は天に沖して、灼熱した鉄片は空中高く飛散したが、須臾にして火焔消滅、これと同時に、敵は空襲と誤認して盲滅法の対空射撃を始めていた。遠く港外にいた友軍が、これを認めたのである。

日本時間午後六時十一分、あなた方の幾たりかは、生きていた。あなた方の一艇から、その時間に、襲撃成功の無電があったのである。午後七時十四分、放送途絶。あなた方は遂に一艇も帰らなかった。帰るべき筈がなかったのだ。

十二月十日には、プリンス・オブ・ウェールスとレパルスが撃沈された。この襲撃を終えた海軍機が戻って来たとき、同じ飛行場を使用していた陸軍航空隊の人達は我を忘れて着陸した飛行機めがけて殺到していた。プロペラの止った飛行機から降りて来たのは、いずれも、まだうら若い海鷲であつた。降りるやいなや、いずれも言い合したように、愛機を眺めながらその周囲をぐるりと一周し、機首へ戻ってくると、愛機の前へドッカと胡坐（あぐら）を組んでしまった。眼を軽くとじ、胸をグッと張って、大きく呼吸をしたが、ただ一言「疲れた」と言ったそうだ。これは一陸軍飛行准尉の目撃談であった。必死の任務をつくした人は、身心ともに磨（す）りきれるほど疲労はするが、感動の余裕すらもないのであろう。

話はすこし飛ぶけれども、巴里・東京間百時間飛行でジャビーが最初に失敗したあと、これも日本まで辿りつきながら、土佐の海岸へ不時着して恨みを呑んだ二人組があった。僕はもう名前を忘れてしまったけれども、バルザックに良く似た顔の精力的なふとった男で、バルザックと同じように珈琲（コーヒー）が大好物で、飛行中も珈琲ばかりガブガブ呑んでいたという人物である。フランスの海岸は大体に飛行機が着陸できるほど土質が堅いものだから、日本の海岸も同じように考えて、砂浜へ着陸し、海中に逆立ちしてしまったのである。このとき近くにいた一人の漁師が先ずまっさきに駈けつけた。逆立ちした飛行機からは大きな異国の男が一人だけ這いだして来て、手をうしろに組み、海岸を十歩ばかり歩いて行っては、又、戻っている。漁師の近づいたことも気付かぬ態（てい）で、同じ所をただ行ったり戻ったりしているのである。漁師は言葉が通じないので、一本と二本の指をだして見せて、一人か二人かということを訊いた。すると異国の男もその意味を解して、二本の指を示して答えた。漁師は驚いて逆立ちの飛行機に乗込み、傷ついた機関士を助け出して来たのであった。

この飛行家も死の危険を冒して、ただ東京をめざして我無者羅（がむしゃら）に飛んで来た。百時間に近い時間、満足に睡眠もとっていない。ただ、東京。それが全てであったのだ。普通の不時着の飛行機なら、先ず飛び降りて、住民の姿を認めれば、それに向って駈けだすのが当然である。ところが彼は漁師の近づいたことも気付かなかった。救いを求めることも念頭になかった。生死を共にした友人のことすら忘れていた。そうしてただ同じ海辺を行ったり戻ったりしていたのである。

生命を賭した一念が虚しく挫折したとき、この激しさが当然だと思わずにはいられない。これが仕事に生命を打込んだときの姿なのである。非情である。ただ、激しい。落胆とか悲しさを、その本来の表情で表現できるほど呑気なものは微塵もない。畳の上の甘さはこういう際には有り得ないのだ。

潜水艦が敵艦を発見して魚雷を発射したときは、敵艦の最も危険な時でもあるが、同時に、潜水艦自身も最も危険にさらされている時である。けれども、潜水艦乗りは自分の発射した魚雷の結果を一秒でも長く確めたいという欲望に襲われる。魂のこもった魚雷である。魂が今敵艦に走っている。彼等は耳をすます。全てが耳である。爆音。見事命中した。すると、より深い沈黙のみが暫く彼等を支配する。言葉も表情もないそうである。

あなた方も亦（また）、そのようであったと僕は思う。爆発の轟音が湾内にとどろき、灼熱の鉄片が空中高く飛散した。然し、須臾にして火焔消滅、すでに敵艦の姿は水中に没している。あなた方は、ただ、無言。然し、それも長くはない。

真珠湾内にひそんでいた長い一日。遠足がどうやら終った。愈々（いよいよ）あなた方は遠足から帰るのである。死へ向って帰るのだ。思い残すことはない。あなた方にとっては、本当に、ただ遠足の帰りであった。

十二月八日に、覚悟していた空襲はなかった。

三月四日の夜になって、警戒警報が発令された。その時もその前日の同人会から飲み始めて、僕はいくらか酔っていた。大井広介、三雲祥之助の三人で浅草を歩き、金龍館へ這入ろうかなどとその入口で相談しているところであった。浅草の灯が消え、切符売場の窓口からも光が消えた。ぶらぶら歩きだすと、飛行機の音がきこえる。敵機かね？　立止って空を仰いだ。すると街角にでて話していた三人のコックらしい人達が振向いて、

「いや、あれはうちのモーターの音ですよ。あいつ、止めてしまおうじゃないか」

コック達は相談を始めている。馬鹿々々しいほど明るい満月が上りかけていた。おあつらえむきの空襲日和（びより）である。愈々今夜は御入来かと覚悟をきめた。田島町を歩いていると、暗い道で、自転車と通行人が衝突して、自転車の大きな荷物が跳ねころがり、二人は掴み合いの喧嘩を始めた。三雲画伯は喧嘩の当人と同じぐらいいきりたって、分けて這入って、おい、こういう際に喧嘩するとは何事だ、荒々しく息を吐いて叱りとばしている。

翌朝最初の空襲警報が発せられたが、やっぱり敵機は現れなかった。あなた方の武勲が公表されたのは、空襲警報の翌日、午後三時であった。僕は七時のラジオでそれをきいた。

裸一貫巨万の富を築いた富豪が死んで、自分の持山の赤石岳のお花畑で白骨をまきちらしてくれと遺言した。八十を越した老翁であった。毎日鰻を食べていたというが、然し、もう、衒気（げんき）などはなかった筈だ。まるで自分の生涯を常に切りひらいてきたような、自信満々たる人であったに相違ない。この遺言がどうして実現されなかったのだか分らないが、又、当人も、多分遺言の実現などに強いて執着は持たなかった様子である。こんな遺言を残す程の人だから、てんで死後に執着はなかったのだ。お花畑で

風のまにまに吹きちらされる白骨に就て考え、これは却々小綺麗で、この世から姿を消すにしてはサッパリしている、と考える。この人は遺言を書き、生きている暫しの期間、思いつきに満足を覚えるだけで充分だった筈である。実際死に、それから先のことなどは問題ではない自信満々たる生涯であった。

あなた方はまだ三十に充たない若さであったが、やっぱり、自信満々たる一生だった。あなた方は、散って真珠の玉と砕けんと歌っているが、お花畑の白骨と違って、実際、真珠の玉と砕けることが目に見えているあなた方であった。老翁は、自らの白骨をお花畑でまきちらすわけに行かなかったが、あなた方は、自分の手で、真珠の玉と砕けることが予定された道であった。そうして、あなた方の骨肉は粉となり、真珠湾海底に散った筈だ。あなた方は満足であろうと思う。然し、老翁は、実現されなかった死後に就て、お花畑にまきちらされた白骨に就て、時に詩的な愛情を覚えた幸福な時間があった筈だが、あなた方は、汗じみた作業服で毎日毎晩鋼鉄の艇内にがんばり通して、真珠湾海底を散る肉片などに就ては、あまり心を患わさなかった。生還の二字を忘れたとき、あなた方は死も忘れた。まったく、あなた方は遠足に行ってしまったのである。

魔の退屈

戦争中、私ぐらいだらしのない男はめったになかったと思う。今度はくるか、今度は、と赤い紙キレを覚悟していたが、とうとうそれも来ず、徴用令も出頭命令というのはきたけれども、二三たずねられただけで、外の人達に比べると驚くほどあっさりと、おまけに「どうも御苦労様でした」と馬鹿丁寧に送りだされて終りであった。

私は戦争中は天命にまかせて何でも勝手にしろ、俺は知らんという主義であったから、徴用出頭命令という時も勝手にするがいいや何でも先様の仰有る通りに、というアッサリした考えで、身体の悪い者はこっちへ、と言われた時に丈夫そうな奴までが半分ぐらいそっちへ行ったが、私はそういうジタバタはしなかった。けれども、役人は私をよほど無能というよりも他の徴用工に有害なる人物と考えた様子で、小説家というものは朝寝で夜ふかしで怠け者で規則に服し得ない無頼漢だと定評があるから、恐れをなしたのだろうと思う。私は天命次第どの工場へも行くけれども、仰有る通り働くかどうかは分らないと考えていた。私が天命主義でちっともジタバタした様子がないので薄気味悪く思ったらしいところがあった。

そういうわけであるから、日本中の人達が忙しく働いていた最中に私ばかりは全く何もしていなかったので、その代り、三分の一ぐらい死ぬ覚悟だけはきめていた。

尤も私は日本映画社というところのショクタクで、目下ショクタクという漢字を忘れて思いだせないショクタクだから、お分りであろう。一週間に一度顔をだしてその週のニュース映画とほかに面白そうなのを見せてもらって、それから専務と会って話を十五分ぐらいしてくればよいので、そのうちに専務もうるさがって会わなくともいいような素振りだから、こっちもそれを幸に、一ヶ月に一度、月給だけを貰いに行くだけになってしまった。尤も、脚本を三ツ書いた。一つも映画にはならなかった。三ツ目の「黄河」というのは無茶なので、この脚本をたのまれたのは昭和十九年の暮で、もう日本が負けることはハッキリしており支那の黄河のあたりをカメラをぶらさげて悠長に歩くことなど出来なくなるのは分りきっているのに、脚本を書けと言う。思うに専務は私の立場を気の毒がったのだろうと思う。何もせず、会社へも出ず、月給を貰うのはつらい思いであろうと察して、ここに大脚本をたのんだ次第に相違なく、小脚本ではすぐ出来上って一々面倒だからという思いやりであったに相違ない。専務と私には多少私事の関係があるのだが、それは省くことにしよう。

　黄河をおさめる者は支那をおさめると称されて黄河治水ということは支那数千年の今に至るも解決しない大問題だ。支那事変の初頭に作戦的に決潰して黄海にそそいでいた河口が揚子江へそそいでいる。これを日本軍が大工事を起しているのだが、これが映画の主題で、この方は私に関係はない。私のやるのはその前編で、黄河とは如何なる怪物的な性格をもった独特な大河であるかという、歴史的地理的な文化映画の脚本なのである。

　おかげで私は黄河に就ては相当の勉強をした。本はたいがい読んだ。立教大学の構内に亜細亜研究所とかいうものがあり、ここに詩人で支那学者の、これが又、名前を忘れた、私は三好達治のところで一度会ったことのある人で、信頼できる支那学者であることをきいており、亜細亜研究所にこの詩人がつとめているときいたので、訪ねて行って教えを乞うた。支那学者が他に数人いて、あいにく黄河に就て特に調べているという専門家はいなかったが、ともかくここで懇切な手引を受けて、それから教わってきた本を内山に山本というこれも教わった二軒の支那専門の本屋で買って読みだしたのである。

又、会津八一先生が、たぶん創元杜の伊沢君からきいてのことと思うが、私が黄河を調べていることをきいて、私を早稲田の甘泉園というところへ招いて、ここには先生の支那古美術の蒐集があるのだが、黄河に関する支那の文献に就て教えていただいた。尤もこの方は支那の本だから、私には読む学力もないので、本の名を承ったというだけで敬遠せざるを得なかった。

実現の見込みのない仕事、つまり全然無意味なことをやれと云っても無理である。私はつくづく思い知った。これが小説なら敗戦後も十年二十年たったあとでは出版の見込もあるかも知れず、死んだあとでもという考えも有りうるけれども、支那の映画などとは全然無意味で、敗戦と共に永遠に流れて消える水の泡にすぎない。水の泡をつくれと云っても無理だ。尤も黄河の読書はたのしかった。殆ど毎日のように私は神田、本郷、早稲田、その他至るところの古本屋を廻り歩いて本をさがし、黄河以外の支那に就ても書く為には読みすぎるほど読んだけれども、まったく脚本を書く気持にはならない。硫黄島が玉砕し、沖縄が落ち、二ヶ月に一度ぐらい専務に会うと、そろそろ書いてくれ、と催促されるが、もとより専務は会社内の体裁だけを気にしているので、撮影が不可能なことは分りきっている。けれども専務の関心が専ら会社内の形式だけであることが一そう私にはつらいので、ともかく月給を貰ってるのだから書かねばならぬと考えるが、そういう義務によって全然空虚な仕事をやりうるものではない。月給の半分は黄河の文献を買ってるのだからカンベンしてくれ、と私は内心つぶやいて私の怠慢を慰めていた。

私の住居は奇妙に焼残っていた。私は焼残るとは考えていなかったので、なぜなら私の住居は蒲田にあり、近くに下丸子の大工場地帯があって、ここはすでに大爆撃を受けていた。受けたけれども被害はたった一つの大工場とそのそれ弾の被害だけで、まだその外に十に余る大工場がある。一つの工場が二時間の爆撃だから、先ずザッと二十時間かと私は将来の爆撃にうんざりしており、そのそれ弾の一つや二つは私の家に落ちるものだと思っていた。

したがって私は昼間の編隊爆撃がこの工場地帯と分ったら五百米（メートル）でも千米でも雲を霞と逃げだす算段にしており、兼々（かねがね）健脚を衰えさせぬ訓練までつんでおり、四米ぐらいの溝は飛びこすことも予定していた。

それほど死ぬことを怖れながら、私は人の親切にすすめてくれる疎開をすげなく却（しりぞ）けて東京にとどまっていたが、こういう矛盾は私の一生の矛盾であり、その運命を私は常に甘受してきたのである。一言にして云えば、私の好奇心というものは、馬鹿げたものなのだ。私は最も死を怖れる小心者でありながら、好奇心と共に遊ぶという大いなる誘惑を却けることができなかった。凡そ私は戦争を呪っていなかった。恐らく日本中で最も戦争と無邪気に遊んでいた馬鹿者であったろうと考える。

私は然し前途の希望というものを持っていなかった。私の友人の数名が麻生鉱業というところに働いており（これは例の徴用逃れだ）私は時々そこを訪ねて荒正人と挨拶することがあったが、この男は「必ず生き残る」と確信し、その時期が来たら、生き残るためのあらゆる努力を試みるのだと力み返っている。これほど力みはしなかったが平野謙もその考えであり、佐々木基一もそうで、彼はいち早く女と山奥の温泉へ逃げた。つまり「近代文学」の連中はあの頃から生き残る計画をたて今日を考えておったので、手廻しだけは相当なものであるが、現実の生活力が不足で、却々（なかなか）予定通りに行かない。手廻しの悪い人間でも、現実に対処する生活力というものは、知識と別で、我々文学者などというものはイザとなると駄目なものだ。蒲田が一挙に何万という強制疎開のときは箪笥が二十円で売られたもので、これを私からきいた荒正人はすぐにも蒲田へ駈けつけて箪笥を買いたそうな顔だった。つまり彼は生き残る確信に於て猪の鼻息のやうに荒かった。

私には全くこの鼻息はなかった。私は先見の明がなかったので、尤も私は生れつき前途に計画を立てることの稀薄なたちで、現実に於て遊ぶことを事とする男であり、窮すれば通ず、というだらしない信条によって生きつづけてきたものであった。佐々木君や荒君は思想犯で警察のブタバコ暮しを余儀なくされて出てきたばかりであったから、生きぬいて自分の世界をつくりたいという希願が激しいのは当然でもあり、荒君は「石にかじりついても」どんな卑劣な見苦しいことをしてでも必ず生き残ってみせるのだと満々たる自信をもって叫んでいた。荒君は元来何事によらず力みかえってしか物の言えないたちなのだが、空襲の頃から特別力みだしたのは面白い。空襲に吠える動物の感じで、然しあんまり凄味のある猛獣ではなさそうで、取りすまして空襲を見物している私自身の方がよっぽどたちの悪い、毒性のある動物のような気がしていた。

平野謙が兵隊にとられたのもその頃のことで、彼も亦どんなことをしても玉砕しないで生きて帰ってくるよと言っていたが、私が彼を東京駅前で見送って、くだらん小説を読むより戦争に行く方が案外面白いぜ、と言ったら、人のことだと思って！　と横ッ腹をこづかれた。尤も彼は要領よく軍医をごまかして十日目ぐらいで兵営から放免されてきた。

ともかく彼等はそのころから言い合して敗戦後の焦土の日本でどんな手段を弄し奇策悪策を弄してでも生き残って発言権をもつ立場に立とうということを考えていたようである。尤も彼等は特に意識的にそれを言っているだけで、国民酒場に行列しているヨタ者みたいの連中でも内心はみな自分だけ生き残ることを確信し、それぞれの秘策をかくしている様子でもあった。

私は生き残るという好奇心に於ては彼等以上であった。たいがい生き残る自信があった。然し私はトコトンまで東京にふみとどまり、東京が敵軍に包囲されドンドンガラガラ地軸をひっかき廻し地獄の騒ぎをやらかした果に白旗があがったとき、モグラみたいにヒョッコリ顔をだしてやろうと考えていた。せっかく戦争にめぐり合ったのだから、戦争の中心地点を出外れたくなかったのである。これも亦好奇心であった。色々の好奇心が押しあいへしあいしていたが、中心地点にふみとどまることという好奇心と、そこで生き残りたいという好奇心と、この二つが一番激しかったのである。死んだらそれまでだという諦めはもっていた。

私は書きかけの小説を全部燃した。このためにあとで非常に困ったけれども、私はすくなくとも十年ぐらいは小説などの書けない境遇になるだろうと漠然と信じていたので、燃した方があとくされなく、あっちこっち身軽に逃げて廻れると思ったのである。真夏ではあったが、二度、原稿紙の反古（ほご）だけで風呂がわいた。

私は空襲のさなかで三日にあげず神田などで本を買ってきた。友人達は呆れて、どうせ焼けるじゃないか、と言ったが、私は浪費せずにいられぬ男なので、酒がのめなくなり、女遊びもできなくなり、本でも読む以外に仕方がないから本を読んでいたので、私は然しどんな空襲のときでもその本を持ちだしたことはない。何一つ持ちだしたことがない。人から預った人の物だけ出していた。

実際よく本を読んだ。みんな歴史の本だった。ところが、その歴史が全く現実とひどく近くなっていた。見たまえ、第一、夜の光がないではないか。交通機関の主要なものが脚になった。けれども、そういうことよりも、人間の生活が歴史の奥から生れだそうとする素朴な原形に還っていた。酒だのタバコで行列する。割込む奴がある。隣組から代表をだして権利を主張する奴がある。権利とか法律というものは、こうしてだんだん組織化されてきたのだろうと思った。むかし「座」というものがあった。職業組合のようなものであるが、そういう利益をまもるための、個人が組合をつくったり、権利を主張したりするその最も素朴な原形が、我々の四周に現に始まっているのだ。空襲下の日本はすでに文明開化の紐はズタズタにたち切られて応仁の乱の焦土とさして変らぬ様相になっている。供出という方法も昔の荘園に似てきたが、やっぱり百姓は当時から米を隠したに相違ない。原形に綺麗なものは何もない。我利我利の私慾ばかりで、それを組合とか団体の力で自然にまもろうとするようになる。

歴史の流れの時間は長いが、しかしその距離はひどく短いのだということを痛感したのである。行列だの供出の人の心の様相はすでに千年前の日本であった。今に至る千年間の文化の最も素朴な原形へたった数年で戻ったのである。然し、又、あべこべに、と私は考えた。組み立てるのも早いのだ。千年の昔の時間をまともに考える必要はない。十年か二十年でたくさんなのだ、と。だから私は敗戦後の日本がむしろ混乱しうる最大の混乱に落ちて、精神の最大のデカダンスが来た方がいいと思った。中途半端な混乱は中途半端なモラルしか生みだせない。大混乱は大秩序に近づく道で、そして私は最大の混乱から建設までに決して過去の歴史の無意志の流れのような空虚な長い時間は必要でない、と信じることができたからであった。

それにしても、これほど万事につけて我利我利の私慾、自分の都合ばかり考えるようになりながら、この真の暗闇の中で泥棒だのオイハギの殆どないのは、どういうわけだろう、私の関心の最大のこと、むしろ私の驚異がそれであった。最低生活とは云え、みんなともかく食えるということが、この平静な秩序を生んでいるのだと思わざるを得なかった。又、金を盗んでも、遊びというものがないから、泥棒の要もないのだ。

働く者はみんな食える、貧乏はない、ということは此の如く死の如く馬鹿阿呆の如く平穏であることを銘記する必要がある。人間の幸福はそんなところにはない。泥棒し、人殺しをしても欲しいものが存在するところに人間の真実の生活があるのだ。

戦争中の日本人は最も平和な、恐らく日本二千何百年かの歴史のうちで最も平穏な日本人であった。必ず食うことができ、すべての者が働いて金を得ることができ、そして、たった一人のオイハギすらもいなかった。夜は暗闇であり、巡査は殆どおらず、焼跡だらけで逃げれば捕まる恐れはなく、人間はみんな同じ服装をして特徴を見覚えられる恐れもなく、深夜の夜勤の帰りで不時の歩行が怪しまれず、懐中電燈の光すら後を追うてくる心配がない。あらゆる泥棒人殺しの跳梁する外部条件を完備しておりながら、殆ど一人の泥棒もオイハギも人殺しもなかったのである。それで人々は幸福であったか。つまり我々は虚しく食って生きている平和な阿呆であったが、人間ではなかったのである。

完全な秩序、犯罪に関する限りほぼ完全な秩序が保れていた。愛国の情熱がたかまり、わいているようだった。なんという虚しい美であろうか。自分の家が焼けた。何万何十万の家が焼け、さして悲しみもせず、焼跡をほじくっている。横に人間が死んでいる、もう、振りむきもしない。鼠の屍体に対すると同様の心しか有り得なくなっていた。かように心が痲痺して悪魔の親類のように落ぶれた時がきていても、食うことができて、そしてとりわけ欲しい物もないときには、人は泥棒もオイハギもしないのだ。欲しいものはせいぜいシャツか浴衣ぐらいで、まるで自分の物と同じ気持でちょっと風呂屋で着かえて出てくるくらいのことはするが、本心は犯罪に麻痺し落ちぶれきっていながら、泥棒もオイハギもやらない。単なる秩序道徳の平静のみすぼらしさ、虚しさ、つまらなさ。人間の幸福はそこにはない。人間の生活がそこにない。人間自体がないのである。

もとより私自身が完全にその阿呆の一人であった。最も虚しい平静な馬鹿者だった。女を口説きもした。恋らしいものを語りもした。女自体が、どうせ戦争でめちゃくちゃになるのだと私よりもヤケクソに考えて、その魂は荒廃の最後のものにきておりながら、彼女はそれを気付かない。彼女はアイビキのときは晴着のモンペをきてきたが、その魂の荒廃は凡そ晴着には似合わぬものだ。

私が日映へたまにでかけると、専務の部屋は四階にあるのだが、エレベーターがなくなったので三尺ぐらいの幅の細い階段を登って行くと、ブルースをだらしなく着て下駄をガチャガチャひきずった男の事務員が、これも汚いモンペに下駄の女事務員と肩を組み、だらしなく抱きあいながら私の前を登って行く。三尺後から私が歩いていることなどは平気であった。それが荒廃した魂の実相なのであり、虚しい平和の実相なのである。凡そ晴着などとは縁のない魂で、そして、明日の希望というものの一つのかすかな光の影の裏打も有り得ない。

私の毎日々々の妙に熱のこもった読書は、その魂の読書であった。晴着のない魂に、然し、私はただ冷かな鬼の目で、歴史というもの、人間の実相の歩いた跡を読んでいた。女と会い、抱きあう時も、冷やかな鬼の目だけで、その肉体をむさぼっているばかりであった。鬼はむさぼるだけだ。奇妙に情熱的ではあった。すると女の方がまた私よりも一そう情熱的で、冷やかであった。一そう荒廃した鬼であった。

なんということだろう、と私は思った。けれども、それはこの女だけには限らない。国民酒場ではギャング共が先頭を占領しているのだが、そのかみのタバコの行列では、隣組のオカミサン共がさらに悪どく先頭を占領して権利の独占を当然としており、ギャングの魂も良民の魂も変りはなく、地の利を得ない人間が行列の後でブツブツ言うだけで、地の利を得ず天の時を得ないだけが相違であって、魂は日本中なべて変るところなくギャングの相を呈していた。底をわれば、すべてがギャングであった。

私は蒲田が焼野原になるまで毎日碁会所へ通勤していた。虱（しらみ）のうつる難はあったが、ともかく、私は、読書と、碁会所だけが生活で、たまに女とあいびきしたというだけだ。

二十三四の青年で、見るから病弱そうなのが毎日この碁会所へきていたが、田町（たまち）辺の工場の事務員で、ひどい反戦思想をもち、徹底的に軍の潰滅（かいめつ）と敗北を信じ、共産主義を愛していた。純真な青年で、自分の利慾よりも、人を愛す魂をもっていた。いつかドシャ降りの雨のとき、自分の外套をどうしても私にきせ、自分は濡れて帰ろうとするのである。人を疑らず、人の苦しみを救うために我身の犠牲を当然とするこの青年の素直な魂は私は今も忘れることができない。

焼野原になった後で、偶然、駅で会った。青年は食事が充分でないらしく、顔はひどく蒼ざめており、焼跡のたった一軒のバラックの行列が寿司屋の行列であることが分ると、私に別れてその行列に加わりに去った。青年の家は焼けたのである。私はそのときよほどこの青年に私の家へきたまえ。部屋もたくさんあるし家賃などもいらないから、と言おうと思った。青年には一人の年老いた母があるのである。

私はそれも知っていた。けれども言うことができなかった。この青年の魂が美しすぎ、私を信じすぎており、私はそれを崩すに忍びなかったからである。

私自身がギャングであった。私の魂は荒廃していた。私の外貌は悠々と読書に専念していたが、私の心は悪魔の国に住んでおり、そして、悪魔の読書というものは、聖人の読書のように冷徹なものだと私は沁々（しみじみ）思い耽っていたのである。

悪魔というものは、ただ退屈しているものなのである。なぜなら、悪魔には、希望がなくて、目的がないのだ。悪魔は女を愛すが、そのとき、女を愛すだけである。目的らしいものがあるとすれば、破壊を愛しているだけのことだ。

私は美しいものは好きである。あるとき食堂の前で行列していたら工場からの帰りの上品なお嬢さんが「食券がいるのでしょうか」と私にきいた。戦争というものがなければこんな苦しみを知る筈のない娘であった。私は困惑する娘に食券を渡して逃げてきたが、私は時々こういうオッチョコチョイなことをやる。何も同情する必要はないではないか。一人の人への同情は不合理なものであり、一人の人へ向けられる愛情は男と女の二人だけの生活のためにのみ向けられるべきである筈である。さもなければ、あらゆる女に食券をやるべきだ。あの可愛い娘は空襲で死んだかも知れず、淫売になったかも知れない。それはあの娘自体が自らやりとげ裁かねばならぬ自分だけの人生なので、私の生活とその人の生活と重なり合うものでない限り、路傍の人であるのが当然で、キザな同情などは止した方がよろしいのだ。気の毒なのは人間全部で、どこに軽重がある筈もない。

けれども私は駄目なので、これは私の趣味であった。人は骨董や美術や風景を愛すけれども、私は美しい人間を趣味的に愛しているので、私は人間以外の美しさに見向きもしないたちなのだ。そして、そういう美しさを愛す私も、やっぱり単に悪魔的で、悪魔的に感傷的であるにすぎなかった。私はあとは突き放しているのだ。どうにでも、なりたまえ。私はただ私の一瞬の愉快のために、あなたを喜ばせ、びっくりさせ、気に入られようとしているだけだ。尤も、気に入られる代りに薄気味悪く思われるかも知れないが、それはどうでも構わないので、私はただ私自身の満足があるだけでいいのである。

私は全然無意味な人にオゴってやったり、金をやったり、品物をやったりする。そういう気持になったとき、その気持を満足させているだけのもので、底でこれぐらい突き放していることはないのである。これはまったく悪魔の退屈なので、あの青年に宿をかし得なかった如き、私は元来、時間的にやや永続する関係には堪えられないという意味も根強いのであった。

女は晴着のモンペをつけてアイビキにでかけてくるくせに、魂には心棒がなく、希望がなく、ただその一瞬の快楽以外に何も考えていないだらしなさだった。何のハリアイも持っていなかった。そしてただ快楽のままに崩れて行く肉体だけがあった。

「あなたはむずかしい人だから、あなたと結婚できないわ」

と女はいつも言った。そうだろう、女にはハリアイというものが心にないのだから、多分、多少とも物を考える男の心が、みんなむずかしく見えて、なじみ得ないのであろう。女はひどく別れぎわが悪くて、停車場まで送ってやると、電車がきても何台もやりすごして乗らず、そのくせ、ニヤニヤしているばかりで、下駄でコツコツ石を蹴ったり包みをクルクル廻したりしながら、まったくとりとめのないことを喋っている。そうかと思うと、急にサヨナラと云って電車に乗ってしまう。何も目的がないのだ。

　この女はただ戦争に最後の大破壊の結末がきて全てが一新するということだけが願いであり、破壊の大きさが、新たな予想し得ない世界への最大の味覚のようであった。

　女は私の外に何人の恋人があるのか私は知らなかった。私一人かも知れなかった。時々風のように現れた。私は訪ねなかった。

「あなたのところ、赤ガミが来ないのね」

「こないね」

「きたら、どうする」

「仕方がないさ」

「死ねる」

「知らないね」

　凡そ愚劣な、とりとめのない話ばかりである。第一、女自身、何を喋っているのだか、鼻唄をうたっているのと変りがなくて、喋らないわけにも行かないから、何となく喋っているだけのことなのである。私が又、まったく同様であった。むしろ言葉の通じない方がどれくらいアッサリしてよろしいか分らないのだ。

　女の顔はいつも笑っている。ひどく優雅で上品な顔なのだが、よくまアこんなにハリアイのない心なのだろう、と、私は女の笑い顔を見ていつもそればかりしか考えないが、女は又馬耳東風(ばじとうふう)でただ笑っているだけのことである。

「黄河の脚本、かいた？」

「書かないよ」

「なぜ？」

「書く気にならないからさ」

「私だったら、書く気になるけどな」

「あたりまえさ。君はムダなことしかやれない女なのだ」

女は馬耳東風だ。ただ、相変らず微笑をうかべているだけ。人の言葉など、きいてやしないのだ。何も考えていないのだ。

私は然しその魂をいじらしいと思っていた。どん底を見つめてしまった魂はいじらしい。それ以外には考えられない当時の私であった。

だから私は荒正人や平野謙を時々ふいに女の笑顔を眺めながら思いだしていた。特別私が忘れないのは荒正人の「石に噛(かじ)りついても」というまるで歯ぎしりするような口に泡をためた表現と、二十円の箪笥のいくつかを今にも蒲田へ駈けだして買いたそうな精力的な様子とで、荒君はほんとにそういうものが後日役に立つ生活を自信をもって信じている。この女のハリアイのない微笑とは全く逆で、それは全く、私にとっては思いがけない世界であった。

私はこう思った。荒君、平野君らはどうも小説の中の人物に良く似ている。だいたい、小説を読みすぎる連中である。ああいう考え方や言い方は、現実的であるよりも、小説的で、彼等の足は土をふんでいるのでなしに、トルストイとかドストエフスキーとかを踏んでいるのではないのか。彼等はいったい女房とどんな話をし、私には彼等が女房に言う言葉は分るけれども、女房の方の返事はどうだろう？　尤も、荒君、平野君ばかりではない。小説家、批評家、インテリの多くは地方へ疎開して、日本の最後の運命を待ち、自分の生命を信じている。

けれども狭い日本のことで、どこへ逃げてみても、第一どこから敵が上ってくるのだか、それすらもしかとは分らない。私には、どうも荒君の確信が不思議でならなかった。あんなに口に泡をため歯ぎしりのように力をこめて「石に噛りついても」という確信の根拠が信じられないのだ。つまり荒君は非常に現実家のようだが、根柢的には夢想児なので、平野君とて、やっぱりそうだ。俺だけは玉砕せずに手をあげて助かって帰ってくる、という、ひどく現実的な確信のようだが、戦争という全く盲目的、偶然的、でたとこ勝負の破壊性のこの強烈巨大な現実性を正当に消化していない観念的な言葉のような気がした。こっちの意志だけではどうすることも出来ない現実である。

戦争の場合だけではない。だいたいに荒君らが考えている人間への映像が甘すぎるのだと私は思う。つまり魂のデカダンスと無縁なのであり、人のことを考えるが、自分自身の魂と争うことがないのだと私は思った。先のことを考えても、本当に今の現実と争うこと、つまり現実と魂とが真実つながる関係がないのである。

私は女のハリアイのない微笑の上から、いつも荒君の歯ぎしりを思いだし、敵が上陸して戦争が始ってから、荒君がどんなことをやるか、おかしくて仕方がなかった。幸い上陸が行われず思いがけない結末がきて、荒君は予定通りの計画に乗りだしたけれども、この結末の方が偶然で、本当の現実は「石に噛りついても」生きられる性質のものであったかどうか疑問だと思っている。そして現実をむしろ夢想をもって眺めて、どんな卑劣なことをしても生きぬいてみせると悪魔の如く吠えることを好んだ荒君は、私にはハリアイのない女の笑い顔よりも却って現実の凄味や厳しさが感じられなかった。女のハリアイのない笑顔の中には、悪魔の楽天性と退屈とがひそんでいたように思う。

私は六月の中頃だろうか、もう東京が焦土になってのち、勇気をふるって「黄河」の脚本を書いた。脚本などとは名ばかりの荒筋のようなもので、半年以上数十冊の読書の果にたった二十枚の走り書であった。もちろん一夜づけであった。ただ厄をのがれるというだけの、然し、この厄をのがれるためにその半年如何に重苦しく過したか、私は新聞で日映の広告のマークを見ただけでゾッとした。

人間は目的のない仕事、陽の目を仰ぐ筈がないと分りきった仕事をすることが如何に不可能なものであるか、厭というほど思い知った。

まったく不可能なのである。私は遂に脚本を書いたが、これは正当な仕事ではないので、ただ重苦しさの厄をのがれるためというだけの全然良心のこもらぬ仕事であった。だいたい、あの戦争の荒廃した魂で、私に仕事のできる筈はない。書きかけの原稿を焼いた私は、私自身の当然な魂を表現していたのである。私はただ退屈しきった悪魔の魂で、碁にふけり、本を読みふけり、時々一人の女のハリアイのない微笑を眺めて、ただ快楽にだらしなくくずれるだけの肉体をもてあそんだりしていただけだった。

私は海をだきしめていたい

私はいつも神様の国へ行こうとしながら地獄の門を潜ってしまう人間だ。ともかく私は始めから地獄の門をめざして出掛ける時でも、神様の国へ行こうということを忘れたことのない甘ったるい人間だった。私は結局地獄というものに戦慄（せんりつ）したためしはなく、馬鹿のようにたわいもなく落付いていられるくせに、神様の国を忘れることが出来ないという人間だ。私は必ず、今に何かにひどい目にヤッツケられて、叩（たた）きのめされて、甘ったるいウヌボレのグウの音も出なくなるまで、そしてほんとに足すべらして真逆様（まっさかさま）に落されてしまう時があると考えていた。

私はずるいのだ。悪魔の裏側に神様を忘れず、神様の陰で悪魔と住んでいるのだから。今に、悪魔にも神様にも復讐（ふくしゅう）されると信じていた。けれども、私だって、馬鹿は馬鹿なりに、ここまで何十年か生きてきたのだから、ただは負けない。そのときこそ刀折れ、矢尽きるまで、悪魔と神様を相手に組打ちもするし、蹴（け）とばしもするし、めったやたらに乱戦乱闘してやろうと悲愴（ひそう）な覚悟をかためて、生きつづけてきたのだ。ずいぶん甘ったれているけれども、ともかく、いつか、化（ばけ）の皮がはげて、裸にされ、毛をむしられて、突き落される時を忘れたことだけはなかったのだ。

利巧な人は、それもお前のずるさのせいだと言うだろう。私は悪人です、と言うのは、私は善人です と、言うことよりもずるい。私もそう思う。でも、何とでも言うがいいや。私は、私自身の考えることも一向に信用してはいないのだから。

★

私は然し、ちかごろ妙に安心するようになってきた。うっかりすると、私は悪魔にも神様にも蹴とばされず、裸にされず、毛をむしられず、無事安穏にすむのじゃないかと、変に思いつく時があるようになった。

そういう安心を私に与えるのは、一人の女であった。この女はうぬぼれの強い女で頭が悪くて、貞操の観念がないのである。私はこの女の外のどこも好きではない。ただ肉体が好きなだけだ。

全然貞操の観念が欠けていた。苛々すると自転車に乗って飛びだして、帰りには膝小僧だの腕のあたりから血を流してくることがあった。ガサツな慌て者だから、衝突したり、ひっくり返ったりするのである。そのことは血を見れば分るけれども、然し、血の流れぬようなイタズラを誰とどこでしてきたかは、私には分らない。分らぬけれども、想像はできるし、又、事実なのだ。

この女は昔は女郎であった。それから酒場のマダムとなって、やがて私と生活するようになったが、私自身も貞操の念は稀薄なので、始から、一定の期間だけの遊びのつもりであった。この女は娼婦の生活のために、不感症であった。肉体の感動というものが、ないのである。

肉体の感動を知らない女が、肉体的に遊ばずにいられぬというのが、私には分らなかった。精神的に遊ばずにいられぬというなら、話は大いに分る。ところが、この女ときては、てんで精神的な恋愛などは考えておらぬので、この女の浮気というのは、不感症の肉体をオモチャにするだけのことなのである。

「どうして君はカラダをオモチャにするのだろうね」

「女郎だったせいよ」

女はさすがに暗然としてそう言った。しばらくして私の唇をもとめるので、女の頬にふれると、泣い

ている のだ。私は女の涙などはうるさいばかりで一向に感動しないたちであるから、

「だって、君、変じゃないか、不感症のくせに……」

私が言いかけると、女は私の言葉を奪うように激しく私にかじりついて、

「苦しめないでよ。ねえ、許してちょうだい。私の過去が悪いのよ」

女は狂気のように私の唇をもとめ、私の愛撫をもとめた。女は嗚咽し、すがりつき、身をもだえたが、然し、それは激情の亢奮だけで、肉体の真実の喜びは、そのときも、なかったのである。

私の冷めたい心が、女の虚しい激情を冷然と見すくめていた。すると女が突然目を見開いた。その目は憎しみにみちていた。火のような憎しみだった。

★

私は然し、この女の不具な肉体が変に好きになってきた。

真実というものから見捨てられた肉体は、なまじい真実なものよりも、冷めたい愛情を反映することができるような、幻想的な執着を持ちだしたのである。私は女の肉体をだきしめているのでなしに、女の肉体の形をした水をだきしめているような気持になることがあった。

「私なんか、どうせ変チクリンな出来損いよ。私の一生なんか、どうにでも、勝手になるがいいや」

女は遊びのあとには、特別自嘲的になることが多かった。

女のからだは、美しいからだであった。腕も脚も、胸も腰も、痩せているようで肉づきの豊かな、そ

して肉づきの水々しくやわらかな、見あきない美しさがこもっていた。私の愛しているのは、ただその肉体だけだということを女は知っていた。

女は時々私の愛撫をうるさがったが、私はそんなことは顧慮しなかった。私は女の腕や脚をオモチャにしてその美しさをボンヤリ眺めていることが多かった。女もボンヤリしていたり、笑いだしたり、怒ったり憎んだりした。

「怒ることと憎むことをやめてくれないか。ボンヤリしていられないのか」

「だって、うるさいのだもの」

「そうかな。やっぱり君は人間か」

「じゃア、なによ」

私は女をおだてるとつけあがることを知っていたから黙っていた。山の奥底の森にかこまれた静かな沼のような、私はそんななつかしい気がすることがあった。ただ冷めたい、美しい、虚しいものを抱きしめていることは、肉慾の不満は別に、せつない悲しさがあるのであった。

女の虚しい肉体は、不満であっても、不思議に、むしろ、清潔を覚えた。私は私のみだらな魂がそれによって静かに許されているような幼いなつかしさを覚えることができた。

ただ私の苦痛は、こんな虚しい清潔な肉体が、どうして、ケダモノのような憑(つ)かれた浮気をせずにいられないのだろうか、ということだけだった。私は女の淫蕩(いんとう)の血を憎んだが、その血すらも、時には清潔に思われてくる時があった。

★

私自身が一人の女に満足できる人間ではなかった。私はむしろ如何(いか)なる物にも満足できない人間であった。私は常にあこがれている人間だ。

私は恋をする人間ではない。私はもはや恋することができないのだ。なぜなら、あらゆる物が「タカの知れたもの」だということを知ってしまったからだった。

ただ私には仇心(あだごころ)があり、タカの知れた何物かと遊ばずにはいられなくなる。その遊びは、私にとっては、常に陳腐で、退屈だった。満足もなく、後悔もなかった。

女も私と同じだろうか、と私は時々考えた。私自身の淫蕩の血と、この女の淫蕩の血と同じものであろうか。私はそのくせ、女の淫蕩の血を時々呪(のろ)った。

女の淫蕩の血が私の血と違うところは、女は自分で狙(ねら)うこともあるけれども、受身のことが多かった。人に親切にされたり、人から物を貰(もら)ったりすると、その返礼にカラダを与えずにいられぬような気持になってしまうのだった。私は、そのたよりなさが不愉快であった。然し私はそういう私自身の考えに就(つい)ても、疑(うたぐ)らずにいられなかった。私は女の不貞を呪っているのか、不貞の根柢(こんてい)がたよりないということを呪っているのだろうか。もしも女がたよりない浮気の仕方をしなくなれば、女の不貞を呪わずにいられるであろうか、と。私は然し女の浮気の根柢がたよりないということで怒る以外に仕方がなかった。なぜなら、私自身が御同様、浮気の虫に憑かれた男であったから。

「死んでちょうだい。一しょに」

私に怒られると、女は言うのが常であった。死ぬ以外に、自分の浮気はどうにもすることができないのだということを本能的に叫んでいる声であった。女は死にたがってはいないのだ。然し、死ぬ以外に浮気はどうにもならないという叫びには、切実な真実があった。この女のからだは嘘のからだ、虚しいむくろであるように、この女の叫びは嘘ッパチでも、嘘自体が真実より真実だということを、私は妙に考えるようになった。

「あなたは嘘つきでないから、いけない人なのよ」

「いや、僕は嘘つきだよ。ただ、本当と嘘とが別々だから、いけないのだ」

「もっと、スレッカラシになりなさいよ」

女は憎しみをこめて私を見つめた。けれども、うなだれた。それから、又、顔を上げて、食いつくような、こわばった顔になった。

「あなたが私の魂を高めてくれなければ誰が高めてくれるの」

「虫のいいことを言うものじゃないよ」

「虫のいいことって、何よ」

「自分のことは、自分でする以外に仕方がないものだ。僕は僕のことだけで、いっぱいだよ。君は君のことだけで、いっぱいになるがいいじゃないか」

「じゃ、あなたは、私の路傍の人なのね」

「誰でも、さ。誰の魂でも、路傍でない魂なんて、あるものか。夫婦は一心同体だなんて、馬鹿も休み休み言うがいいや」

「なによ。私のからだになぜさわるのよ。あっちへ行ってよ」

「いやだ。夫婦とは、こういうものなんだ。魂が別々でも、肉体の遊びだけがあるのだから」

「いや。何をするのよ。もう、いや。絶対に、いや」

「そうは言わせぬ」

「いやだったら」

女は憤然として私の腕の中からとびだした。衣服がさけて、だらしなく、肩が現われていた。女の顔は怒りのために、こめかみに青い筋がビクビクしていた。

「あなたは私のからだを金で買っているのね。わずかばかりの金で、娼婦を買う金の十分の一にも当らない安い金で」

「その通りさ。君にはそれが分るだけ、まだ、ましなんだ」

★

私が肉慾的になればなるほど、女のからだが透明になるような気がした。それは女が肉体の喜びを知らないからだ。私は肉慾に亢奮し、あるときは逆上し、あるときは女を憎み、あるときはこよなく愛した。然し、狂いたつものは私のみで、応ずる答えがなく、私はただ虚しい影を抱いているその孤独さをむしろ愛した。

私は女が物を言わない人形であればいいと考えた。目も見えず、声もきこえず、ただ、私の孤独な肉慾に応ずる無限の影絵であって欲しいと希っていた。

そして私は、私自身の本当の喜びは何だろうかということに就て、ふと、思いつくようになった。私の本当の喜びは、あるときは鳥となって空をとび、あるときは魚となって沼の水底をくぐり、あるときは獣となって野を走ることではないだろうか。

私の本当の喜びは恋をすることではない。肉慾にふけることではない。ただ、恋につかれ、恋にうみ、肉慾につかれて、肉慾をいむことが常に必要なだけだ。

私は、肉慾自体が私の喜びではないことに気付いたことを、喜ぶべきか、悲しむべきか、信ずべきか、疑うべきか、迷った。

鳥となって空をとび、魚となって水をくぐり、獣となって山を走りたいとは、どういう意味だろう? 私は又、ヘタクソな嘘をつきすぎているようで厭でもあったが、私はたぶん、私は孤独というものを、見つめ、狙っているのではないかと考えた。

女の肉体が透明となり、私が孤独の肉慾にむしろ満たされて行くことを、私はそれが自然であると信じるようになっていた。

★

女は料理をつくることが好きであった。自分がうまい物を食べたいせいであった。又、身辺の清潔を好んだ。夏になると、洗面器に水を入れ、それに足をひたして、壁にもたれていることがあった。夜、私がねようとすると、私の額（ひたい）に冷いタオルをのせてくれることがあった。気まぐれだから、毎日の習慣というわけではないので、私はむしろ、その気まぐれが好きだった。

私は常に始めて接するこの女の姿態の美しさに目を打たれていた。たとえば、頬杖（ほおづえ）をつきながらチャブ台をふく姿態だの、洗面器に足をつッこんで壁にもたれている姿態だの、そして又、時には何も見えない暗闇（くらやみ）で突然額に冷いタオルをのせてくれる妙チキリンなその魂の姿態など。

私は私の女への愛着が、そういうものに限定されていることを、あるときは満たされもしたが、あるときは悲しんだ。みたされた心は、いつも、小さい。小さくて、悲しいのだ。

女は果物が好きであった。季節季節の果物を皿にのせて、まるで、常に果物を食べつづけているような感じであった。食欲をそそられる様子でもあったが、妙に貪食（どんしょく）を感じさせないアッサリした食べ方で、この女の淫蕩の在り方を非常に感じさせるのであった。それも私には美しかった。

この女から淫蕩をとりのぞくと、この女は私にとって何物でもなくなるのだということが、だんだん分りかけてきた。この女が美しいのは淫蕩のせいだ。すべて気まぐれな美しさだった。

然し、女は自分の淫蕩を怖れてもいた。それに比べれば、私は私の淫蕩を怖れてはいなかった。ただ、私は、女ほど、実際の淫蕩に耽（ふけ）らなかっただけの事だ。

「私は悪い女ね」

「そう思っているのか」

「よい女になりたいのよ」

「よい女とは、どういう女のことだえ」

女の顔に怒りが走った。そして、泣きそうになった。

「あなたはどう思っているのよ。私が憎いの？　私と別れるつもり？　そして、あたりまえの奥さんを貰いたいのでしょう」

「君自身は、どうなんだ」

「あなたのことを、おっしゃいよ」

「僕は、あたりまえの奥さんを貰いたいとは思っていない。それだけだ」

「うそつき」

私にとって、問題は、別のところにあった。私はただ、この女の肉体に、みれんがあるのだ。それだけだった。

★

私は、どうして女が私から離れないかを知っていた。外の男は私のようにともかく女の浮気を許して平然としていないからだ。又、その上に、私ほど深く、女の肉体を愛する男もなかったからだ。

私は、肉体の快感を知らない女の肉体に秘密の喜びを感じている私の魂が、不具ではないかと疑わねばならなかった。私自身の精神が、女の肉体に相応して、不具であり、畸形であり病気ではないかと思った。

私は然し、歓喜仏のような肉慾の肉慾的な満足の姿に自分の生を托すだけの勇気がない。私は物その物が物その物であるような、動物的な真実の世界を信ずることができないのである。肉慾の上にも、精神と交錯した虚妄の影に絢(いろ)どられていなければ、私はそれを憎まずにいられない。私は最も好色であるから、単純に肉慾的では有り得ないのだ。

　私は女が肉体の満足を知らないということの中に、私自身のふるさとを見出していた。満ち足ることの影だにない虚しさは、私の心をいつも洗ってくれるのだ。私は安んじて、私自身の淫慾に狂うことができた。何物も私の淫慾に答えるものがないからだった。その清潔と孤独さが、女の脚や腕や腰を一そう美しく見せるのだった。

　肉慾すらも孤独でありうることを見出した私は、もうこれからは、幸福を探す必要はなかった。私は甘んじて、不幸を探しもとめればよかった。

　私は昔から、幸福を疑い、その小ささを悲しみながら、あこがれる心をどうすることもできなかった。私はようやく幸福と手を切ることができたような気がしたのである。

　私は始めから不幸や苦しみを探すのだ。もう、幸福などは希わない。幸福などというものは、人の心を真実なぐさめてくれるものではないからである。かりそめにも幸福になろうなどと思ってはいけないので、人の魂は永遠に孤独なのだから。そして私は極めて威勢よく、そういう念仏のようなことを考えはじめた。

　ところが私は、不幸とか苦しみとかが、どんなものだか、その実、知っていないのだ。おまけに、幸福がどんなものだか、それも知らない。どうにでもなれ。私はただ、私の魂が何物によっても満ち足ることがないことを確信したというのだろう。私はつまり、私の魂が満ち足ることを欲しない建前となっただけだ。

そんなことを考えながら、私は然し、犬ころのように女の肉体を慕うのだった。私の心はただ貪慾な鬼であった。いつも、ただ、こう呟いていた。どうして、なにもかも、こう、退屈なんだ。なんて、やりきれない虚しさだろう。

私はあるとき女と温泉へ行った。

海岸へ散歩にでると、その日は物凄い荒れ海だった。女は跣足になり、波のひくまを潜って貝殻をひろっている。女は大胆で、敏活だった。波の呼吸をのみこんで、海を征服しているような奔放な動きであった。私はその新鮮さに目を打たれ、どこかで、時々、思いがけなく現われてくる見知らぬ姿態のあざやかさを貪り眺めていたが、私はふと、大きな、身の丈の何倍もある波が起って、やにわに女の姿が呑みこまれ、消えてしまったのを見た。私はその瞬間、やにわに起った波が海をかくし、空の半分をかくしたような、暗い、大きなうねりを見た。私は思わず、心に叫びをあげた。

それは私の一瞬の幻覚だった。空はもう、はれていた。女はまだ波のひくまをくぐって、駈け廻っている。私は然しその一瞬の幻覚のあまりの美しさに、さめやらぬ思いであった。私は女の姿の消えて無くなることを欲しているのではない。私は私の肉慾に溺れ、女の肉体を愛していたから、女の消えてなくなることを希ったためしはなかった。

私は谷底のような大きな暗緑色のくぼみを深めてわき起り、一瞬にしぶきの奥に女を隠した水のたわむれの大きさに目を打たれた。女の無感動な、ただ柔軟な肉体よりも、もっと無慈悲な、もっと無感動な、もっと柔軟な肉体を見た。海という肉体だった。ひろびろと、なんと壮大なたわむれだろうと私は思った。

私の肉慾も、あの海の暗いうねりにまかれたい。あの波にうたれて、くぐりたいと思った。私は海をだきしめて、私の肉慾がみたされてくれればよいと思った。私は肉慾の小ささが悲しかった。

死と影

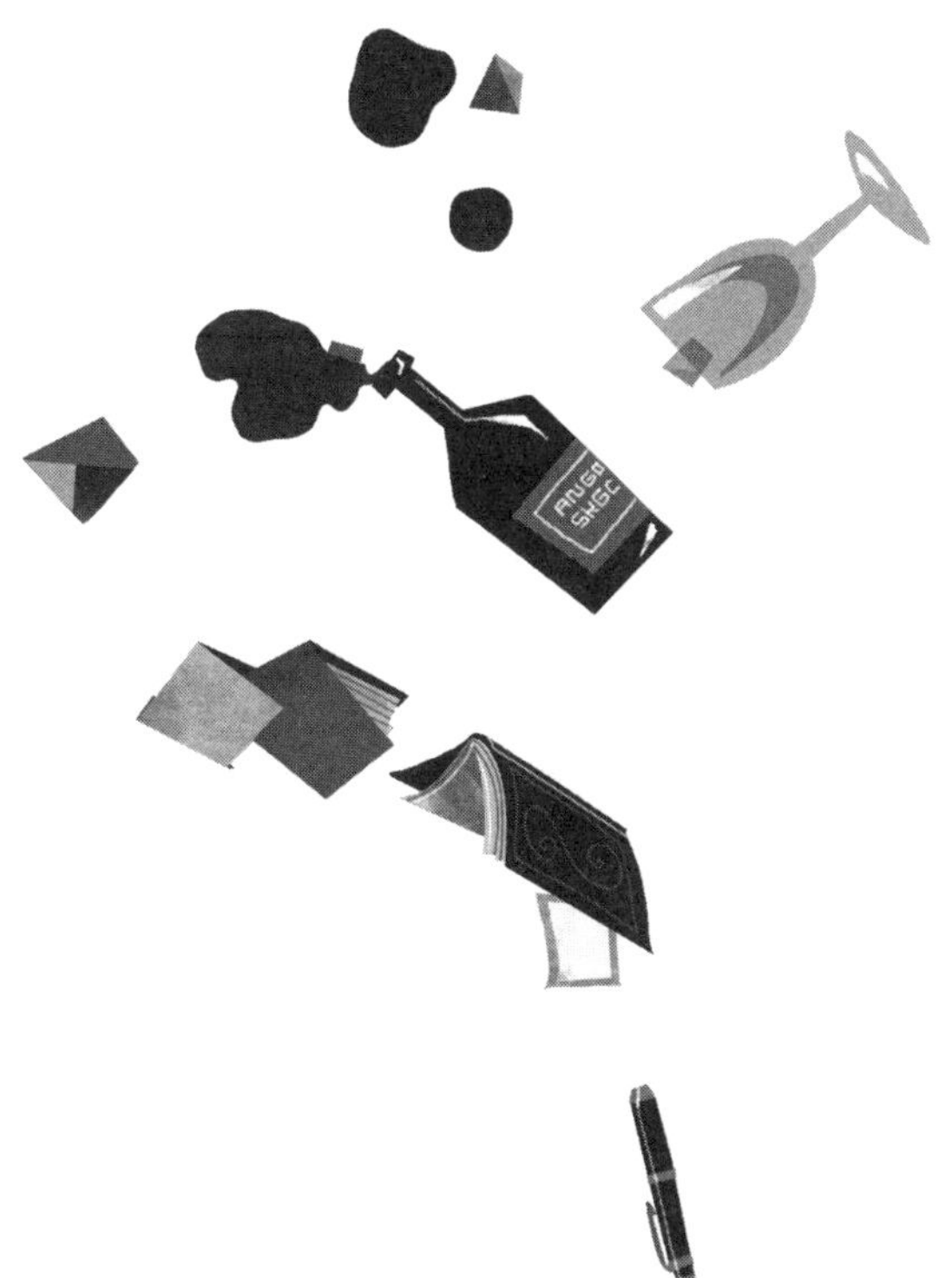

私がそれを意志したわけではなかったのに、私はいつか淪落のただなかに住みついていた。たかが一人の女に、と、苦笑しながら。なぜ、生きているのか、私にも、分らなかった。

私が矢田津世子と別れたことを、遠く離れて、嗅ぎつけた女があった。半年前に別れた「いずこへ」の女が、良人とも正式に別れて、田舎の実家へ戻っていたが、友人や新聞雑誌社へ手を廻して、常に私の動勢を嗅ぎ分けていたのであった。

女は実家から金を持ちだして、私の下宿から遠からぬ神保町に店を買い、喫茶バーをはじめ、友人をローラクして、私をその店へ案内させた。酒につられて私がヨリをもどさずにいられぬことを、見抜いていた。

私は女の愛情の悲しさや、いじらしさを、感じることはできなかった。落ちぶれはてた魂を嗅ぎ分けて煙のように忍びよる妖怪じみた厭らしさに、身ぶるいしたが、まさしく妖怪の見破る通り、酒と肉慾の取引に敗北せざるを得なかった。

私は女の店の酒を平然と飲み倒した。あまたの友人をつれこんで、乱酔した。嵐であった。平和な家を土足で掻きまわしているような苦しさを、つとめて忘れて、私は日ごとに荒れはてた。

私は下宿へ女を一歩も寄せつけなかったが、時々女の店へ泊った。店の二階は一間しかない。女も女給たちも、五六人がそこへゴチャゴチャ入りみだれて眠る。私の泊る部屋も、そこしかなかった。私は平然と、女とたわむれる。女給たちは、ねたフリをしている。白々と明ける部屋に、ふと目がさめると、女給たちの大きな尻があらわに入りみだれている。あの女給たちは、ズロースをぬいで、ねむるのである。彼女らは、あの男、この男と、代りばんこに泊り歩いて、店へ戻ると、ダタイの妙薬と称する液汁をのみ、ゲーゲー吐いているのであった。

　金のある時は、いつも、よそで遊んでいた。その遊び先で、二人の珍妙な友人ができて、彼らは時々私の下宿へ遊びにきた。

　一人は通称「三平」とよぶ銀座の似顔絵描きであった。三平はアルコール中毒で、酒がきれると、ぶるぶるふるえ、いそいでコップ酒をひッかけてくる。時々私と腰をすえて飲みだすと、さのみ私の酔わぬうちに泥酔して、アヤツリ人形が踊るような、両手を盲が歩くように前へつきのばし、ピョンピョンと跳ねるような不思議な千鳥足となり、あげくに吐いて、つぶれてしまう。殆ど食事をとらず、アルコールで生きているようなもので、そのくせ一時に大量は無理のようで、衰弱しきっていたのである。

　三平はバーを廻って酔客の似顔絵をかく。ノミシロを稼ぐと、さッさと、やめる。必要のノミシロ以上は決して仕事をしなかったが、人が困っているのを見ると、一稼ぎして、人にくれてやることは時々あった。夏冬一枚のボロ服だけしかなかったが、私を訪ねてくる時には、失礼だから、と、秋の頃にもユカタをきてくる。このユカタは肩がほころびて、もげそうに垂れ、帯の代りにヒモをまいているのであった。ボロ服の方が、どれだけ、人並みだか分らない。然し三平はそうとは知らず、なんしろ、高級な下宿だからネ、先生のコケンにかかわるといけねえから、このキモノをきてくるんだ、オレは高級はキュークツで、きらいなんだ、と言っていた。

　三平は最低の生活にみち足りていた。彼の姉が、松戸に、女給が二十人ちかくもいる大きなカフェーをやっていて、三平に支配人をやれと頻りにすすめていたが、カフェーは下賤な職業だ、と、ひどく憎んで、ニベもなく断りつづけていたようである。知らない土地の交番では必ず咎められる乞食の風采をして、然し、彼の魂は変テコリンに高かった。

空襲のころ、神保町の古本屋を歩いていると、何年ぶりかで、三平に会った。ボロボロのユカタをきて、尻をハショッて、ワラジをはいていた。それが彼の防空服装であった。戦争中も新橋のコップ酒屋に優先行列していたようだが、酒の乏しさに、疲労している様子であった。これが三平に会った最後で、終戦前後に死んだ由である。

三平は女ギライであった。酔ったあとに、私が女を買いに行こうとすると、女は不潔じゃないですか、とブツブツこぼしながら、諦めて私と別れるのであった。

「先生、旅にでようよ」

三平は、しきりに私を旅に誘った。真剣な眼つきであった。

「一文も、金はいらないよ。オレは、なんべんも、旅にでたんだ。村々の木賃宿に泊るんだ。オレが、役場や、学校や、会社を廻って、似顔絵をかいてくるからネ。東京は、不潔だよ。物質慾、物をもつ根性が、オレはキライなんだ。女をもつのも、金をもつのも、着物をもつのも、オレはキライだ。旅にでると、オレの言うことが、わかるよ。先生は、まだ、とらわれているんだ。オレみたいな、才能のない奴が、何を分ったって、ダメなんだ。先生に分って、そして、書いてもらいたいんだ。旅にでれば、必ず、わかる。人間の、ふるさとがネ、オヤジもオフクロもウソなんだ、そんなケチなもんじゃないんだ、人間には、ふるさとが有るんだ。慾がなくなると、ふるさとが見えるものだ。本当に見える。オレと一しょに旅にでて、木賃宿へとまって、酒をのんで、歩いて、そして、先生にも、きっと見える」

三平の眼は気違いじみて、ギラギラ光ってくるのであった。

「先生、今日は先生にオゴリにきたよ。たまには、三平の酒をのんで下さい。そのつもりで、ゆうべ、よけい稼いだんだ」

私をオゴルよけいな稼ぎは、一円五十銭、一円二十五銭、いつもそれぐらいなハンパな金で、蟇口(がまぐち)のない三平は、それを手に握って私を訪ねてくるのであった。彼のオゴリは、新橋のコップ酒か、本郷の露店であった。

時たま私が彼を小料理屋へつれて行く。どうせ私の行く店だから、最も安直な店であるのに、彼はどうしても店になじめず、

「オレは、高級な店はキライだ。オレは、然し、ただ酒をのめばいい、というんじゃないよ。高級らしいものほど、オレにとっては、みすぼらしい、ということなんだ。高級は不潔だよ。人間らしくないんだ」

話の筋が通るうちはいいけれども、酔っ払うと、こんな店はキライだ、と怒りだして、店のオヤジと喧嘩になって、追いだされてしまう。

私はもとより、三平の云う素朴なふるさとに安住できるものではない。然し、三平と一しょに村々の木賃宿を泊り歩いてみようかと思うことは時々あった。どうしても、それが出来なかったのは、それぐらいのケチな逃げ方をするぐらいなら、死ぬがよい、という声をいつも耳にしていたからだ。

偉そうに、ほざいてみても、だらしがないものだ。私は矢田津世子と別れて以来、自分で意志したわけではなく、いつとはなしに、死の翳(かげ)が身にしみついていることを見出すようになっていた。今日、死んでもよい。明日、死んでもよい。いつでも死ねるのであった。

こうハッキリと身にしみついた死の翳を見るのは、切ないものである。暗いのだ。自殺の虚勢というような威勢のよいところはミジンもなく、なんのことだ、オレはこれだけの人間なんだ、という絶望があるだけであった。

その年の春さきに、牧野信一が、女房の浮気に悩んで、自殺した。たかが女房の浮気に、と、私は彼をあわれみながら、私自身は、惚(ほ)れた女に別れただけで、いつとなく、死の翳が身にしみついているというテイタラクである。たかが一人の女に、と、いくら苦笑してみても、その死の翳が、現に身にさしせまり、ピッタリとしみついているではないか。みじめな小ささ。いかにすべき。わがイノチ。もがいてみても、わからない。

三平のほかに、私の部屋を時々訪れてくる男。これを男と云うべきや。ヤマサンというオヤマであった。

ヤマサンは私の行きつけの新橋の小料理屋の食客であった。左団次の弟子の女形で、当時、二十であった。みずみずしい美少年で、自分では、私は女優です、と名のり、心底から、女のつもりであった。

私はヤマサンに惚れられていた。執念深い惚れ方で、深夜に私のもとへ自動車をのりつけ、私の身辺を放れない。あいにくなことに、私には男色の趣味がない。色若衆といっても、これほどのみずみずしい美少年はまたとあるまじと思われるほどのヤマサンに懸想(けそう)されて、私は困却しきっていた。

私はその晩、たまりかねて、一計を案じ、ヤマサンと共に、深夜に車を走らせて、友人を訪ねた。むごいことをしたものだが、私の方は、ヤマサンの妖怪じみた執念を逃げたいばかりに、必死であった。その友人の友だちに男色の男がいて、近所に住んでいることを、きいていたのだ。この男色先生をよんでもらい、男色先生とヤマサンを置き残して、私と友人は脱けだして、夜明しの飲み屋で酒をのんだ。そこから電話をかけてみると、ヤマサンが電話にしがみついて、助けて下さい、殺されそうです、と悲鳴をあげていた由で、そのことがあってから、ヤマサンも狂恋をつつしみ、大いに慎んで私に接するようになった。

　その後のヤマサンは決して夜間は訪れず、昼、踊りや唄の稽古の帰りに、立寄った。ちょうど私の部屋の下に、知人の美学者が居り、特に日本の古典芸術を専門にしている人であったから、ヤマサンを紹介した。ヤマサンと二人だけで坐っているのが堪えがたかったからである。その後は、ヤマサンは私の部屋に長坐せず、よい折に立って、下の美学者を訪ねて、神妙に古典芸術の講話を拝聴し、又、自分の専門の芸については、美学者の問いに慎しみ深く答えていた。そういうヤマサンは、態度あくまで、凛々(りり)しく、慎しみ深く、なよやかな肩に芸の熱意が溢れて、美しく、立派であった。

　歌舞伎の女形のヤマサンは、常に身だしなみよく、かりそめにも、衣服をくずしたことはない。然し、無慾の点については、三平に似ていた。二人の魂は、無のどん底に坐りついていたのである。それを、まことの淪落とよぶべきであろうか。ヤマサンの場合は、古典芸術できたえあげた教養、環境と、二十という年齢からきた造化の妙があったようだ。

　昨年、私が、折あしく病人をかかえて病院へ泊りこんでおり、外出の不自由なとき、思いがけず、ヤマサンから手紙をもらった。戦争中は自分のようなものにも徴用ということがあって、センバンを握り、手もふしくれて、油にまみれて働いた、国にお務めをした、というような、落ちついて澄んだ心のうかがわれることが、タドタドしい文字で綴(つづ)られており、今、宗十郎門下にいて、青年歌舞伎にでているから、見物してくれ、と書いてあった。行って見たいと思いながら、思うにまかせず、いまだに再会していない。

ヤマサンが、私に掻きくどいた言葉は、

「先生にお仕えしたい」

という、たったそれだけの表現であった。古典芸術の伝統の中で育って、まだ二十のヤマサンは、古典の品位を身につけており、かりそめにも、ミダラではなかった。ただ、うるんだ目で、私を見つめ、悄然（しょうぜん）として、私の側をはなれない。

男色を妖怪じみたものにしか解さぬ私に、その有様は笑止であったが、然し、お仕えしたい、という言葉にこもる己れを虚（むな）しうした心事には、胸を打たれずにいられなかった。

たしかにヤマサンの心事はそれが全部で、わが身を虚うして仕えるほかに、打算も取引の念もなかった。

それも亦（また）、三平の、あのふるさとに似ていた。

私も己れを虚うし、己れの意志に反して、ヤマサンに同化し、この珍妙可憐な妖怪にかしずかれて暮そうか、と考えたこともあったのである。考えざるを得なかったのだ。私には、心棒がなかった。なにも分るものがなかったのだ。

私がそれを敢（あえ）てしなかったのも、そんな逃げ方をするぐらいなら、死ね、死んでしまえ、という声を、耳にしていたからだった。

死んではならぬ、と、考えつづけた。なぜ、死んではならぬか、それが分らぬ。

何をすれば、生きるアカシがあるのだろうか。それも、分らぬ。ともかく、矢田津世子と別れたことが、たかが一人の女によって、それが苦笑のタネであり、バカらしくとも、死の翳を身にしみつけてしまったのだ。

新しく生きるためには、この一人の女を、墓にうずめてしまわねばならぬ。この女の墓碑銘を書かねばならぬ。この女を墓の下へうめない限り、私に新しい生命の訪れる時はないだろう、と思わざるを得なかった。

そして、私は、その墓をつくるための小説を書きはじめた。書くことを得たか。否、否。半年にして筆を投じた。

そして私が、わが身のまわりに見たものは、更により深くしみついている死の翳であった。私自身が、影だけであった。そのとき、私は、京都にいた。独りであった。孤影。私は、私自身に、そういう名前をつけていたのだ。

矢田津世子が、本当に死ぬまで、私はついに、私自身の力では、ダメであった。あさはかな者よ。哀れ、みじめな者よ。

不良少年とキリスト

もう十日、歯がいたい。右頬に氷をのせ、ズルフォン剤をのんで、ねている。ねていたくないのだが、氷をのせると、ねる以外に仕方がない。ねて本を読む。太宰の本をあらかた読みかえした。

ズルフォン剤を三箱カラにしたが、痛みがとまらない。是非なく、医者へ行った。一向にハカバカしく行かない。

「ハア、たいへん、よろしい。私の申上げることも、ズルフォン剤をのんで、氷嚢(ひょうのう)をあてる、それだけです。それが何より、よろしい」

こっちは、それだけでは、よろしくないのである。

「今に、治るだろうと思います」

この若い医者は、完璧な言葉を用いる。今に、治るだろうと思います、か。医学は主観的認識の問題であるか、薬物の客観的効果の問題であるか。ともかく、こっちは、歯が痛いのだよ。

原子バクダンで百万人一瞬にたたきつぶしたって、たった一人の歯の痛みがとまらなきゃ、なにが文明だい。バカヤロー。

女房がズルフォン剤のガラスビンを縦に立てようとして、ガチャリと倒す。音響が、とびあがるほど、ひびくのである。

「コラ、バカ者！」

「このガラスビンは立てることができるのよ」

先方は、曲芸をたのしんでいるのである。

「オマエサンは、バカだから、キライだよ」

女房の血相が変る。怒り、骨髄に徹したのである。こっちは痛み骨髄に徹している。

グサリと短刀を頬へつきさす。エイとえぐる。気持、よきにあらずや。ノドにグリグリができている。

そこが、うずく。耳が痛い。頭のシンも、電気のようにヒリヒリする。

クビをくくれ。悪魔を亡ぼせ。退治せよ。すすめ。まけるな。戦え。

かの三文文士は、歯痛によって、ついに、クビをくくって死せり。決死の血相、ものすごし。闘志十分なりき。偉大。

ほめて、くれねえだろうな。誰も。

歯が痛い、などということは、目下、歯が痛い人間以外は誰も同感してくれないのである。人間ボートク！　と怒ったって、歯痛に対する不同感が人間ボートクかね。然らば、歯痛ボートク。いいじゃないですか。歯痛ぐらい。やれやれ。歯は、そんなものでしたか。新発見。

たった一人、銀座出版の升金編輯局長という珍妙な人物が、同情をよせてくれた。

「ウム、安吾さんよ。まさしく、歯は痛いもんじゃよ。歯の病気と生殖器の病気は、同類項の陰鬱じゃ」

うまいことを言う。まったく、陰にこもっている。してみれば、借金も同類項だろう。借金は陰鬱なる病気也。不治の病い也。これを退治せんとするも、人力の及ぶべからず。ああ、悲し、悲し。

歯痛をこらえて、ニッコリ、笑う。ちっとも、偉くねえや。このバカヤロー。

ああ、歯痛に泣く。蹴とばすぞ。このバカ者。

歯は、何本あるか。これが、問題なんだ。人によって、歯の数が違うものだと思っていたら、そうじゃ、ないんだってね。変なところまで、似せやがるよ。そうまで、しなくったって、いいじゃないか。だからオレは、神様が、きらいなんだ。なんだって、歯の数まで、同じにしやがるんだろう。気違いめ。まったくさ。そういうキチョウメンなヤリカタは、気違いのものなんだ。もっと、素直に、なりやがれ。歯痛をこらえて、ニッコリ、笑う。ニッコリ笑って、人を斬る。黙って坐れば、ピタリと、治る。オタスケじいさんだ。なるほど、信者が集る筈だ。

余は、歯痛によって、十日間、カンシャクを起せり。女房は親切なりき。枕頭に侍り、カナダライに氷をいれ、タオルをしぼり、五分間おきに余のホッペタにのせかえてくれたり。怒り骨髄に徹すれど、色にも見せず、貞淑、女大学なりき。

十日目。

「治った？」

「ウム。いくらか、治った」

女という動物が、何を考えているか、これは利口な人間には、わからんよ。女房、とたんに血相変り、

「十日間、私を、いじめたな」

余はブンナグラレ、蹴とばされたり。

ああ、余の死するや、女房とたんに血相変り、一生涯、私を、いじめたな、と余のナキガラをナグリ、クビをしめるべし。とたんに、余、生きかえれば、面白し。

檀一雄、来る。ふところより高価なるタバコをとりだし、貧乏するとゼイタクになる、タンマリお金があると、二十円の手巻きを買う、と呟きつつ、余に一個くれたり。

「太宰が死にましたね。死んだから、葬式に行かなかった」

死なない葬式が、あるもんか。

檀は太宰と一緒に共産党の細胞とやらいう生物活動をしたことがあるのだ。そのとき太宰は、生物の親分格で、檀一雄の話によると一団中で最もマジメな党員だったそうである。

「とびこんだ場所が自分のウチの近所だから、今度はほんとに死んだと思った」

檀仙人は神示をたれて、又、曰(いわ)く、

「またイタズラしましたね。なにかしらイタズラするです。死んだ日が十三日、グッドバイが十三回目、なんとか、なんとかが、十三……」

檀仙人は十三をズラリと並べた。てんで気がついていなかったから、私は呆気(あっけ)にとられた。仙人の眼力である。

太宰の死は、誰より早く、私が知った。まだ新聞へでないうちに、新潮の記者が知らせに来たのである。それをきくと、私はただちに置手紙を残して行方をくらました。新聞、雑誌が太宰のことで襲撃すると直覚に及んだからで、太宰のことは当分語りたくないから、と来訪の記者諸氏に宛て、書き残して、家をでたのである。これがマチガイの元であった。

新聞記者は私の置手紙の日附が新聞記事よりも早いので、怪しんだのだ。太宰の自殺が狂言で、私が二人をかくまっていると思ったのである。

私も、はじめ、生きているのじゃないか、と思った。然し、川っぷちに、ズリ落ちた跡がハッキリしていたときいたので、それでは本当に死んだと思った。ズリ落ちた跡までイタズラはできない。新聞記者は拙者に弟子入りして探偵小説を勉強しろ。

新聞記者のカンチガイが本当であったら、大いに、よかった。一年間ぐらい太宰を隠しておいて、ヒョイと生きかえらせたら、新聞記者や世の良識ある人々はカンカンと怒るか知れないが、たまにはそんなことが有っても、いいではないか。本当の自殺よりも、狂言自殺をたくらむだけのイタズラができたら、太宰の文学はもっと傑(すぐ)れたものになったろうと私は思っている。

★

ブランデン氏は、日本の文学者どもと違って眼識ある人である。太宰の死にふれて（時事新報）文学者がメランコリイだけで死ぬのは例が少い、だいたい虚弱から追いつめられるもので、太宰の場合も肺病が一因ではないか、という説であった。

芥川も、そうだ。中国で感染した梅毒が、貴族趣味のこの人をふるえあがらせたことが思いやられる。芥川や太宰の苦悩に、もはや梅毒や肺病からの圧迫が慢性となって、無自覚になっていたとしても、自殺へのコースをひらいた圧力の大きなものが、彼らの虚弱であったことは本当だと私は思う。

太宰は、M・C、マイ・コメジアン、を自称しながら、どうしても、コメジアンになりきることが、できなかった。

晩年のものでは、――どうも、いけない。彼は「晩年」という小説を書いてるもんで、こんぐらかって、いけないよ。その死に近きころの作品に於ては（舌がまわらんネ）「斜陽」が最もすぐれている。然し十年前の「魚服記」（これぞ晩年の中にあり）は、すばらしいじゃないか。これぞ、M・Cの作品です。

「斜陽」も、ほぼ、M・Cだけれども、どうしてもM・Cになりきれなかったんだね。「父」だの「桜桃」だの、苦しいよ。あれを人に見せちゃア、いけないんだ。あれはフツカヨイの中にだけあり、フツカヨイの中で処理してしまわなければいけない性質のものだ。

フツカヨイの、もしくは、フツカヨイ的の、自責や追懐の苦しさ、切なさを、文学の問題にしてもいけないし、人生の問題にしてもいけない。

死に近きころの太宰は、フツカヨイ的でありすぎた。毎日がいくらフツカヨイであるにしても、文学がフツカヨイじゃ、いけない。舞台にあがったM・Cにフツカヨイは許されないのだよ。覚醒剤をのみすぎ、心臓がバクハツしても、舞台の上のフツカヨイはくいとめなければいけない。

芥川は、ともかく、舞台の上で死んだ。死ぬ時も、ちょッと、役者だった。太宰は、十三の数をひねくったり、人間失格、グッドバイと時間をかけて筋をたて、筋書き通りにやりながら、結局、舞台の上ではなく、フツカヨイ的に死んでしまった。

フツカヨイをとり去れば、太宰は健全にして整然たる常識人、つまり、マットウの人間であった。小林秀雄が、そうである。太宰は小林の常識性を笑っていたが、それはマチガイである。真に正しく整然たる常識人でなければ、まことの文学は、書ける筈がない。

今年の一月何日だか、織田作之助の一周忌に酒をのんだとき、織田夫人が二時間ほど、おくれて来た。その時までに一座は大いに酔っ払っていたが、誰かが織田の何人かの隠していた女の話をはじめたので、

「そういう話は今のうちにやってしまえ。織田夫人がきたら、やるんじゃないよ」

と私が言うと、

「そうだ、そうだ、ほんとうだ」

と、間髪を入れず、大声でアイヅチを打ったのが太宰であった。先輩を訪問するに袴（はかま）をはき、太宰は、そういう男である。健全にして、整然たる、本当の人間であった。

然し、M・Cになれず、どうしてもフツカヨイ的になりがちであった。

人間、生きながらえば恥多し。然し、文学のM・Cには、人間の恥はあるが、フツカヨイの恥はない。

「斜陽」には、変な敬語が多すぎる。お弁当をお座敷にひろげて御持参のウイスキーをお飲みになり、といったグアイに、そうかと思うと、和田叔父が汽車にのると上キゲンに謡をうなる、というように、いかにも貴族の月並な紋切型で、作者というものは、こんなところに文学のまことの問題はないのだから平気な筈なのに、実に、フツカヨイ的に最も赤面するのが、こういうところなのである。

まったく、こんな赤面は無意味で、文学にとって、とるにも足らぬことだ。

ところが、志賀直哉という人物が、これを採りあげて、やッつける。つまり、志賀直哉なる人物が、いかに文学者でないか、単なる文章家にすぎん、ということが、これによって明かなのであるが、ところが、これが又、フツカヨイ的には最も急所をついたもので、太宰を赤面混乱させ、逆上させたに相違ない。

元々太宰は調子にのると、フツカヨイ的にすべってしまう男で、彼自身が、志賀直哉の「お殺し」という敬語が、体をなさんと云って、やッつける。

いったいに、こういうところには、太宰の一番かくしたい秘密があった、と私は思う。

彼の小説には、初期のものから始めて、自分が良家の出であることが、書かれすぎている。そのくせ、彼は、亀井勝一郎が何かの中で自ら名門の子弟を名乗ったら、ゲッ、名門、笑わせるな、名門なんて、イヤな言葉、そう言ったが、なぜ、名門がおかしいのか、つまり太宰が、それにコダワッているのだ。名門のおかしさが、すぐ響くのだ。志賀直哉のお殺しも、それが彼にひびく意味があったのだろう。

フロイドに「誤謬の訂正」ということがある。我々が、つい言葉を言いまちがえたりすると、それを訂正する意味で、無意識のうちに類似のマチガイをやって、合理化しようとするものだ。

フツカヨイ的な衰弱的な心理には、特にこれがひどくなり、赤面逆上的混乱苦痛とともに、誤謬の訂正的発狂状態が起るものである。

太宰は、これを、文学の上でやった。

思うに太宰は、その若い時から、家出をして女の世話になった時などに、良家の子弟、時には、華族の子弟ぐらいのところを、気取っていたこともあったのだろう。その手で、飲み屋をだまして、借金を重ねたことも、あったかも知れぬ。

フツカヨイ的に衰弱した心には、遠い一生のそれらの恥の数々が赤面逆上的に彼を苦しめていたに相違ない。そして彼は、その小説で、誤謬の訂正をやらかした。フロイドの誤謬の訂正とは、誤謬を素直に訂正することではなくて、もう一度、類似の誤謬を犯すことによって、訂正のツジツマを合せようとする意味である。

けだし、率直な誤謬の訂正、つまり善なる建設への積極的な努力を、太宰はやらなかった。

彼は、やりたかったのだ。そのアコガレや、良識は、彼の言動にあふれていた。然し、やれなかった。そこには、たしかに、虚弱の影響もある。然し、虚弱に責を負わせるのは正理ではない。たしかに、彼が、安易であったせいである。

M・Cになるには、フツカヨイを殺してかかる努力がいるが、フツカヨイの嘆きに溺れてしまうには、努力が少くてすむのだ。然し、なぜ、安易であったか、やっぱり、虚弱に帰するべきであるかも知れぬ。

むかし、太宰がニヤリと笑って田中英光に教訓をたれた。ファン・レターには、うるさがらずに、返事をかけよ、オトクイサマだからな。文学者も商人だよ。田中英光はこの教訓にしたがって、せっせと返事を書くそうだが、太宰がせッせと返事を書いたか、あんまり書きもしなかろう。

しかし、ともかく、太宰が相当ファンにサービスしていることは事実で、去年私のところへ金沢だかどこかの本屋のオヤジが、画帖（だか、どうだか、中をあけてみなかったが、相当厚みのあるものであった）を送ってよこして、一筆かいてくれという。包みをあけずに、ほッたらかしておいたら、時々サイソクがきて、そのうち、あれは非常に高価な紙をムリして買ったもので、もう何々さん、何々さん、何々さん、太宰さんも書いてくれた、余は汝坂口先生の人格を信用している、というような変なことが書いてあった。虫の居どころの悪い時で、私も腹を立て、変なインネンをつけるな、バカ者め、と、包みをそっくり送り返したら、このキチガイめ、と怒った返事がきたことがあった。その時のハガキによると、太宰は絵をかいて、それに書を加えてやったようである。相当のサービスと申すべきであろう。これも、彼の虚弱から来ていることだろうと私は思っている。

いったいに、女優男優はとにかく、文学者とファン、ということは、日本にも、外国にも、あんまり話題にならない。だいたい、現世的な俳優という仕事と違って、文学は歴史性のある仕事であるから、文学者の関心は、現世的なものとは交りが浅くなるのが当然で、ヴァレリイはじめ崇拝者にとりまかれていたというマラルメにしても、木曜会の漱石にしても、ファンというより門弟で、一応才能の資格が前提されたツナガリであったろう。

太宰の場合は、そうではなく、映画ファンと同じようで、こういうところは、芥川にも似たところがある。私はこれを彼らの肉体の虚弱からきたものと見るのである。

彼らの文学は本来孤独の文学で、現世的、ファン的なものとツナガルところはない筈であるのに、つまり、彼らは、舞台の上のM・Cになりきる強靭さが欠けていて、その弱さを現世的におぎなうようになったのだろうと私は思う。

結局は、それが、彼らを、死に追いやった。彼らが現世を突ッぱねていれば、彼らは、自殺はしなかった。自殺したかも、知れぬ。然し、ともかく、もっと強靭なM・Cとなり、さらに傑れた作品を書いたであろう。

芥川にしても、太宰にしても、彼らの小説は、心理通、人間通の作品で、思想性は殆どない。

虚無というものは、思想ではないのである。人間そのものに附属した生理的な精神内容で、思想というものは、もっとバカな、オッチョコチョイなものだ。キリストは、思想でなく、人間そのものである。

人間性（虚無は人間性の附属品だ）は永遠不変のものであり、人間一般のものであるが、個人というものは、五十年しか生きられない人間で、その点で、唯一の特別な人間であり、人間一般と違う。思想とは、この個人に属するもので、だから、生き、又、亡びるものである。だから、元来、オッチョコチョイなのである。

思想とは、個人が、ともかく、自分の一生を大切に、より良く生きようとして、工夫をこらし、必死にあみだした策であるが、それだから、又、人間、死んでしまえば、それまでさ、アクセクするな、と言ってしまえば、それまでだ。

太宰は悟りすまして、そう云いきることも出来なかった。そのくせ、よりよく生きる工夫をほどこし、青くさい思想を怖れず、バカになることは、尚、できなかった。然し、そう悟りすまして、冷然、人生を白眼視しても、ちッとも救われもせず、偉くもない。それを太宰は、イヤというほど、知っていた筈だ。

太宰のこういう「救われざる悲しさ」は、太宰ファンなどというものには分らない。太宰ファンは、太宰が冷然、白眼視、青くさい思想や人間どもの悪アガキを冷笑して、フツカヨイ的な自虐作用を見せるたびに、カッサイしていたのである。

太宰はフツカヨイ的では、ありたくないと思い、もっともそれを呪っていた筈だ。どんなに青くさくても構わない、幼稚でもいい、よりよく生きるために、世間的な善行でもなんでも、必死に工夫して、よい人間になりたかった筈だ。

それをさせなかったものは、もろもろの彼の虚弱だ。そして彼は現世のファンに迎合し、歴史の中のM・Cにならずに、ファンだけのためのM・Cになった。

「人間失格」「グッドバイ」「十三」なんて、いやらしい、ゲッ。他人がそれをやれば、太宰は必ず、そう言う筈ではないか。

太宰が死にそこなって、生きかえったら、いずれはフツカヨイ的に赤面逆上、大混乱、苦悶のアゲク、「人間失格」「グッドバイ」自殺、イヤらしい、ゲッ、そういうものを書いたにきまっている。

太宰は、時々、ホンモノのＭ・Ｃになり、光りかがやくような作品をかいている。

「魚服記」、「斜陽」、その他、昔のものにも、いくつとなくあるが、近年のものでも、「男女同権」とか、「親友交驩」のような軽いものでも、立派なものだ。堂々、見あげたＭ・Ｃであり、歴史の中のＭ・Ｃぶりである。

けれども、それが持続ができず、どうしてもフツカヨイのＭ・Ｃになってしまう。そこから持ち直して、ホンモノのＭ・Ｃに、もどる。又、フツカヨイのＭ・Ｃにもどる。それを繰りかえしていたようだ。然し、そのたびに、語り方が巧くなり、よい語り手になっている。文学の内容は変っていない。それは彼が人間通の文学で、人間性の原本的な問題のみ取り扱っているから、思想的な生成変化が見られないのである。

今度も、自殺をせず、立ち直って、歴史の中のＭ・Ｃになりかえったなら、彼は更に巧みな語り手となって、美しい物語をサービスした筈であった。

だいたいに、フツカヨイ的自虐作用は、わかり易いものだから、深刻ずきな青年のカッサイを博すのは当然であるが、太宰ほどの高い孤独な魂が、フツカヨイのＭ・Ｃにひきずられがちであったのは、虚弱の致すところ、又、ひとつ、酒の致すところであったと私は思う。

ブランデン氏は虚弱を見破ったが、私は、もう一つ、酒、この極めて通俗な魔物をつけ加える。太宰の晩年はフツカヨイ的であったが、又、実際に、フツカヨイという通俗きわまるものが、彼の高い孤独な魂をむしばんでいたのだろうと思う。

酒は殆ど中毒を起さない。先日、さる精神病医の話によると、特に日本には真性アル中というものは殆どない由である。

けれども、酒を麻薬に非ず、料理の一種と思ったら、大マチガイですよ。

酒は、うまいもんじゃないです。僕はどんなウイスキーでもコニャックでも、イキを殺して、ようやく呑み下しているのだ。酔っ払うために、のんでいるです。酔うと、ねむれます。これも効用のひとつ。然し、酒をのむと、否、酔っ払うと、忘れます。いや、別の人間に誕生します。もしも、自分というものが、忘れる必要がなかったら、何も、こんなものを、私はのみたくない。

自分を忘れたい、ウソつけ。忘れたきゃ、年中、酒をのんで、酔い通せ。これをデカダンと称す。屁理窟を云ってはならぬ。

私は生きているのだぜ。さっきも言う通り、人生五十年、タカが知れてらア、そう言うのが、あんまり易しいから、そう言いたくないと言ってるじゃないか。幼稚でも、青くさくても、泥くさくても、なんとか生きているアカシを立てようと心がけているのだ。年中酔い通すぐらいなら、死んでらい。

一時的に自分を忘れられるということは、これは魅力あることですよ。たしかに、これは、現実的に偉大なる魔術です。むかしは、金五十銭、ギザギザ一枚にぎると、新橋の駅前で、コップ酒五杯のんで、魔術がつかえた。ちかごろは、魔法をつかうのは、容易なことじゃ、ないですよ。太宰は、魔法つかいに失格せずに、人間に失格したです。と、思いこみ遊ばしたです。

もとより、太宰は、人間に失格しては、いない。フツカヨイに赤面逆上するだけでも、赤面逆上しないヤツバラよりも、どれぐらい、マットウに、人間的であったか知れぬ。

小説が書けなくなったわけでもない。ちょッと、一時的に、M・Cになりきる力が衰えただけのことだ。

太宰は、たしかに、ある種の人々にとっては、つきあいにくい人間であったろう。

たとえば、太宰は私に向って、文学界の同人についなっちゃったが、あれ、どうしたら、いいかね、と云うから、いいじゃないか、そんなこと、ほッたらかしておくがいいさ。アア、そうだ、そうだ、とよろこぶ。

そのあとで、人に向って、坂口安吾にこうわざとショゲて見せたら、案の定、大先輩ぶって、ポンと胸をたたかんばかりに、いいじゃないか、ほッたらかしとけ、だってさ、などと面白おかしく言いかねない男なのである。

多くの旧友は、太宰のこの式の手に、太宰をイヤがって離れたりしたが、むろんこの手で友人たちは傷つけられたに相違ないが、実際は、太宰自身が、わが手によって、内々さらに傷つき、赤面逆上した筈である。

もとより、これらは、彼自身がその作中にも言っている通り、現に眼前の人へのサービスに、ふと、言ってしまうだけのことだ。それぐらいのことは、同様に作家たる友人連、知らない筈はないが、そうと知っても不快と思う人々は彼から離れたわけだろう。

然し、太宰の内々の赤面逆上、自卑、その苦痛は、ひどかった筈だ。その点、彼は信頼に足る誠実漢であり、健全な、人間であったのだ。

だから、太宰は、座談では、ふと、このサービスをやらかして、内々赤面逆上に及ぶわけだが、それを文章に書いてはおらぬ。ところが、太宰の弟子の田中英光となると、座談も文学も区別なしに、これをやらかしており、そのあとで、内々どころか、大ッピラに、赤面混乱逆上などと書きとばして、それで当人救われた気持だから、助からない。

太宰は、そうではなかった。もっと、本当に、つつましく、敬虔で、誠実であったのである。それだけ、内々の赤面逆上は、ひどかった筈だ。

そういう自卑に人一倍苦しむ太宰に、酒の魔法は必需品であったのが当然だ。然し、酒の魔術には、フツカヨイという香しからぬ附属品があるから、こまる。火に油だ。

料理用の酒には、フツカヨイはないのであるが、魔術用の酒には、これがある。精神の衰弱期に、魔術を用いると、淫しがちであり、ええ、ままよ、死んでもいいやと思いがちで、最も強烈な自覚症状としては、もう仕事もできなくなった、文学もイヤになった、これが、自分の本音のように思われる。実際は、フツカヨイの幻想で、そして、病的な幻想以外に、もう仕事ができない、という絶体絶命の場は、実在致してはおらぬ。

太宰のような人間通、色々知りぬいた人間でも、こんな俗なことを思いあやまる。ムリはないよ。酒は、魔術なのだから。俗でも、浅薄でも、敵が魔術だから、知っていても、人智は及ばぬ。ローレライです。

太宰は、悲し。ローレライに、してやられました。

情死だなんて、大ウソだよ。魔術使いは、酒の中で、女にほれるばかり。酒の中にいるのは、当人でなくて、別の人間だ。別の人間が惚れたって、当人は、知らないよ。

第一、ほんとに惚れて、死ぬなんて、ナンセンスさ。惚れたら、生きることです。

太宰の遺書は、体をなしていない。メチャメチャに酔っ払っていたようだ。十三日に死ぬことは、あるいは、内々考えていたかも知れぬ。ともかく、人間失格、グッドバイ、それで自殺、まア、それとなく筋は立てておいたのだろう。内々筋は立ててあっても、必ず死なねばならぬ筈でもない。必ず死なねばならぬ、そのような絶体絶命の思想とか、絶体絶命の場というものが、実在するものではないのである。

彼のフツカヨイ的衰弱が、内々の筋を、次第にノッピキならないものにしたのだろう。

然し、スタコラサッちゃんが、イヤだと云えば、実現はする筈がない。太宰がメチャメチャ酔って、言いだして、サッちゃんが、それを決定的にしたのであろう。

サッちゃんも、大酒飲みの由であるが、その遺書は、尊敬する先生のお伴をさせていただくのは身にあまる幸福です、というような整ったもので、一向に酔った跡はない。然し、太宰の遺書は、書体も文章も体をなしておらず、途方もない御酩酊（ごめいてい）に相違なく、これが自殺でなければ、アレ、ゆうべは、あんなことをやったか、と、フツカヨイの赤面逆上があるところだが、自殺とあっては、翌朝、目がさめないから、ダメである。

太宰の遺書は、体をなしていなすぎる。太宰の死にちかいころの文章が、フツカヨイ的であっても、ともかく、現世を相手のM・Cであったことは、たしかだ。もっとも、「如是我聞」の最終回（四回目か）は、ひどい。ここにも、M・Cは、殆どいない。あるものは、グチである。こういうものを書くことによって、彼の内々の赤面逆上は益々ひどくなり、彼の精神は消耗して、ひとり、生きぐるしく、切なかったであろうと思う。然し、彼がM・Cでなくなるほど、身近かの者からカッサイが起り、その愚かさを知りながら、ウンザリしつつ、カッサイの人々をめあてに、それに合わせて行ったらしい。その点では、彼は最後まで、M・Cではあった。彼をとりまく最もせまいサークルを相手に。

彼の遺書には、そのせまいサークル相手のM・Cすらもない。

子供が凡人でもカンベンしてやってくれ、という。奥さんには、あなたがキライで死ぬんじゃありません、とある。井伏さんは悪人です、とある。

そこにあるものは、泥酔の騒々しさばかりで、まったく、M・Cは、おらぬ。

だが、子供が凡人でも、カンベンしてやってくれ、とは、切ない。凡人でない子供が、彼はどんなに欲しかったろうか。凡人でも、わが子が、哀れなのだ。それで、いいではないか。太宰は、そういう、あたりまえの人間だ。彼の小説は、彼がまッとうな人間、小さな善良な健全な整った人間であることを承知して、読まねばならないものである。

然し、子供をただ憐れんでくれ、とは言わずに、特に凡人だから、と言っているところに、太宰の一生をつらぬく切なさの鍵もあったろう。つまり、彼は、非凡に憑かれた類の少い見栄坊でもあった。その見栄坊自体、通俗で常識的なものであるが、志賀直哉に対する「如是我聞」のグチの中でも、このことはバクロしている。

宮様が、身につまされて愛読した、それだけでいいではないか、と太宰は志賀直哉にくッてかかっているのであるが、日頃のＭ・Ｃのすぐれた技術を忘れると、彼は通俗そのものである。それでいいのだ。通俗で、常識的でなくて、どうして小説が書けようぞ。太宰が終生、ついに、この一事に気づかず、妙なカッサイに合わせてフツカヨイの自虐作用をやっていたのが、その大成をはばんだのである。

くりかえして言う。通俗、常識そのものでなければ、すぐれた文学は書ける筈がないのだ。太宰は通俗、常識のまッとうな典型的人間でありながら、ついに、その自覚をもつことができなかった。

人間をわりきろうなんて、ムリだ。特別、ひどいのは、子供というヤツだ。ヒョッコリ、生れてきやがる。

不思議に、私には、子供がない。ヒョッコリ生れかけたことが、二度あったが、死んで生れたり、生まれて、とたんに死んだりした。おかげで、私は、いまだに、助かっているのである。

全然無意識のうちに、変テコリンに腹がふくらんだりして、にわかに、その気になったり、親みたいな心になって、そんな風にして、人間が生れ、育つのだから、バカらしい。

人間は、決して、親の子ではない。キリストと同じように、みんな牛小屋か便所の中かなんかに生れているのである。

親がなくとも、子が育つ。ウソです。

親があっても、子が育つんだ。親なんて、バカな奴が、人間づらして、親づらして、腹がふくれて、にわかに慌てて、親らしくなりやがった出来損いが、動物とも人間ともつかない変テコリンな憐れみをかけて、陰にこもって子供を育てやがる。親がなきゃ、子供は、もっと、立派に育つよ。

太宰という男は、親兄弟、家庭というものに、いためつけられた妙チキリンな不良少年であった。生れが、どうだ、と、つまらんことばかり、云ってやがる。強迫観念である。そのアゲク、奴は、本当に、華族の子供、天皇の子供かなんかであればいい、と内々思って、そういうクダラン夢想が、奴の内々の人生であった。

太宰は親とか兄とか、先輩、長老というと、もう頭が上らんのである。だから、それをヤッツケなければならぬ。口惜しいのである。然し、ふるいついて泣きたいぐらい、愛情をもっているのである。こういうところは、不良少年の典型的な心理であった。

彼は、四十になっても、まだ不良少年で、不良青年にも、不良老年にもなれない男であった。

不良少年は負けたくないのである。なんとかして、偉く見せたい。クビをくくって、死んでも、偉く見せたい。宮様か天皇の子供でありたいように、死んでも、偉く見せたい。四十になっても、太宰の内々の心理は、それだけの不良少年の心理で、そのアサハカなことを本当にやりやがったから、無茶苦茶な奴だ。

文学者の死、そんなもんじゃない。四十になっても、不良少年だった妙テコリンの出来損いが、千々（ちぢ）に乱れて、とうとう、やりやがったのである。

まったく、笑わせる奴だ。先輩を訪れる、先輩と称し、ハオリ袴で、やってきやがる。不良少年の仁義である。礼儀正しい。そして、天皇の子供みたいに、日本一、礼儀正しいツモリでいやがる。

芥川は太宰よりも、もっと大人のような、利口のような顔をして、そして、秀才で、おとなしくて、ウブらしかったが、実際は、同じ不良少年であった。二重人格で、もう一つの人格は、ふところにドスをのんで縁日かなんかぶらつき、小娘を脅迫、口説いていたのである。

文学者、もっと、ひどいのは、哲学者、笑わせるな。哲学。なにが、哲学だい。なんでもありゃしないじゃないか。思索ときやがる。

ヘーゲル、西田幾多郎、なんだい、バカバカしい。六十になっても、人間なんて、不良少年、それだけのことじゃないか。大人ぶるない。冥想ときやがる。

何を冥想していたか。不良少年の冥想と、哲学者の冥想と、どこに違いがあるのか。持って廻っているだけ、大人の方が、バカなテマがかかっているだけじゃないか。

芥川も、太宰も、不良少年の自殺であった。

不良少年の中でも、特別、弱虫、泣き虫小僧であったのである。腕力じゃ、勝てない。理窟でも、勝てない。そこで、何か、ひきあいを出して、その権威によって、自己主張をする。芥川も、太宰も、キリストをひきあいに出した。弱虫の泣き虫小僧の不良少年の手である。

ドストエフスキーとなると、不良少年でも、ガキ大将の腕ッ節があった。奴ぐらいの腕ッ節になると、キリストだの何だのヒキアイに出さぬ。自分がキリストになる。キリストをこしらえやがる。まったく、とうとう、こしらえやがった。アリョーシャという、死の直前に、ようやく、まにあった。そこまでは、シリメツレツであった。不良少年は、シリメツレツだ。

死ぬ、とか、自殺、とか、くだらぬことだ。負けたから、死ぬのである。勝てば、死にはせぬ。死の勝利、そんなバカな論理を信じるのは、オタスケじいさんの虫きりを信じるよりも阿呆らしい。

人間は生きることが、全部である。死ねば、なくなる。名声だの、芸術は長し、バカバカしい。私は、ユーレイはキライだよ。死んでも、生きてるなんて、そんなユーレイはキライだよ。

生きることだけが、大事である、ということ。たったこれだけのことが、わかっていない。本当は、分るとか、分らんという問題じゃない。生きるか、死ぬか、二つしか、ありやせぬ。おまけに、死ぬ方は、ただなくなるだけで、何もないだけのことじゃないか。生きてみせ、やりぬいてみせ、戦いぬいてみなければならぬ。いつでも、死ねる。そんな、つまらんことをやるな。いつでも出来ることなんか、やるもんじゃないよ。

死ぬ時は、ただ無に帰するのみであるという、このツツマシイ人間のまことの義務に忠実でなければならぬ。私は、これを、人間の義務とみるのである。生きているだけが、人間で、あとは、ただ白骨、否、無である。そして、ただ、生きることのみを知ることによって、正義、真実が、生れる。生と死を論ずる宗教だの哲学などに、正義も、真理もありはせぬ。あれは、オモチャだ。

然し、生きていると、疲れるね。かく言う私も、時に、無に帰そうと思う時が、あるですよ。戦いぬく、言うは易く、疲れるね。然し、度胸は、きめている。是が非でも、生きる時間を、生きぬくよ。そして、戦うよ。決して、負けぬ。負けぬとは、戦う、ということです。それ以外に、勝負など、ありやせぬ。戦っていれば、負けないのです。決して、勝てないのです。人間は、決して、勝ちません。ただ、負けないのだ。

勝とうなんて、思っちゃ、いけない。勝てる筈が、ないじゃないか。誰に、何者に、勝つつもりなんだ。

時間というものを、無限と見ては、いけないのである。そんな大ゲサな、子供の夢みたいなことを、本気に考えてはいけない。時間というものは、自分が生れてから、死ぬまでの間です。

大ゲサすぎたのだ。限度。学問とは、限度の発見にあるのだよ。大ゲサなのは、子供の夢想で、学問じゃないのです。

原子バクダンを発見するのは、学問じゃないのです。子供の遊びです。これをコントロールし、適度に利用し、戦争などせず、平和な秩序を考え、そういう限度を発見するのが、学問なんです。

自殺は、学問じゃないよ。子供の遊びです。はじめから、まず、限度を知っていることが、必要なのだ。

私はこの戦争のおかげで、原子バクダンは学問じゃない、子供の遊びは学問じゃない、戦争も学問じゃない、ということを教えられた。大ゲサなものを、買いかぶっていたのだ。

学問は、限度の発見だ。私は、そのために戦う。

桜の森の満開の下

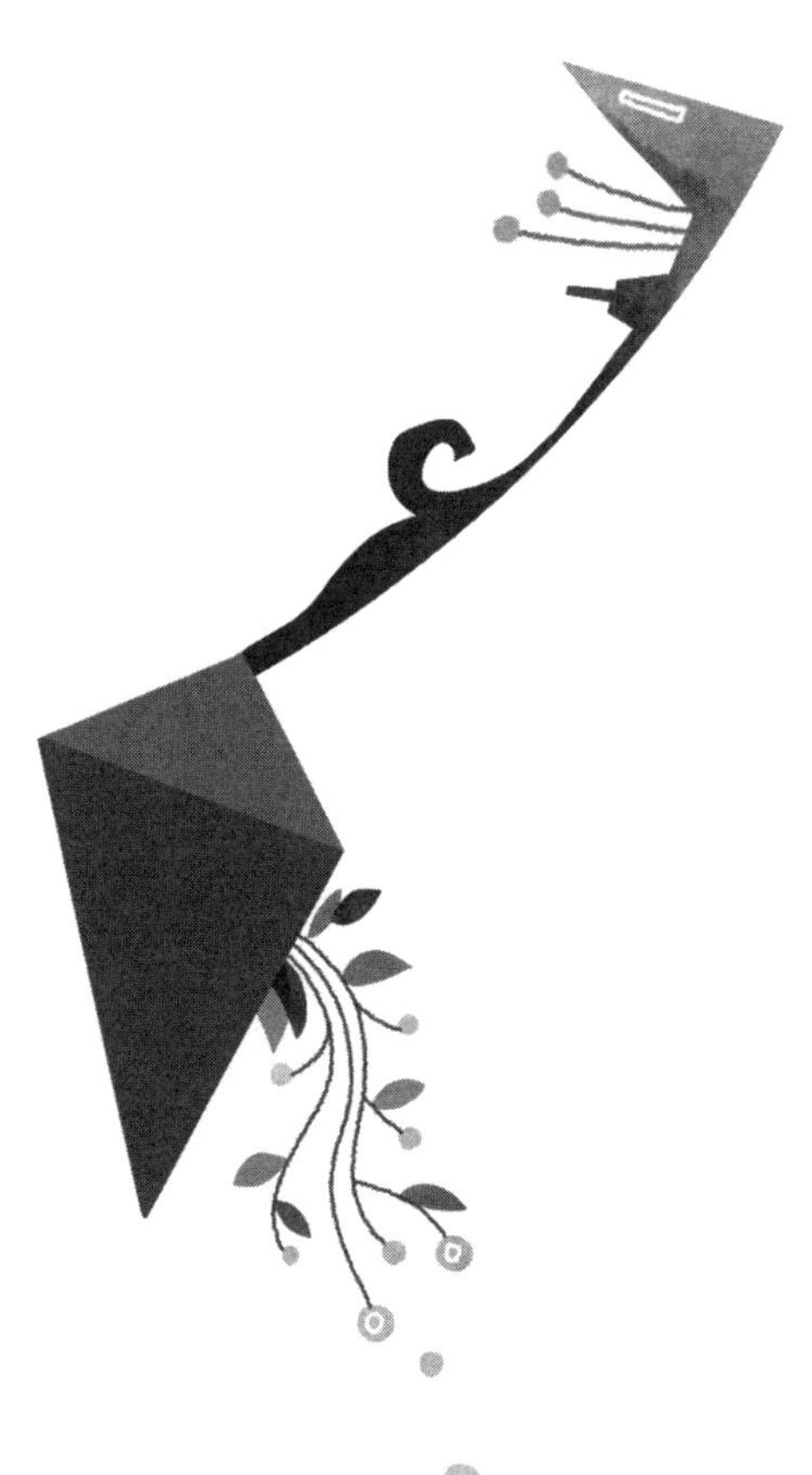

桜の花が咲くと人々は酒をぶらさげたり団子(だんご)をたべて花の下を歩いて絶景だの春ランマンだのと浮かれて陽気になりますが、これは嘘です。なぜ嘘かと申しますと、桜の花の下へ人がより集って酔っ払ってゲロを吐いて喧嘩(けんか)して、これは江戸時代からの話で、大昔は桜の花の下は怖しいと思っても、絶景だなどとは誰も思いませんでした。近頃は桜の花の下といえば人間がより集って酒をのんで喧嘩していますから陽気でにぎやかだと思いこんでいますが、桜の花の下から人間を取り去ると怖ろしい景色になりますので、能にも、さる母親が愛児を人さらいにさらわれて子供を探して発狂して桜の花の満開の林の下へ来かかり見渡す花びらの陰に子供の幻を描いて狂い死して花びらに埋まってしまう（このところ小生の蛇足(だそく)）という話もあり、桜の林の花の下に人の姿がなければ怖しいばかりです。

昔、鈴鹿峠にも旅人が桜の森の花の下を通らなければならないような道になっていました。花の咲かない頃はよろしいのですが、花の季節になると、旅人はみんな森の花の下で気が変になりました。できるだけ早く花の下から逃げようと思って、青い木や枯れ木のある方へ一目散に走りだしたものです。一人だとまだよいので、なぜかというと、花の下を一目散に逃げて、あたりまえの木の下へくるとホッとしてヤレヤレと思って、すむからですが、二人連は都合が悪い。なぜなら人間の足の早さは各人各様で、一人が遅れますから、オイ待ってくれ、後から必死に叫んでも、みんな気違いで、友達をすてて走ります。それで鈴鹿峠の桜の森の花の下を通過したとたんに今迄仲のよかった旅人が仲が悪くなり、相手の友情を信用しなくなります。そんなことから旅人も自然に桜の森の下を通らないで、わざわざ遠まわりの別の山道を歩くようになり、やがて桜の森は街道を外(はず)れて人の子一人通らない山の静寂へとり残されてしまいました。

そうなって何年かあとに、この山に一人の山賊が住みはじめましたが、この山賊はずいぶんむごたらしい男で、街道へでて情容赦なく着物をはぎ人の命も断ちましたが、こんな男でも桜の森の花の下へくるとやっぱり怖しくなって気が変になりました。そこで山賊はそれ以来花がきらいで、花というものは怖しいものだな、なんだか厭なものだ、そういう風に腹の中では呟(つぶや)いていました。花の下では風がないのにゴウゴウ風が鳴っているような気がしました。そのくせ風がちっともなく、一つも物音がありません。自分の姿と跫音(あしおと)ばかりで、それがひっそり冷めたいそして動かない風の中につつまれていました。花びらがぽそぽそ散るように魂が散っていのちがだんだん衰えて行くように思われます。それで目をつぶって何か叫んで逃げたくなりますが、目をつぶると桜の木にぶつかるので目をつぶるわけにも行きませんから、一そう気違いになるのでした。

けれども山賊は落付いた男で、後悔ということを知らない男ですから、これはおかしいと考えたのです。ひとつ、来年、考えてやろう。そう思いました。今年は考える気がしなかったのです。そして、来年、花がさいたら、そのときじっくり考えようと思いました。毎年そう考えて、もう十何年もたち、今年も亦(また)、来年になったら考えてやろうと思って、又、年が暮れてしまいました。

そう考えているうちに、始めは一人だった女房がもう七人にもなり、八人目の女房を又街道から女の亭主の着物と一緒にさらってきました。女の亭主は殺してきました。

山賊は女の亭主を殺す時から、どうも変だと思っていました。いつもと勝手が違うのです。どこということは分らぬけれども、変てこで、けれども彼の心は物にこだわることに慣れませんので、そのときも格別深く心にとめませんでした。

山賊は始めは男を殺す気はなかったので、身ぐるみ脱がせて、いつもするようにとっとと失せろと蹴とばしてやるつもりでしたが、女が美しすぎたので、ふと、男を斬りすてていました。彼自身に思いがけない出来事であったばかりでなく、女にとっても思いがけない出来事だったしるしに、山賊がふりむくと女は腰をぬかして彼の顔をぼんやり見つめました。今日からお前は俺の女房だと言うと、女はうなずきました。手をとって女を引き起すと、女は歩けないからオブっておくれと言います。山賊は承知承知と女を軽々と背負って歩きましたが、険しい登り坂へきて、ここは危いから降りて歩いて貰おうと言っても、女はしがみついて厭々、厭ヨ、と言って降りません。

「お前のような山男が苦しがるほどの坂道をどうして私が歩けるものか、考えてごらんよ」

「そうか、そうか、よしよし」と男は疲れて苦しくても好機嫌でした。「でも、一度だけ降りておくれ。私は強いのだから、苦しくて、一休みしたいというわけじゃないぜ。眼の玉が頭の後側にあるというわけのものじゃないから、さっきからお前さんをオブっていてもなんとなくもどかしくて仕方がないのだよ。一度だけ下へ降りてかわいい顔を拝ましてもらいたいものだ」

「厭よ、厭よ」と、又、女はやけに首っ玉にしがみつきました。「私はこんな淋しいところに一っときもジッとしていられないヨ。お前のうちのあるところまで一っときも休まず急いでおくれ。さもないと、私はお前の女房になってやらないよ。私にこんな淋しい思いをさせるなら、私は舌を噛んで死んでしまうから」

「よしよし。分った。お前のたのみはなんでもきいてやろう」

山賊はこの美しい女房を相手に未来のたのしみを考えて、とけるような幸福を感じました。彼は威張

りかえって肩を張って、前の山、後の山、右の山、左の山、ぐるりと一廻転して女に見せて、

「これだけの山という山がみんな俺のものなんだぜ」

と言いましたが、女はそんなことにはてんで取りあいません。彼は意外に又残念で、

「いいかい。お前の目に見える山という山、木という木、谷という谷、その谷からわく雲まで、みんな俺のものなんだぜ」

「早く歩いておくれ。私はこんな岩コブだらけの崖の下にいたくないのだから」

「よし、よし。今にうちにつくと飛びきりの御馳走をこしらえてやるよ」

「お前はもっと急げないのかえ。走っておくれ」

「なかなかこの坂道は俺が一人でもそうは駈けられない難所だよ」

「お前も見かけによらない意気地なしだねえ。私としたことが、とんだ甲斐性（かいしょ）なしの女房になってしまった。ああ、ああ。これから何をたよりに暮したらいいのだろう」

「なにを馬鹿な。これぐらいの坂道が」

「アア、もどかしいねえ。お前はもう疲れたのかえ」

「馬鹿なことを。この坂道をつきぬけると、鹿もかなわぬように走ってみせるから」

「でもお前の息は苦しそうだよ。顔色が青いじゃないか」

「なんでも物事の始めのうちはそういうものさ。今に勢いのはずみがつけば、お前が背中で目を廻すぐらい速く走るよ」

けれども山賊は身体が節々からバラバラに分かれてしまったように疲れていました。そしてわが家の

前へ辿りついたときには目もくらみ耳もなり嗄れ声のひときれをふりしぼる力もありません。家の中から七人の女房が迎えに出てきましたが、山賊は石のようにこわばった身体をほぐして背中の女を下すだけで勢一杯でした。

　七人の女房は今迄に見かけたこともない女の美しさに打たれましたが、女は七人の女房の汚さに驚きました。七人の女房の中には昔はかなり綺麗な女もいたのですが今は見る影もありません。女は薄気味悪がって男の背へしりぞいて、

「この山女は何なのよ」

「これは俺の昔の女房なんだよ」

　と男は困って「昔の」という文句を考えついて加えたのはとっさの返事にしては良く出来ていましたが、女は容赦がありません。

「まア、これがお前の女房かえ」

「それは、お前、俺はお前のような可愛いい女がいようとは知らなかったのだからね」

「あの女を斬り殺しておくれ」

　女はいちばん顔形のととのった一人を指して叫びました。

「だって、お前、殺さなくっとも、女中だと思えばいいじゃないか」

「お前は私の亭主を殺したくせに、自分の女房が殺せないのかえ。お前はそれでも私を女房にするつもりなのかえ」

　男の結ばれた口から呻きがもれました。男はとびあがるように一躍りして指された女を斬り倒してい

ました。然し、息つくひまもありません。

「この女よ。今度は、それ、この女よ」

男はためらいましたが、すぐズカズカ歩いて行って、女の頸へザクリとダンビラを斬りこみました。首がまだコロコロととまらぬうちに、女のふっくらツヤのある透きとおる声は次の女を指して美しく響いていました。

「この女よ。今度は」

指された女は両手に顔をかくしてキャーという叫び声をはりあげました。その叫びにふりかぶって、ダンビラは宙を閃いて走りました。残る女たちは俄に一時に立上って四方に散りました。

「一人でも逃したら承知しないよ。藪の陰にも一人いるよ。上手へ一人逃げて行くよ」

男は血刀をふりあげて山の林を駈け狂いました。たった一人逃げおくれて腰をぬかした女がいました。それはいちばん醜くて、ビッコの女でしたが、男が逃げた女を一人あまさず斬りすてて戻ってきて、無造作にダンビラをふりあげますと、

「いいのよ。この女だけは。これは私が女中に使うから」

「ついでだから、やってしまうよ」

「バカだね。私が殺さないでおくれと言うのだよ」

「アア、そうか。ほんとだ」

男は血刀を投げすてて尻もちをつきました。疲れがどッとこみあげて目がくらみ、土から生えた尻のように重みが分ってきました。ふと静寂に気がつきました。とびたつような怖ろしさがこみあげ、ぎょッ

として振向くと、女はそこにいくらかやる瀬ない風情でたたずんでいます。男は悪夢からさめたような気がしました。そして、目も魂も自然に女の美しさに吸いよせられて動かなくなってしまいました。けれども男は不安でした。どういう不安だか、なぜ、不安だか、何が、不安だか、彼には分らぬのです。女が美しすぎて、彼の魂がそれに吸いよせられていたので、胸の不安の波立ちをさして気にせずにいられただけです。

なんだか、似ているようだな、と彼は思いました。似たことが、いつか、あった、それは、と彼は考えました。アア、そうだ、あれだ。気がつくと彼はびっくりしました。

桜の森の満開の下です。あの下を通る時に似ていました。どこが、何が、どんな風に似ているのだか分りません。けれども、何か、似ていることは、たしかでした。彼にはいつもそれぐらいのことしか分らず、それから先は分らなくても気にならぬたちの男でした。

山の長い冬が終り、山のてっぺんの方や谷のくぼみに樹の陰に雪はポツポツ残っていましたが、やがて花の季節が訪れようとして春のきざしが空いちめんにかがやいていました。

今年、桜の花が咲いたら、と、彼は考えました。花の下にさしかかる時はまだそれほどではありません。それで思いきって花の下へ歩きこみます。だんだん歩くうちに気が変になり、前も後も右も左も、どっちを見ても上にかぶさる花ばかり、森のまんなかに近づくと怖しさに盲滅法たまらなくなるのでした。今年はひとつ、あの花ざかりの林のまんなかで、ジッと動かずに、いや、思いきって地べたに坐ってやろう、と彼は考えました。そのとき、この女もつれて行こうか、彼はふと考えて、女の顔をチラと見ると、胸さわぎがして慌てて目をそらしました。自分の肚(はら)が女に知れては大変だという気持が、なぜだか胸に焼け残りました。

★

女は大変なわがまま者でした。どんなに心をこめた御馳走をこしらえてやっても、必ず不服を言いました。彼は小鳥や鹿をとりに山を走りました。猪も熊もとりました。ビッコの女は木の芽や草の根をさがしてひねもす林間をさまよいました。然し女は満足を示したことはありません。

「毎日こんなものを私に食えというのかえ」

「だって、飛び切りの御馳走なんだぜ。お前がここへくるまでは、十日に一度ぐらいしかこれだけのものは食わなかったものだ」

「お前は山男だからそれでいいのだろうさ。私の喉は通らないよ。こんな淋しい山奥で、夜の夜長にきくものと云えば梟の声ばかり、せめて食べる物でも都に劣らぬおいしい物が食べられないものかねえ。都の風がどんなものか。その都の風をせきとめられた私の思いのせつなさがどんなものか、お前には察しることも出来ないのだね。お前は私から都の風をもぎとって、その代りにお前の呉れた物といえば鴉や梟の鳴く声ばかり。お前はそれを羞かしいとも、むごたらしいとも思わないのだよ」

女の怨じる言葉の道理が男には呑みこめなかったのです。なぜなら男は都の風がどんなものだか知りません。見当もつかないのです。この生活、この幸福に足りないものがあるという事実に就て思い当るものがない。彼はただ女の怨じる風情の切なさに当惑し、それをどのように処置してよいか目当に就て何の事実も知らないので、もどかしさに苦しみました。

今迄には都からの旅人を何人殺したか知れません。都からの旅人は金持で所持品も豪華ですから、都は彼のよい鴨（かも）で、せっかく所持品を奪ってみても中身がつまらなかったりするとチェッこの田舎者め、とか土百姓めとか罵（ののし）ったもので、つまり彼は都に就てはそれだけが知識の全部で、豪華な所持品をもつ人達のいるところであり、彼はそれをまきあげるという考え以外に余念はありませんでした。都の空がどっちの方角だということすらも、考えてみる必要がなかったのです。

女は櫛（くし）だの笄（こうがい）だの簪（かんざし）だの紅（べに）だのを大事にしました。彼が泥の手や山の獣の血にぬれた手でかすかに着物にふれただけでも女は彼を叱りました。まるで着物が女のいのちであるように、そしてそれをまもることが自分のつとめであるように、身の廻りを清潔にさせ、家の手入れを命じます。その着物は一枚の小袖（こそで）と細紐（ほそひも）だけでは事足りず、何枚かの着物といくつもの紐と、そしてその紐は妙な形にむすばれ不必要に垂れ流されて、色々の飾り物をつけたすことによって一つの姿が完成されて行くのでした。男は目を見はりました。そして嘆声をもらしました。彼は納得させられたのです。かくして一つの美が成りたち、その美に彼が満たされている、それは疑る余地がない、個としては意味をもたない不完全かつ不可解な断片が集まることによって一つの物を完成する、その物を分解すれば無意味なる断片に帰する、それを彼は彼らしく一つの妙なる魔術として納得させられたのでした。

男は山の木を切りだして女の命じるものを作ります。何物が、そして何用につくられるのか、彼自身それを作りつつあるうちは知ることが出来ないのでした。それは胡床（こしょう）と肱掛（ひじかけ）でした。胡床はつまり椅子です。お天気の日、女はこれを外へ出させて、日向（ひなた）に、又、木陰に、腰かけて目をつぶります。部屋の中では肱掛にもたれて物思いにふけるような、そしてそれは、それを見る男の目にはすべてが異様な、なまめかしく、なやましい姿に外ならぬのでした。魔術は現実に行われており、彼自らがその魔術の助手でありながら、その行われる魔術の結果に常に訝(いぶか)りそして嘆賞するのでした。

ビッコの女は朝毎に女の長い黒髪をくしけずります。そのために用いる水を、男は谷川の特に遠い清水からくみとり、そして特別そのように注意を払う自分の労苦をなつかしみました。自分自身が魔術の一つの力になりたいということが男の願いになっていました。そして彼自身くしけずられる黒髪にわが手を加えてみたいものだと思います。いやよ、そんな手は、と女は男を払いのけて叱ります。男は子供のように手をひっこめて、てれながら、黒髪にツヤが立ち、結ばれ、そして顔があらわれ、一つの美が描かれ生まれてくることを見果てぬ夢に思うのでした。

「こんなものがなア」

彼は模様のある櫛や飾のある笄をいじり廻しました。それは彼が今迄は意味も値打もみとめることのできなかったものでしたが、今も尚(なお)、物と物との調和や関係、飾りという意味の批判はありません。けれども魔力が分ります。魔力は物のいのちでした。物の中にもいのちがあります。

「お前がいじってはいけないよ。なぜ毎日きまったように手をだすのだろうね」

「不思議なものだなア」

「何が不思議なのさ」

「何がってこともないけどさ」

と男はてれました。彼には驚きがありましたが、その対象は分らぬのです。

そして男に都を怖れる心が生れていました。その怖れは恐怖ではなく、知らないということに対する羞恥と不安で、物知りが未知の事柄にいだく不安と羞恥に似ていました。女が「都」というたびに彼の心は怯(おび)え戦(おのの)きました。けれども彼は目に見える何物も怖れたことがなかったので、怖れの心になじみがなく、羞じる心にも馴れていません。そして彼は都に対して敵意だけをもちました。

何百何千の都からの旅人を襲ったが手に立つ者がなかったのだから、と彼は満足して考えました。どんな過去を思いだしても、裏切られ傷けられる不安がありません。それに気附くと、彼は常に愉快で又誇りやかでした。彼は女の美に対して自分の強さを対比しました。そして強さの自覚の上で多少の苦手と見られるものは猪だけでした。その猪も実際はさして怖るべき敵でもないので、彼はゆとりがありました。

「都には牙のある人間がいるかい」

「弓をもったサムライがいるよ」

「ハッハッハ。弓なら俺は谷の向うの雀の子でも落すのだからな。都には刀が折れてしまうような皮の堅い人間はいないだろう」

「鎧(よろい)をきたサムライがいるよ」

「鎧は刀が折れるのか」

「折れるよ」

「俺は熊も猪も組み伏せてしまうのだからな」

「お前が本当に強い男なら、私を都へ連れて行っておくれ。お前の力で、私の欲しい物、都の粋を私の身の廻りへ飾っておくれ。そして私にシンから楽しい思いを授けてくれることができるなら、お前は本当に強い男なのさ」

「わけのないことだ」

男は都へ行くことに心をきめました。彼は都にありとある櫛や笄や簪や着物や鏡や紅を三日三晩とたたないうちに女の廻りへ積みあげてみせるつもりでした。何の気がかりもありません。一つだけ気にかかることは、まったく都に関係のない別なことでした。

それは桜の森でした。

二日か三日の後に森の満開が訪れようとしていました。今年こそ、彼は決意していました。桜の森の花ざかりのまんなかで、身動きもせずジッと坐っていてみせる。彼は毎日ひそかに桜の森へでかけて蕾のふくらみをはかっていました。あと三日、彼は出発を急ぐ女に言いました。

「お前に支度の面倒があるものかね」と女は眉をよせました。「じらさないでおくれ。都が私をよんでいるのだよ」

「それでも約束があるからね」

「お前がかえ。この山奥に約束した誰がいるのさ」

「それは誰もいないけれども、ね。けれども、約束があるのだよ」

「それはマア珍しいことがあるものだねえ。誰もいなくって誰と約束するのだえ」

男は嘘がつけなくなりました。

「桜の花が咲くのだよ」

「桜の花と約束したのかえ」

「桜の花が咲くから、それを見てから出掛けなければならないのだよ」

「どういうわけで」

「桜の森の下へ行ってみなければならないからだよ」

「だから、なぜ行って見なければならないのよ」

「花が咲くからだよ」

「花が咲くから、なぜさ」

「花の下は冷めたい風がはりつめているからだよ」

「花の下にかえ」

「花の下は涯(はて)がないからだよ」

「花の下がかえ」

男は分らなくなってクシャクシャしました。

「私も花の下へ連れて行っておくれ」

「それは、だめだ」

男はキッパリ言いました。

「一人でなくちゃ、だめなんだ」

女は苦笑しました。

男は苦笑というものを始めて見ました。そんな意地の悪い笑いを彼は今まで知らなかったのでした。

そしてそれを彼は「意地の悪い」という風には判断せずに、刀で斬っても斬れないように、と判断しました。その証拠には、苦笑は彼の頭にハンを捺したように刻みつけられてしまったからです。それは刀の刃のように思いだすたびにチクチク頭をきりました。そして彼がそれを斬ることはできないのでした。

三日目がきました。

彼はひそかに出かけました。桜の森は満開でした。一足ふみこむとき、彼は女の苦笑を思いだしました。それは今までに覚えのない鋭さで頭を斬りました。それだけでもう彼は混乱していました。花の下の冷めたさは涯のない四方からドッと押し寄せてきました。彼の身体は忽ちその風に吹きさらされて透明になり、四方の風はゴウゴウと吹き通り、すでに風だけがはりつめているのでした。彼の声のみが叫びました。彼は走りました。何という虚空でしょう。彼は泣き、祈り、もがき、ただ逃げ去ろうとしていました。そして、花の下をぬけだしたことが分ったとき、夢の中から我にかえった同じ気持を見出しました。夢と違っていることは、本当に息も絶え絶えになっている身の苦しさでありました。

★

男と女とビッコの女は都に住みはじめました。

男は夜毎に女の命じる邸宅へ忍び入りました。着物や宝石や装身具も持ちだしましたが、それのみが女の心を充たす物ではありませんでした。女の何より欲しがるものは、その家に住む人の首でした。

彼等の家にはすでに何十の邸宅の首が集められていました。部屋の四方の衝立（ついたて）に仕切られて首は並べられ、ある首はつるされ、男には首の数が多すぎてどれがどれやら分らなくとも、女は一々覚えており、すでに毛がぬけ、肉がくさり、白骨になっても、どこのたれということを覚えていました。男やビッコの女が首の場所を変えると怒り、ここはどこの家族、ここは誰の家族とやかましく言いました。

女は毎日首遊びをしました。首は家来をつれて散歩にでます。首の家族へ別の首の家族が遊びに来ます。首が恋をします。女の首が男の首をふり、又、男の首が女の首をすてて女の首を泣かせることもありました。

姫君の首は大納言の首にだまされました。大納言の首は月のない夜、姫君の首の恋する人の首のふりをして忍んで行って契（ちぎ）りを結びます。契りの後に姫君の首が気がつきます。姫君の首は大納言の首を憎むことができず我が身のさだめの悲しさに泣いて、尼になるのでした。すると大納言の首は尼寺へ行って、尼になった姫君の首を犯します。姫君の首は死のうとしますが大納言のささやきに負けて尼寺を逃げて山科（やましな）の里へかくれて大納言の首のかこい者となって髪の毛を生やします。姫君の首も大納言の首ももはや毛がぬけ肉がくさりウジ虫がわき骨がのぞけていました。二人の首は酒もりをして恋にたわぶれ、歯の骨と歯の骨と噛み合ってカチカチ鳴り、くさった肉がペチャペチャくっつき合い鼻もつぶれ目の玉もくりぬけていました。

ペチャペチャとくッつき二人の顔の形がくずれるたびに女は大喜びで、けたたましく笑いさざめきました。

「ほれ、ホッペタを食べてやりなさい。ああおいしい。姫君の喉もたべてやりましょう。ハイ、目の玉もかじりましょう。すすってやりましょうね。ハイ、ペロペロ。アラ、おいしいね。もう、たまらないのよ、ねえ、ほら、ウンとかじりついてやれ」

女はカラカラ笑います。綺麗(きれい)な澄んだ笑い声です。薄い陶器が鳴るような爽やかな声でした。

坊主の首もありました。坊主の首は女に憎がられていました。いつも悪い役をふられ、憎まれて、嬲(なぶ)り殺しにされたり、役人に処刑されたりしました。坊主の首は首になって後に却(かえ)って毛が生え、やがてその毛もぬけてくさりはて、白骨になりました。白骨になると、女は別の坊主の首を持ってくるように命じました。新しい坊主の首はまだうら若い水々しい稚子(ちご)の美しさが残っていました。女はよろこんで机にのせ酒をふくませ頬ずりして舐(な)めたりくすぐったりしましたが、じきあきました。

「もっと太った憎たらしい首よ」

女は命じました。男は面倒になって五ツほどブラさげて来ました。ヨボヨボの老僧の首も、眉の太い頬っぺたの厚い、蛙(かえる)がしがみついているような鼻の形の顔もありました。耳のとがった馬のような坊主の首も、ひどく神妙な首の坊主もあります。けれども女の気に入ったのは一つでした。それは五十ぐらいの大坊主の首で、ブ男で目尻がたれ、頬がたるみ、唇が厚くて、その重さで口があいているようなだらしのない首でした。女はたれた目尻の両端を両手の指の先で押えて、クリクリと吊りあげて廻したり、獅子鼻(ししばな)の孔へ二本の棒をさしこんだり、逆さに立ててころがしたり、だきしめて自分のお乳を厚い唇の間へ押しこんでシャブらせたりして大笑いしました。けれどもじきにあきました。

美しい娘の首がありました。清らかな静かな高貴な首でした。子供っぽくて、そのくせ死んだ顔ですから妙に大人びた憂いがあり、閉じられたマブタの奥に楽しい思いも悲しい思いもマセた思いも一度にゴッちゃに隠されているようでした。女はその首を自分の娘か妹のように可愛がりました。黒い髪の毛をすいてやり、顔にお化粧してやりました。ああでもない、こうでもないと念を入れて、花の香りのむらだつようなやさしい顔が浮きあがりました。

　娘の首のために、一人の若い貴公子の首が必要でした。貴公子の首も念入りにお化粧され、二人の若者の首は燃え狂うような恋の遊びにふけります。すねたり、怒ったり、憎んだり、嘘をついたり、だましたり、悲しい顔をしてみせたり、けれども二人の情熱が一度に燃えあがるときは一人の火がめいめい他の一人を焼きこがしてどっちも焼かれて舞いあがる火焔になって燃えまじりました。けれども間もなく悪侍だの色好みの大人だの悪僧だの汚い首が邪魔にでて、貴公子の首は蹴られて打たれたあげくに殺されて、右から左から前から後から汚い首がゴチャゴチャ娘に挑みかかって、娘の首には汚い首の腐った肉がへばりつき、牙のような歯に食いつかれ、鼻の先が欠けたり、毛がむしられたりします。すると女は娘の首を針でつついて穴をあけ、小刀で切ったり、えぐったり、誰の首よりも汚らしい目も当てられない首にして投げだすのでした。

　男は都を嫌いました。都の珍らしさも馴れてしまうと、なじめない気持ばかりが残りました。彼も都では人並に水干(すいかん)を着ても脛(すね)をだして歩いていました。白昼は刀をさすことも出来ません。市へ買物に行かなければなりませんし、白首のいる居酒屋で酒をのんでも金を払わねばなりません。市の商人は彼をなぶりました。野菜をつんで売りにくる田舎女も子供までなぶりました。白首も彼を笑いました。都では貴族は牛車で道のまんなかを通ります。水干をきた跣足(はだし)の家来はたいがいふるまい酒に顔を赤くして威張りちらして歩いて行きました。彼はマヌケだのバカだのノロマだのと市でも路上でもお寺の庭でも怒鳴られました。それでもうそれぐらいのことには腹が立たなくなっていました。

男は何よりも退屈に苦しみました。人間共というものは退屈なものだ、と彼はつくづく思いました。彼はつまり人間がうるさいのでした。大きな犬が歩いていると、小さな犬が吠えます。男は吠えられる犬のようなものでした。彼はひがんだり嫉（ねた）んだりすねたり考えたりすることが嫌いでした。山の獣や樹や川や鳥はうるさくはなかったがな、と彼は思いました。

「都は退屈なところだなア」と彼はビッコの女に言いました。「お前は山へ帰りたいと思わないか」

「私は都は退屈ではないからね」

とビッコの女は答えました。ビッコの女は一日中料理をこしらえ洗濯し近所の人達とお喋（しゃべ）りしていました。

「都ではお喋りができるから退屈しないよ。私は山は退屈で嫌いさ」

「お前はお喋りが退屈でないのか」

「あたりまえさ。誰だって喋っていれば退屈しないものだよ」

「俺は喋れば喋るほど退屈するのになあ」

「お前は喋らないから退屈なのさ」

「そんなことがあるものか。喋ると退屈するから喋らないのだ」

「でも喋ってごらんよ。きっと退屈を忘れるから」

「何を」

「何でも喋りたいことをさ」

「喋りたいことなんかあるものか」

男はいまいましがってアクビをしました。

都にも山がありました。然し、山の上には寺があったり庵があったり、そして、そこには却って多くの人の往来がありました。山から都が一目に見えます。なんというたくさんの家だろう。そして、なんという汚い眺めだろう、と思いました。

彼は毎晩人を殺していることを昼は殆ど忘れていました。なぜなら彼は人を殺すことにも退屈しているからでした。何も興味はありません。刀で叩くと首がポロリと落ちているだけでした。首はやわらかいものでした。骨の手応えはまったく感じることがないもので、大根を斬るのと同じようなものでした。その首の重さの方が彼には余程意外でした。

彼には女の気持が分るような気がしました。鐘つき堂では一人の坊主がヤケになって鐘をついています。何というバカげたことをやるのだろうと彼は思いました。何をやりだすか分りません。こういう奴等と顔を見合って暮すとしたら、俺でも奴等を首にして一緒に暮すことを選ぶだろうさ、と思うのでした。

けれども彼は女の欲望にキリがないので、そのことにも退屈していたのでした。女の欲望は、いわば常にキリもなく空を直線に飛びつづけている鳥のようなものでした。休むひまなく常に直線に飛びつづけているのです。その鳥は疲れません。常に爽快に風をきり、スイスイと小気味よく無限に飛びつづけているのでした。

けれども彼はただの鳥でした。枝から枝を飛び廻り、たまに谷を渉るぐらいがせいぜいで、枝にとまってうたたねしている梟にも似ていました。彼は敏捷でした。全身がよく動き、よく歩き、動作は生き生きしていました。彼の心は然し尻の重たい鳥なのでした。彼は無限に直線に飛ぶことなどは思いもよらないのです。

　男は山の上から都の空を眺めています。その空を一羽の鳥が直線に飛んで行きます。空は昼から夜になり、夜から昼になり、無限の明暗がくりかえしつづきます。その涯に何もなくいつまでたってもただ無限の明暗があるだけ、男は無限を事実に於て納得することができません。その先の日、その先の日、その又先の日、明暗の無限のくりかえしを考えます。彼の頭は割れそうになりました。それは考えの疲れでなしに、考えの苦しさのためでした。

　家へ帰ると、女はいつものように首遊びに耽っていました。彼の姿を見ると、女は待ち構えていたのでした。

「今夜は白拍子の首を持ってきておくれ。とびきり美しい白拍子の首だよ。舞いを舞わせるのだから。私が今様を唄ってきかせてあげるよ」

　男はさっき山の上から見つめていた無限の明暗を思いだそうとしました。この部屋があのいつまでも涯のない無限の明暗のくりかえしの空の筈ですが、それはもう思いだすことができません。そして女は鳥ではなしに、やっぱり美しいいつもの女でありました。けれども彼は答えました。

「俺は厭だよ」

　女はびっくりしました。そのあげくに笑いだしました。

「おやおや。お前も臆病風に吹かれたの。お前もただの弱虫ね」

「そんな弱虫じゃないのだ」

「じゃ、何さ」

「キリがないから厭になったのさ」

「あら、おかしいね。なんでもキリがないものよ。毎日毎日ごはんを食べて、キリがないじゃないか。毎日毎日ねむって、キリがないじゃないか」

「それと違うのだ」

「どんな風に違うのよ」

男は返事につまりました。けれども違うと思いました。それで言いくるめられる苦しさを逃れて外へ出ました。

「白拍子の首をもっておいで」

女の声が後から呼びかけましたが、彼は答えませんでした。

彼はなぜ、どんな風に違うのだろうと考えましたが分りません。だんだん夜になりました。彼は又山の上へ登りました。もう空も見えなくなっていました。

彼は気がつくと、空が落ちてくることを考えていました。空が落ちてきます。彼は首をしめつけられるように苦しんでいました。それは女を殺すことでした。

空の無限の明暗を走りつづけることは、女を殺すことによって、とめることができます。そして、空は落ちてきます。彼はホッとすることができます。然し、彼の心臓には孔があいているのでした。彼の胸から鳥の姿が飛び去り、掻き消えているのでした。

あの女が俺なんだろうか？　そして空を無限に直線に飛ぶ鳥が俺自身だったのだろうか？　と彼は疑りました。女を殺すと、俺を殺してしまうのだろうか。俺は何を考えているのだろう？

なぜ空を落さねばならないのだか、それも分らなくなっていました。あらゆる想念が捉えがたいものでありました。そして想念のひいたあとに残るものは苦痛のみでした。夜が明けました。彼は女のいる家へ戻る勇気が失われていました。そして数日、山中をさまよいました。

ある朝、目がさめると、彼は桜の花の下にねていました。その桜の木は一本でした。桜の木は満開でした。彼は驚いて飛び起きましたが、それは逃げだすためではありません。なぜなら、たった一本の桜の木でしたから。彼は鈴鹿の山の桜の森のことを突然思いだしていたのでした。あの山の桜の森も花盛りにちがいありません。彼はなつかしさに吾を忘れ、深い物思いに沈みました。

山へ帰ろう。山へ帰るのだ。なぜこの単純なことを忘れていたのだろう？　そして、なぜ空を落すことなどを考え耽っていたのだろう？　彼は悪夢のさめた思いがしました。救われた思いがしました。今までその知覚まで失っていた山の早春の匂いが身にせまって強く冷めたく分るのでした。

男は家へ帰りました。

女は嬉しげに彼を迎えました。

「どこへ行っていたのさ。無理なことを言ってお前を苦しめてすまなかったわね。でも、お前がいなくなってからの私の淋しさを察しておくれな」

女がこんなにやさしいことは今までにないことでした。男の胸は痛みました。もうすこしで彼の決意はとけて消えてしまいそうです。けれども彼は思い決しました。

「俺は山へ帰ることにしたよ」

「私を残してかえ。そんなむごたらしいことがどうしてお前の心に棲むようになったのだろう」

女の眼は怒りに燃えました。その顔は裏切られた口惜しさで一ぱいでした。

「お前はいつからそんな薄情者になったのよ」

「だからさ。俺は都がきらいなんだ」

「私という者がいてもかえ」

「俺は都に住んでいたくないだけなんだ」

「でも、私がいるじゃないか。お前は私が嫌いになったのかえ。私はお前のいない留守はお前のことばかり考えていたのだよ」

女の目に涙の滴が宿りました。女の目に涙の宿ったのは始めてのことでした。女の顔にはもはや怒りは消えていました。つれなさを恨む切なさのみが溢れていました。

「だってお前は都でなきゃ住むことができないのだろう。俺は山でなきゃ住んでいられないのだ」

「私はお前と一緒でなきゃ生きていられないのだよ。私の思いがお前には分らないのかねえ」

「でも俺は山でなきゃ住んでいられないのだぜ」

「だから、お前が山へ帰るなら、私も一緒に山へ帰るよ。私はたとえ一日でもお前と離れて生きていられないのだもの」

女の目は涙にぬれていました。男の胸に顔を押しあてて熱い涙をながしました。涙の熱さは男の胸にしみました。

たしかに、女は男なしでは生きられなくなっていました。新しい首は女のいのちでした。そしてその首を女のためにもたらす者は彼の外にはなかったからです。彼は女の一部でした。女はそれを放すわけにいきません。男のノスタルジイがみたされたとき、再び都へつれもどす確信が女にはあるのでした。

「でもお前は山で暮せるかえ」

「お前と一緒ならどこででも暮すことができるよ」

「山にはお前の欲しがるような首がないのだぜ」

「お前と首と、どっちか一つを選ばなければならないなら、私は首をあきらめるよ」

夢ではないかと男は疑りました。あまり嬉しすぎて信じられないからでした。夢にすらこんな願ってもないことは考えることが出来なかったのでした。

彼の胸は新な希望でいっぱいでした。その訪れは唐突で乱暴で、今のさっき迄の苦しい思いが、もはや捉えがたい彼方(かなた)へ距(へだ)てられていました。彼はこんなにやさしくはなかった昨日までの女のことも忘れました。今と明日があるだけでした。

二人は直ちに出発しました。ビッコの女は残すことにしました。そして出発のとき、女はビッコの女に向って、じき帰ってくるから待っておいで、とひそかに言い残しました。

★

目の前に昔の山々の姿が現れました。呼べば答えるようでした。旧道をとることにしました。その道はもう踏む人がなく、道の姿は消え失せて、ただの林、ただの山坂になっていました。その道を行くと、桜の森の下を通ることになるのでした。

「背負っておくれ。こんな道のない山坂は私は歩くことができないよ」

「ああ、いいとも」

男は軽々と女を背負いました。

男は始めて女を得た日のことを思いだしました。その日も彼は女を背負って峠のあちら側の山径（やまみち）を登ったのでした。その日も幸せで一ぱいでしたが、今日の幸せはさらに豊かなものでした。

「はじめてお前に会った日もオンブして貰ったわね」

と、女も思いだして、言いました。

「俺もそれを思いだしていたのだぜ」

男は嬉しそうに笑いました。

「ほら、見えるだろう。あれがみんな俺の山だ。谷も木も鳥も雲まで俺の山さ。山はいいなあ。走ってみたくなるじゃないか。都ではそんなことはなかったからな」

「始めての日はオンブしてお前を走らせたものだったわね」

「ほんとだ。ずいぶん疲れて、目がまわったものさ」

男は桜の森の花ざかりを忘れてはいませんでした。然し、この幸福な日に、あの森の花ざかりの下が何ほどのものでしょうか。彼は怖れていませんでした。

そして桜の森が彼の眼前に現れてきました。まさしく一面の満開でした。風に吹かれた花びらがパラパラと落ちています。土肌の上は一面に花びらがしかれていました。この花びらはどこから落ちてきたのだろう？　なぜなら、花びらの一ひらが落ちたとも思われぬ満開の花のふさが見はるかす頭上にひろがっているからでした。

男は満開の花の下へ歩きこみました。あたりはひっそりと、だんだん冷めたくなるようでした。彼はふと女の手が冷めたくなっているのに気がつきました。俄（にわか）に不安になりました。とっさに彼は分りました。女が鬼であることを。突然どッという冷めたい風が花の下の四方の涯から吹きよせていました。

男の背中にしがみついているのは、全身が紫色の顔の大きな老婆でした。その口は耳までさけ、ちぢくれた髪の毛は緑でした。男は走りました。振り落そうとしました。鬼の手に力がこもり彼の喉にくいこみました。彼の目は見えなくなろうとしました。彼は夢中でした。全身の力をこめて鬼の手をゆるめました。その手の隙間から首をぬくと、背中をすべって、どさりと鬼は落ちました。今度は彼が鬼に組みつく番でした。鬼の首をしめました。そして彼がふと気付いたとき、彼は全身の力をこめて女の首をしめつけ、そして女はすでに息絶えていました。

彼の目は霞（かす）んでいました。彼はより大きく目を見開くことを試みましたが、それによって視覚が戻ってきたように感じることができませんでした。なぜなら、彼のしめ殺したのはさっきと変らず矢張り女で、同じ女の屍体（したい）がそこに在るばかりだからでありました。

彼の呼吸はとまりました。彼の力も、彼の思念も、すべてが同時にとまりました。女の屍体の上には、すでに幾つかの桜の花びらが落ちてきました。彼は女をゆさぶりました。呼びました。抱きました。徒労でした。彼はワッと泣きふしました。たぶん彼がこの山に住みついてから、この日まで、泣いたことはなかったでしょう。そして彼が自然に我にかえったとき、彼の背には白い花びらがつもっていました。そこは桜の森のちょうどまんなかのあたりでした。四方の涯は花にかくれて奥が見えませんでした。日頃のような怖れや不安は消えていました。花の涯から吹きよせる冷めたい風もありません。ただひっそりと、そしてひそひそと、花びらが散りつづけているばかりでした。彼は始めて桜の森の満開の下に坐っていました。いつまでもそこに坐っていることができます。彼はもう帰るところがないのですから。

桜の森の満開の下の秘密は誰にも今も分りません。あるいは「孤独」というものであったかも知れません。なぜなら、男はもはや孤独を怖れる必要がなかったのです。彼自らが孤独自体でありました。

彼は始めて四方を見廻しました。頭上に花がありました。その下にひっそりと無限の虚空がみちていました。ひそひそと花が降ります。それだけのことです。外には何の秘密もないのでした。

ほど経て彼はただ一つのなまあたたかな何物かを感じました。そしてそれが彼自身の胸の悲しみであることに気がつきました。花と虚空の冴えた冷めたさにつつまれて、ほのあたたかいふくらみが、すこしずつ分りかけてくるのでした。

彼は女の顔の上の花びらをとってやろうとしました。彼の手が女の顔にとどこうとした時に、何か変ったことが起ったように思われました。すると、彼の手の下には降りつもった花びらばかりで、女の姿は掻き消えてただ幾つかの花びらになっていました。そして、その花びらを掻き分けようとした彼の手も彼の身体も延した時にはもはや消えていました。あとに花びらと、冷めたい虚空がはりつめているばかりでした。

【解説】

花を散らしてファルスの風吹く

長山靖生

人は日常を生のまま直視することはできない。あらゆる出来事は物語化され、寓話化することで、ようやく日常という野蛮に向き合えるのだ。果敢なる無自覚でもって策もなく現実に直面する者は、受け止め切れずに他者に巻き込まれ、世間に流されていく。だから日常という名の虚偽に人一倍敏感だった坂口安吾は常に自分の現実を物語に変容させた。

本書はファルスを中心に構成されている。ファルスは野卑な活気を帯びた笑劇だが、安吾のファルスは現実を一度完全に解体してナンセンス化し、再構成する知性の働きが秀逸なばかりでなく、不条理な事態に対しても拒絶よりも許容する雅量が光っている。安吾は深刻ぶらないし、サービス精神も十分に持ち合わせていた。

坂口安吾（一九〇六〜一九五五）は新潟県新潟市に、代議士坂口仁一郎の五男として生まれた。安吾（本名・炳五）は子供の頃から腕白で何かと問題を起こしたが、当人によれば両親への反抗心からの行為だったという。政治家である父は子供に関心が薄く、格式や世間体を重んずる母は息子に冷たかった――と安吾は感じていた。この辺りは太宰治と共通する家族関係であり、自己把握だ。

地元の名門校・新潟中学校に進学したものの、文学に目覚めると、内外の耽美派を中心に読書三昧の日々を送り、また日本史も好んで幅広く読んだ。スポーツも好きで野球や陸上競技にも熱中して好成績を上げた。しかし文学熱と家への反抗心から、学業を放棄して授業をさぼることもしばしばとなり、学業不振と出席不足で中学二年時に原級留置きとなる問題児だった。安吾という名も、教師から「炳は名前負けで、己に暗い奴」と罵倒され「暗吾」と黒板に書かれたのがきっかけだった。ただし「安吾」には、心の平安を得る仏教的な悟道自覚に通じるところがあり、この字を用いるようになったのは二十歳前後からの仏教探求とかかわりもあるのではないかと思われる。

さらに三年時には教師を殴る事件を起して中退に至った。この時、彼は自身の学校机の蓋裏に、ナイフで「余は偉大なる落伍者となって、何時の日にか歴史の中によみがえるであろう」と彫り付けたといわれる。安吾は東京護国寺の豊山中学に転入し、ここでも文学や哲学に耽溺し、学校をさぼっては喫茶店に入り浸った。

関東大震災後の大正一二年一一月に父が死んだ。坂口家は代々富裕をもって知られた名望家だったが、父が政治に邁進した結果、あらかた蕩尽して後には負債が残されるばかりとなり、安吾はその返済のためもあって、一時は代用教員を務めている。その後、宗教に目覚めた安吾は学的求道を指向し、東洋大学印度哲学倫理学科に入学した。特に紀元二世紀のインド仏教の高僧である龍樹の「無自性空」理論に関心を持ち、意識と時間の問題を考究した。安吾は在学中に交通事故にあい、その後遺症からくる幻覚や被害妄想に苦しみながらも、睡眠時間を削って仏教書、哲学書に読みふける生活を続けているうちに、神経衰弱に陥った時期もあった。また尊敬していた芥川龍之介の自殺の衝撃も大きく、ついには自殺願望や発狂の予感すら覚えるようになった。

しかしまだ何も成し遂げていない自分が死ぬわけにはいかぬという強い意識もあり、仏教探求を目的としてサンスクリット語、パーリ語、チベット語を学び、ラテン語やフランス語も学習、昭和三年からは神田三崎町のアテネ・フランセにも通った。ここで長島萃や江口清、菱山修三、葛巻義敏らと知り合っている。葛巻は芥川龍之介の甥で、芥川没後はその遺稿・遺品の整理保管を行い、『芥川龍之介全集』の編集にかかわっていた。安吾は特に長島と親友となったが、彼は長州閥の巨魁桂太郎の孫にあたり、父との対立・対抗意識など、安吾に似た鬱屈を抱えている人物で、安吾との関係も単に親友というにとどまらず、競い合い、憎しみすら抱き合う仲となった。

昭和五年三月に東洋大学を卒業した安吾は、以前から「改造」の懸賞小説などに応募していたもののデビューはならず、憂さ晴らしと題材探しを兼ねて寄席や歌舞伎などに通いつつ、アテネ・フランセでは高等科に進んで現代フランス文学に親しんでいた。そのひたむきさに、母は借金をしてでもフランス留学させたいと考えるが、安吾自身が留学に自信が持てずにいた。異邦で自殺願望が再燃することを畏れたという。

それは当時の真剣な若者にありがちなことだったのだろうか。安吾の生涯を眺めていくと、その周辺には自殺者が少なからず見受けられる。親友でライバルの長島は少なくとも三度自殺を試み、最後は若くして病死したが、自身の死に臨んで〈私に死んでくれと言った。私が生きていては死にきれないと言うのである。そうして死んだらきっと私を呼ぶと言った〉(「長島の死」)という。反骨精神の強い安吾は、この言葉でかえって自殺願望を脱却した感がある。安吾が生きることは、長島の思い出を生かすことでもあった。

昭和五年一一月に葛巻、長島、江口らアテネ・フランセの仲間を中心に同人誌「言葉」を創刊、安吾はマリイ・シェイケビッチ「プルウストに就てのクロッキ」の翻訳を載せ、翌六年一月の第二号には小説「木精の酒倉から　聖なる酔っ払いは神々の魔手に誘惑された話」を発表した。「言葉」は二号で終わり、後継誌「青い馬」に移ったが、その創刊号には随筆や翻訳を発表。そして第二号（昭和六年六月）に「風博士」を発表して話題をさらい、一気に文壇で注目された。

「風博士」（「青い馬」第二号、昭和六年六月）はファルスの常として荒唐無稽な誇張が横溢し、話者も含めてエキセントリックな登場人物揃いなうえに、語られている「女」には分裂がみられる。巧みな文章で低劣な悩みを包み、破天荒な笑いに転ずることで昇華する手法は、本質的に生真面目な著者らしい羞恥心の表れでもあるだろう。表面を愚行で覆ってでなければ、語れない鬱屈が人にはあるのだ。安吾は「FARCE に就て」（昭和七）の冒頭で〈芸術の最高形式である、などと、勿体振って逆説を述べたいわけでは無論ないが、然し私は、悲劇（トランジェディ）や喜劇（コメディ）よりも同等以下に低い精神から道化（ファルス）が生み出されるものとは考えていない〉と、大風呂敷なのか弱気なのかよく分からない啖呵を切っている。現実と呼ばれるものがいかに虚構であるか、空疎な修辞に支えられているかを、安吾ほど明晰に見抜き、臆せず表現した日本人はいなかった。

安吾はやぶれかぶれのファルスをとおして、社会のそこここに開いた虚無なる綻びを可視化し、なんならパックリ切り開いて見せる。道化の本質である冷酷なまでの散文性が、アイデンティティや秩序の安定を信じて疑わない人々の、硬化した日常を揺さぶった。

「霓博士の廃頽」（「作品」昭和六年一〇月）もまた破天荒なファルスだが、「風博士」に比べるとおとなしいというか、現実的である。今日出海は「文芸時評」（「作品」昭和六年一一月）で〈「風博士」を読んで「作品」所載の「霓博士」へ移ると氏は書き過ぎによる混乱以外に、氏自身の動揺が見える。それだけに氏の巧みな文章に蔽われない、生地が窺われた。森の酒場に酔いしれる場面のみならず「霓博士」一篇は氏の現実を逃避した夢の追求である。〉と述べている。

一方、「帆影」（「今日の詩」第九冊、昭和六年八月）は繊細で情緒的な作品。素の安吾は、むしろこうした心根の人だったのではないだろうか。男の怠惰なありかたには無頼派の予兆が既にあるものの、ナイーヴな本質もまたあらわにされている。「群集の人」（「若草」昭和七年四月）もまた若い作家らしいモダニズム小説で、当時しきりに書かれていたドッペルゲンガー物の一種でもある。「自分は何者か」という問いは、また世に地歩を確立していない若者を悩ます切実な問題で、ドッペルゲンガーは自分が多数の中の匿名的一人に過ぎないという喪失感の痛みに通じているだろう。だから繊細な若者は、時に奇行に走ることで、個としての自分を確認せずにはいられないのだ。

安吾の作品では、現実には醜く陰惨であるような人生の敗亡と無頼が、なぜか潔い清らかさをもって描かれており、その実感が秀逸である。「Piérre Philosophale」（「文学」第三冊、昭和七年四月）は短い文章の中に、人の生涯を寓話的に凝縮して描いているが、その人生では自儘なデカダンが孤高の輝きおびて、清々しく、エゴがいつしか聖性への転換する様は、まさに錬金術のようだ。題名は「哲学の石（賢者の石）」の意だが、安吾作品では倫理と背徳が、しばしば世間の通俗観念とは逆転した行為によって表されている。思えば文学はまさに虚構を真実に昇華させる錬金術なのかもしれない。

安吾の生涯にわたるひとつの主題との出会いが、二七歳だった昭和七年の夏に訪れている。文学仲間がよく集まる酒場「ウインザー」で飲んでいた時に、矢田津世子を知ったのである。津世子は安吾の一歳年下で当時二六歳、新進作家として世に出たばかりだった。彼女は「時事新報」の学芸部長の和田日出吉と共に店にやってきており、彼女を知る友人がその場で安吾に紹介した。安吾には自伝的な小説群があり、まとめると歳立ての年代記になるのだが「二十七」では津世子への思いが中心に据えられている。二人はやがて結婚を意識する仲となった――と安吾は少なくとも一時期は信じていた。

「傲慢な眼」（「都新聞」昭和八年一月八日、九日）から「西東」（「若草」昭和一〇年一〇月）にかけての時期は、安吾が津世子との愛を意識し、またその不実というか自分の片想いを感じて悲嘆する懊悩期の作品で、そう思って読んでみると感慨深いものがある。無頼派はけっこう純情で傷つきやすいから、無頼行為に走るのである。この二編は共に淡い恋心を描いて清冽な佳作だ。

一方、「金談にからまる詩的要素の神秘性に就て」（「作品」昭和一〇年七月）は、恋と並んで作家を悩ます定番の課題であるところの金欠にまつわるファルスである。借金文芸といえば内田百閒が直ちに思い浮かぶが、安吾もなかなかの借金魔であり、恥ずかしくもいじましい借金工作とその失敗には、かなりの実感が籠っている。それでも百閒以上にカラリとした笑いに落とし込んでいるところが安吾の気質だろう。

「女占師の前にて」（「文学界」昭和一三年一月）には牧野信一と芥川龍之介が登場する。二人とも自殺した作家であり、本当に安吾周辺には自殺文士が少なくない。また先にふれたように友人の葛巻義敏は芥川の甥で、その旧宅に住んでいた。そこでの生活は後に「暗い青春」（昭和二二）に詳しく描かれることになる。

無頼と呼ばれるような生活も送ったが謹厳な面もあり、昭和一三年頃から日本の古典や昔話にしたしみ、それらから題材を得た作品を書くようになっていく。安土桃山から江戸初期にかけての切支丹文化にも関心を寄せ『イノチガケ』（昭和一五）や『島原の乱雑記』（昭和一六）なども書いた。

「紫大納言」（「文体」昭和一四年二月）は歴史に材を取った説話風の物語である。小心と卑俗と脂肪の塊であるような中年男の紫大納言は、月世界の天女にその笛を返さねばならないと思いながらも、彼女に惹かれてしまったために返却をずるずると引き延ばす。そんな卑劣でいじらしい彼のあり方は、すべての男が多少は思い当たる心理だろう。善や悪、どちらか一方だけで出来ている人間はいない。誰だって欠点と美質、愚劣と崇高を心のうちに抱えている。

人間は矛盾で出来ている。だからその言動には一貫性がなく、しばしば無意味な馬鹿騒ぎのなかに人生を蕩尽することになる。そして当人はそれを苦悩と呼ぶ。「風人録」（「現代文学」三巻一〇号、昭和一五年一一月）には奇人にして俗物なるセンセイたちが登場するが、「風博士」や「霓博士の廃頽」ほど滅茶苦茶ではない。酒場で示す三氏三様の独りよがりな楽しみ方は極端で、女の子には不評にかかわらず、今も絶えないありがちな迷惑行為だ。舞台は一九三六（昭和一一）年七月の銀座とあるが、その愚かしい歓楽光景が、四年後の現在（発表当時の昭和一五年）とさらりと対比される。四年前は風狂人たちがつかの間の乱痴気騒ぎに興じていたが、「現在」は前年に勃発した第二次世界大戦が本格化し、ドイツがヨーロッパ諸国を快進撃で攻略、近衛内閣は日独伊三国軍事同盟を締結して新体制運動を生き、いよいよ国民総動員の戦時体制が強化されていた。それに伴って日常生活は窮屈になっている。軽薄さや馬鹿馬鹿しさが、尊いものと偲ばれる時代だった。フランス語のAbsurditéは実存主義絡みで「不条理」と訳されることが多いが、日常語としては「馬鹿馬鹿しい」「無茶苦茶な」といった程度の語だ。不条理が支配する時代には、かつての馬鹿馬鹿しい日々が、ひどく懐かしく思われたりするものだが、さてこの場合のAbsurditéは、どちらの語感が合うのだろうか。

生活実態は窮屈になっているのに、それに反比例するかのように声高になる威勢のいいプロパガンダや、時流迎合の日本精神称揚には醒めた視線を向けていた安吾だったが、実際に自身の命を捧げて作戦遂行を期する特攻兵士に対しては、深い敬意と哀悼を捧げてもいる。

「真珠」（「文芸」昭和一七年六月）は昭和一六年一二月八日、大東亜戦争の緒戦を飾る真珠湾攻撃で戦死した九人の士兵の心根を、自身らの日常と引き比べつつ偲ぶというものだ。

岩佐正治海軍大尉（戦死後に中佐）以下の九人は甲標的（特殊潜航艇）に乗り組み、未帰還を当初からの予定とした作戦に出動した。しかも彼らは、自分たちの死を予定する作戦の練習を、事前に繰り返し緻密に行っていた。

大東亜戦争は、その当初から死を前提にした作戦なしには遂行できなかった。兵士らが命がけで戦うのは当然としても、死を前提にした作戦立案は、まともに考えたら勝ち目のない戦いであることを軍部自ら告白しているようなものだ。とはいえ、現に命を擲つ人々の真摯さを無下には出来ない。文学者たちは、死にゆく個人に向き合った時、その精神に感銘を受けざるを得ない。九軍神に対しては多くの人々が詩歌を捧げ、また思いを述べた。横光利一は「軍神の賦」で次のように記している。

〈ハワイ真珠湾の海底に沈んだ九人の軍神の名が発表された。すべて計算され、そして、それを実行することの結果が、尽（ことごと）く死から脱れることがないといふやうな、厳密な科学的計画がわが国の海軍士官によつてなされた実例を、私らは聞かされたのである。「ユーレカ」（分つた）といふ科学史上の古今の天才アルキメデスの叫びも、ここだけはまだ分らなかつたに相違ない。もつとも神聖な犯すべからざる静粛さてせ、ひそかに死の訓練を日夜たゆまず遂行し、興奮もなければ、感傷もない、淡淡として自分の霊柩を製作し、操作する、その技術の中に描かれた未来は、も早やただ純一な信仰の世界だけであつ

ただらう。〉

これら戦争文学の言葉の深奥にある痛みを、私たちは思わねばなるまい。

安吾はまた、戦時下に書いた「文芸時評」（「都新聞」昭和一七年五月一〇日〜一三日、引用部分は一〇日掲載分）で〈僕はこの正月にハワイ海戦の指揮官〇〇中佐の談話を読んで非常に感動した。つづいてマレー作戦の参謀談、ビルマ作戦の参謀談、いずれもわが叙事詩の最大傑作の一つであって「ガリヤ戦記」というものも、多分、これ以上のものではなかろうと考える。〉と軍人による戦記戦談を称賛しているが、実際、真面目に感銘を受けたのだろう。安吾は組織的な虚妄を批判し続けたが、個人の赤心の営為はそれらと峻別していた。こうした態度は多くの人が目指すものの、実際に貫くのは困難で、たいていは国策方針自体に絡めとられていくことになる。だが安吾は、多くの国民が錯覚や幻想にとらわれていた痛ましい季節にも、夢想と現実を冷徹に見定めていた。

戦後になると安吾は『堕落論』（昭和二一）などで、日本人とその精神の本質を論じたが、戦時下にもすでに『日本文化私観』（昭和一七）ほかで、戦時体制下の「愛国者」らが強調する日本精神や日本的伝統の胡散臭さを鋭く指摘していた。それは例えばブルーノ・タウトの日本美礼賛への批判という形で展開された。タウトは桂離宮の簡素で洗練されたデザインと構造に感銘を受け、伊勢神宮などと共に皇室芸術と呼んで礼賛する一方、日光東照宮は過剰な装飾に彩られた俗悪な権力顕示の産物であるとして「建築の堕落」と批判した。タウトの日本美論は、皇室崇敬と質実剛健を唱える当時の国策的愛国論者にとって都合がよかったこともあり、広く知られるようになった。

しかし安吾は桂離宮も日光東照宮も共に日本の文化で、両極のように見えるとしてもどちらも日本美であると指摘、さらに日本精神だの日本の独自性だのと言いたがる国粋主義者が、欧米人の日本礼賛評をありがたがる習癖を批判。タウトが俗悪だと退けた日光東照宮のきらびやかさを認め、東西の本願寺や豊臣秀吉的な成り上がり者の素朴な我儘さ、三十三間堂の太閤塀、伏見稲荷の赤い鳥居なども、俗悪ながらやはり日本美を示しているとした。

戦時中は挙国一致が唱えられたものの、徴用や召集にかからぬようにあらかじめ方策を講じたり、出てしまった後も要路の伝手で事実上の無効化を得る者もいた。「魔の退屈」（「太平」昭和二一年一〇月）には安吾自身のそうした戦中生活が描かれている。彼は徴用を逃れるために日本映画社の嘱託となり、大陸を舞台にした大作「黄河」の脚本執筆を受けて、一時は地理や歴史を熱心に勉強した（けっきょく脚本は未完）。空襲下の荒廃した街に奇妙な美を見出したり、古本を買いあさったり、劣情はどんな時も消えなかったり、自暴自棄に陥りながらも、やはり「必ず生き残る」と本能的に努力した一人だった。これは生きたいと願うことが罪悪とすら思われていた狂気の時代の、冷ややかな虚無の魂の記録である。なおこのテーマは「わが戦争に対処せる工夫の数々」（昭和二二）でも同音異曲に繰り返されることになる。

ところで人の良さには二つのタイプがある。一方は他人の欠点や世間の悪意がまったく目に入らない善人であり、他方はあらゆる悪意や欠点を察知していながらすべてを宥恕する諦観に至ったもの。安吾はもちろん後者だった。安吾は戦争の愚かさを痛烈に批判したものの、戦争責任に対しては些か寛容な態度を示してもいる。たしかに愚かさは人間の本質的性格のひとつだ。

「私は海をだきしめていたい」(「文芸」昭和二二年一月)の女は、「戦争と一人の女」に出てくる娼婦あがりで肉体の感動を知らぬ女と同一である。そんなやるせない女とどうしようもない男が、こもごもに愛おしい。デカダンと呼ばれても仕方ない行状の奥には、海に溶けゆくかのような女と、女とも海とも完全には通い合えない小さな男それぞれの、真面目な生と抜きがたい寂寞があり、よせては返す波のように読む者の心に迫る。

「死と影」(「文學界」昭和二三年九月号)もまた、愚かで赤裸々な男女の物語だ。本作中でも述べられていたように、ここに登場するのは、以前に「いずこへ」でも描かれていた酒場の女で、「魔の退屈」にも出てきた女で、戦前にも酒場「ボヘミアン」を開いていた。出会った当時の安吾は矢田津世子に強く惹かれていたが、彼女は気のあるそぶりを示しつつも付いたり離れたりして安吾を翻弄しており、津世子と離れていた時期に、こちらの女と親しくなったのだった。その津世子は戦時中に亡くなっていた。

安吾はこの女の陋劣なることを罵っているが、しかし必ずしも悪口ではなく、罵倒が同時に賛嘆でもあるところが、無頼派の無頼たる所以であろう。安吾は女の図太い生命力、強かな肝の座り方に魅せられるところがあったのだと思う(強かといえば矢田津世子もなかなかなものだった)。そうした女の在り方に惹かれ、時に溺れつつも、常に醒めた目を失わず、自己嫌悪に対してすら好奇心とファルスの魂を失わないのが安吾だ。そこに坂口安吾と太宰治の最大の違いがあったのではないだろうか。

太宰治は昭和二三年六月一三日、心中自殺を遂げている。「不良少年とキリスト」(「新潮」昭和二三年七月)は太宰に寄せた追悼随筆だ。哀惜の情と怜悧な分析が交錯する文章の行間からは、安吾自身の生き続けるという意思と、慢性的自殺のような生活実態への認識も投影されているかのようだ。

「桜の森の満開の下」は「肉体」第一号、昭和二二年六月に発表された作品。剛健放埒で平然と悪行三昧を尽くしていた山賊は、京の高貴な女を得たものの、美しすぎる女に使嗾され、無用無意味の暴虐無残な所業を強いられる羽目に陥る。それでも山賊は幸福な陶酔があった。だが心にふと不安が兆した時、美女は鬼としての姿をあらわす。果たして女はもとより鬼だったのか、孤独な男の我欲が生み出した魔物であったのか。ともあれ鬼も孤独も、桜のように美しく散り注ぐ。この象徴的な物語は、安吾作品の中でもあまりに有名な傑作なので、今更収録するのが逡巡されたが、やはり入れないわけにはいかなかった。

戦後の安吾は人気作家としてはなはだ多忙多作だったが、急き立てられるように書き続ける生活の中で、かねてよりアルコール中毒気味だったところに不眠と多忙からアドルム、ヒロポン、ゼドリンなど睡眠薬や覚醒剤を飲み、朦朧とし、また極端な感情変化で異常行動にはしって、トラブルを起こすこともあった。しかし本質的に勤勉な安吾は、完成すれば三千枚に及ぶという年代記的小説の執筆を志し、一層の多忙を背負った。大きな仕事を抱え込むことで、かえって自堕落と病魔を退けようとしたのだという。だがけっきょく作品は完成せず、睡眠薬中毒のために昭和二四年二月には東京大学附属病院神経科に入院する仕儀となった。

退院後は再び「肝臓先生」（昭和二五）、「安吾巷談」（同）、「明治開化　安吾捕物帖」（同）など精力的に執筆し、流行作家として多額の収入を得ながらすべて使ってしまって税金が納められずに差し押さえに会い（税金不払い闘争を起こした）、競輪の不正告訴事件を起こし……と自ら進んでトラブルに突入した。その一因は薬物中毒から来る被害妄想や誇大妄想があっただろう。

その一方で安吾は常に冷めた部分を失わなかった。少年期からの放恣、無頼と呼ばれるような放蕩耽溺、そして薬物中毒に陥っている時ですらも、自身を冷徹に見据える視点を保持している。陶酔と分析、つまり内側からと外側からの緊張のなかで、あくまで解剖する視線を失わないところに、安吾の孤独の深淵もまたあった。

家族に迷惑をかけ、友人、知人、出版社に迷惑をかけ、同時に豊かな話題を提供しながら、安吾は昭和三〇年二月一七日に脳溢血で亡くなる直前まで書き続け、取材や講演に走り回っていた。

安吾の死について石川淳は〈わたしは安吾の死んだことを自分の目で確認していていない。それゆえ、わたしは安吾がまだ生きていて、どこか遠くのほうにすたこら駆けつづけているものと考える権利がある。わたしはわたしの欲するとき、はなはだ印度的であった友だちの顔を遠くに見たり近くに見たりするたのしみのために、任意のこの権利を行使したり、しなかったりするだろう。〉（「安吾のいる風景」）と記している。肉体が去り、精神と創造された作品のあいだの区別がなくなった後、人間的生の極点を描いた作家は、終わらない第二の生に入るのだ。

坂口安吾は世間にプイと横顔を向けているように見える。本作品集に収めた諸作にも反骨や諧謔、揶揄や韜晦と感じられる表現が少なくない。だが本当は逆なのだ。世間の人々が惰性と建前で生きているなか、安吾は不器用にも世の中に真実（ホンネ）で向き合った。安吾と並んで、安吾が見ていたものに目を向けたとき、世界の見え方は自ずから違ってくるだろう。

収録作品について

各作品は、『坂口安吾全集』（ちくま文庫）などを中心に、適宜初出誌等を参照しました。初出は長山靖生氏の「解説」の通りです。なお、本書収録にあたり、可読性を鑑み、旧仮名を新仮名に、旧字を新字に改め、ルビも適宜振ってあります。

本文中には今日的観点に立つと不適切と思われる表現があるかと思いますが、執筆あるいは発表された当時の時代背景、作品のもつ歴史的な意味や文学的価値を考慮してあります。

なお、長山靖生氏の解説は書き下ろしです。

【編集部】

【著者】
坂口 安吾
（さかぐち・あんご）

1906（明治 39）年～ 1955（昭和 30）年、小説家・批評家・随筆家。
1930 年、東洋大学文学部印度哲学倫理学科卒業。同人雑誌『言葉』を創刊。
1931 年発表の「風博士」が牧野信一に認められ、
戦後、『堕落論』や『白痴』などで脚光を浴び、無頼派・新戯作派と呼ばれる。
1947 年、「桜の森の満開の下」を発表。
梶三千代と結婚し、「青鬼の褌を洗ふ女」に繋がる。
歴史小説『織田信長』（1948 年）や推理小説『不連続殺人事件』（1947 ～ 48 年）など
様々なジャンルの作品も精力的に発表する。人気作家として多作に励む中、
1955 年、「狂人遺書」を残し脳出血により急逝した。
享年 50 歳。

【編者】
長山 靖生
（ながやま・やすお）

評論家。1962 年茨城県生まれ。
鶴見大学歯学部卒業。歯学博士。
文芸評論から思想史、若者論、家族論など幅広く執筆。
2010 年『日本ＳＦ精神史　幕末・明治から戦後まで』（河出書房新社）で
日本ＳＦ大賞、星雲賞を受賞。2019 年『日本ＳＦ精神史【完全版】』で日本推理作家協会賞受賞。
2020 年『モダニズム・ミステリの時代』で第 20 回本格ミステリ大賞【評論・研究部門】受賞。
著書多数。編集に携わる形で、『女神　太宰治 アイロニー傑作集』
『魔術師　谷崎潤一郎 妖美幻想傑作集』『人間椅子　江戸川乱歩 背徳幻想傑作集』（以上、小鳥遊書房）、『羽ばたき　堀辰雄 初期ファンタジー傑作集』『詩人小説精華集』など（以上、彩流社）
を刊行している。

坂口安吾（さかぐちあんご）　諧謔自在傑作集（かいぎゃくじざいけっさくしゅう）

霓博士の廃頽（にじはかせのはいたい）

2022年2月25日　第1刷発行

【著者】
坂口 安吾
【編者】
長山 靖生

発行者：高梨 治
発行所：株式会社**小鳥遊書房**（たかなし）
〒102-0071　東京都千代田区富士見1-7-6-5F
電話 03 (6265) 4910（代表）／FAX 03 (6265) 4902
http://www.tkns-shobou.co.jp

装画・装幀　YOUCHAN（トゴルアートワークス）
印刷・製本　モリモト印刷株式会社

ISBN978-4-909812-78-0　C0093